LA REINE SOUS LA NEIGE

François Place

LA REINE SOUS LA NEIGE

GALLIMARD JEUNESSE

Tous les personnages de ce livre sont des fictions, même si le plus royal d'entre eux emprunte les traits de Sa Majesté la reine Élisabeth II.

À Christine Baker

1

D'ordinaire, Sam supportait bien les voyages en avion. En provenance d'Afrique du Sud, le vol Johannesburg-Amsterdam avait suivi une trajectoire sans incident mais, depuis la traversée des Alpes, les zones de turbulences se succédaient sans interruption. On annonçait de violentes averses de neige et des orages de grêle sur l'Europe du Nord.

L'hôtesse remonta l'allée pour vérifier les ceintures. Elle fit rasseoir un passager qui bavardait debout et referma d'un coup sec son coffre à bagages. Sportive, bronzée, maquillée, elle rappelait à Sam l'actrice de *Hunger Games*, un film qu'elle avait choisi pour l'aider à supporter la longueur du trajet.

Indifférente aux embardées de l'appareil, l'hôtesse rejoignit sa place près de la porte d'évacuation et boucla son harnais. Sam nota ses ongles impeccablement vernis, un truc qui lui était totalement étranger. Se sentant observée, la jeune femme lui adressa un sourire auquel Sam répondit, même si le sien était un brin crispé après un nouveau plongeon de l'appareil.

Son voisin assommé par l'alcool grogna en roulant la tête contre son épaule. Elle le repoussa et risqua un coup d'œil à travers le hublot, cinglé de cristaux de glace. Dans le lointain, des éclairs zébraient l'obscurité, et les orages diffusaient leur incandescence comme d'énormes fleurs lumineuses bourgeonnant à travers les nuages.

Un signal sonore, puis la voix du pilote dans les haut-parleurs :

– Votre attention, s'il vous plaît. Nous commençons notre descente vers Amsterdam-Schiphol. Notre arrivée est prévue à 13 h 30 heure locale, avec un retard de vingt minutes sur l'horaire initial, dû aux conditions climatiques... Au sol, la température est de moins deux degrés Celsius, il neige avec un fort vent latéral...

Sam se pinça les narines pour dégager ses oreilles assourdies par la perte d'altitude. Elle régla le bouton de climatisation et tenta de se détendre, mais une nouvelle embardée la ramena au hublot. Le feu de position laissait une traînée en dents de scie dans la bourrasque.

Elle se demanda comment la structure métallique de ces grandes ailes, d'apparence si fragile, pouvait soutenir une pareille masse sans se rompre ni se détacher. À trois rangs devant elle, l'hôtesse, assise en vis-à-vis, raccrocha un combiné téléphonique et se tourna vers le steward.

Sam remarqua la pâleur de ce dernier.

La voix du pilote grésilla dans les haut-parleurs.

– Le contrôle aérien m'informe que nous ne pourrons pas comme prévu atterrir à Amsterdam-Schiphol. En raison d'un enneigement trop important, notre vol est dérouté sur Londres-Heathrow. Nous vous prions de garder vos ceintures attachées, vos tablettes et vos sièges relevés, et de relire attentivement les consignes de sécurité. La compagnie vous présente ses excuses pour ce désagrément. Toutes les dispositions seront prises pour vous assurer dès que possible un nouveau vol vers Amsterdam.

Réveillé, le voisin de Sam émit une sorte de couinement de souris, sans commune mesure avec sa corpulence, et, dans son dos, un type laissa éclater sa colère :

– Mais c'est quoi, cette compagnie de merde ? Ils se foutent carrément du…

Sa voix se perdit dans le rugissement des réacteurs de l'appareil cabré pour reprendre de l'altitude. Luttant contre un début de panique, Sam se tourna vers l'hôtesse qui leva le pouce, l'air de dire : « Ne vous en faites pas, tout va bien se passer. » Elle se cramponna à cet échange muet pour calmer sa respiration.

L'avion survola les faubourgs de Londres et vira au-dessus d'une campagne plongée dans une demi-obscurité. Sam distingua des lacs couleur d'étain et de minuscules voitures roulant lentement derrière le pinceau de leurs phares allumés. Tout le reste était blanc, couvert de neige : les routes, les arbres, les bâtiments. Se pouvait-il vraiment qu'on fût en plein mois d'avril ? Au moment de la sortie du train d'atterrissage, une violente secousse fit tressauter toutes les têtes à l'unisson. Sam sentit qu'ils abordaient la piste en oblique, à la manière d'un crabe.

Les roues touchèrent, rebondirent deux fois, le pilote inversa les réacteurs, et le lourd aéronef, roulant jusqu'au bout de la piste, déposa enfin ses deux cent soixante-huit passagers et son équipage au complet, sans autre dommage qu'une bonne frayeur.

– Jennifer Lawrence, murmura Sam.

Son gros voisin la regarda, interloqué.

– C'est Jennifer Lawrence qui joue dans *Hunger Games*, expliqua Sam, comme si elle continuait une conversation.

Et elle fit un petit geste comique à l'intention de l'hôtesse, une sorte de salut timide à la manière des Japonais, la main en éventail.

Dès que l'avion fut connecté à la passerelle de son terminal, la meute des passagers bondit pour ouvrir les coffres à bagages, et les téléphones portables se mirent à bourdonner d'un bout à l'autre de la cabine.

2

– Comment ça va, ma grande, pas trop crevée ?

– Comme ci comme ça, *daddy*. L'atterrissage était carrément acrobatique, ils nous ont dit qu'il y avait eu un ennui mécanique juste après notre arrivée, et on vient d'apprendre qu'on est bloqués à Londres. Les gens sont fous ! Ça s'est presque terminé en émeute.

Son téléphone collé à l'oreille, tirant de l'autre main sa petite valise à roulettes, Sam suivait le flot des passagers dans les couloirs de sortie et de correspondance.

– Je t'entends hyper mal, continua-t-elle en surveillant les panneaux du coin de l'œil.

– Ici, poursuivit son père, ça souffle de plus en plus fort et la neige arrive en rafales. Amsterdam est bloquée par la tempête. On circule au pas, les gens tombent comme des mouches sur les trottoirs. Ça m'étonnerait que ton vol puisse reprendre avant demain.

– Tu veux dire que je vais passer la nuit à l'aéroport ?

Elle jeta des regards inquiets sur ses compagnons d'infortune, maussades et mécontents, chiffonnés comme si on les avait tirés du lit. Les employés en uniforme chargés de les endiguer semblaient complètement débordés. Elle continua plus bas, sur le ton de la confidence :

– Je n'ai pas du tout envie de dormir au milieu de tous ces gens.

– Ton billet a une bonne assurance, Sam, dit son père en riant. La compagnie doit te payer l'hôtel.

– Oui, oui.

– OK, ma grande, je te passe ton frère, il brûle d'envie de te parler.

La petite voix de Teo résonna.

– Allô, Sam ?

Elle l'entendit prendre son inspiration avant qu'il ne débite d'un seul trait :

– La maison elle est plein de neige, et papa dit qu'on va faire de la luge, et je vais te la prêter quand tu vas venir.

– C'est super, Teo.

– C'est vrai que t'es en Angleterre ? Pourquoi t'es en Angleterre ?

– J'ai pris un avion à la gomme, tout juste capable d'atterrir à Amsterdam. Et il est en panne.

– Pourquoi ils l'accrochent pas ? Ils ont pas des dépanneuses volantes ?

– Sans doute que non.

– C'est nul !

– C'est comme ça, Teo. On ne sait pas réparer les avions en l'air.

– Mais tu vas venir quand même à mon anniversaire ? On va s'amuser, on va faire de la luge.

– Bien sûr que je vais venir, gros bêta.

– Promis ?

– Promis ! Tu me repasses papa ?

– Oui. Bisou.

– Bisou.

Comme la foule s'agglutinait, elle fut obligée de ralentir pour coincer son téléphone contre son épaule pendant qu'elle fouillait ses poches à la recherche de son passeport.

– Sam, dit enfin la voix de son père, ne t'inquiète pas, on va trouver une solution. Ça va mieux ?

– Oui, mais ça t'ennuie d'appeler maman ? demanda-t-elle d'une petite voix. J'ai juste eu le temps de lui envoyer un texto à l'arrivée…

À l'autre bout de la ligne, Nils hésitait. Diane, son ex-femme, détestait qu'il s'interpose entre elle et sa fille. Au bord des larmes, Sam insista.

– Papa ? C'est la pagaille totale, ici ! On ne comprend rien aux annonces, on tourne en rond, les gens s'engueulent, je t'entends à peine. En plus, on n'a aucune info. Zéro. Maman va flipper si je n'ai rien à lui dire.

Dans l'écouteur, la voix de Nils peinait à couvrir le brouhaha, mais Sam entendit, soulagée, la réponse qu'elle attendait.

– Ne t'en fais pas, je m'en occupe. Rappelle-moi simplement quand tu en sauras plus.

– Merci, *daddy* !

Sam reconnut plusieurs des passagers qui consultaient les annulations en cascade au panneau électronique. Un employé de l'aéroport provoqua un mouvement de foule en brandissant leur numéro de vol sur une affichette.

Le troupeau se rua sur lui. Jurons, coups de coude, tout était bon pour arriver le premier. Sam n'eut pas besoin d'aller plus loin, la mine fataliste du bonhomme, ses gestes d'impuissance, la colère des uns et le dépit des autres lui firent comprendre qu'elle n'avait aucune chance de rejoindre

Amsterdam dans les prochaines heures. Elle roula par mégarde sur les pieds d'un furieux qui vociférait toutes les menaces juridiques à sa disposition.

– Non, mais ça ne va pas ? Vous êtes complètement malade ? gronda-t-il en l'agrippant par le bras.

C'était son voisin de siège, celui qui avait picolé et ronflé pendant tout le voyage. Elle se dégagea avec une grimace de dégoût et accéléra le pas, poursuivie par ses invectives.

La foule, le plafond, les cris et le martèlement de milliers de pas énervés se mirent à tourbillonner sous son crâne. Elle s'engouffra dans les toilettes, la respiration courte, les bronches sifflantes. Là aussi, c'était la bousculade. Elle fouilla dans son sac à dos, sortit un spray de Ventoline, le porta à la bouche en vaporisant le médicament et l'inspira paupières closes, le dos plaqué contre les carreaux de faïence pour éviter de glisser au sol.

– Jennifer, souffla-t-elle en apercevant soudain, dans le miroir en face, l'hôtesse qui se rinçait les mains au-dessus d'un lavabo.

Le sourcil levé en virgule, cette dernière se désigna en pointant sur sa gorge un index manucuré.

– Jennifer ?

Sam remua faiblement la main comme si elle voulait effacer un mot au tableau.

– Ça n'a pas l'air d'aller ? s'inquiéta l'hôtesse.

Sam refoula ses larmes.

– Ça va passer.

Fourrageant dans son sac à main, l'hôtesse déchira un petit emballage carré.

– Tenez, dit-elle en lui tendant la lingette citronnée.

Sam s'humecta le front et les tempes. Elle était affreusement pâle.

– Vous voulez que je vous conduise à l'infirmerie ?

– Merci, ça va passer. Je panique un peu vite...

– Je vous ai observée pendant le vol. Personnellement, je vous ai trouvée plutôt courageuse...

Sam remua la tête. Elle avait l'impression d'avoir les poumons comprimés dans un étau.

– C'est... les gens..., s'excusa-t-elle. Quand ça dérape, que ça devient violent ou haineux... je n'arrive plus à respirer. C'est incontrôlable. Rien qu'à l'idée de dormir ici, au milieu de la foule, c'est... l'horreur.

L'hôtesse approuva, sans lâcher la jeune fille du regard : une ado encore un peu gamine, mais qui avait sans doute la majorité. Une peluche se balançait au bout de la fermeture éclair de son sac à dos, un gorille miniature en short et casquette. Drôle de fille.

– Vous êtes seule ?

– Oui, je devais rejoindre mon père à Amsterdam, on fête l'anniversaire de mon petit frère.

– Je peux vous demander votre nom ?

– Samantha Hez.

L'hôtesse lissa les plis de sa veste et se décida d'un coup.

– OK, Samantha, ne m'en veuillez pas, mais vous n'avez pas l'air en grande forme. Et je n'aime pas trop l'idée de vous laisser vous débrouiller toute seule. Les hôtels sont pris d'assaut. La compagnie nous a réservé des chambres à deux stations de métro et notre commandant de bord préfère aller dans sa famille à Londres. Du coup, la sienne est libre. On récupère vos bagages et vous venez avec moi, d'accord ? Comme ça je serai plus tranquille, et vous pourrez rassurer vos parents.

Sam se redressa, soulagée.

– Catherine Styridelos, dit l'hôtesse en tendant la main.

Sam s'en saisit comme si elle se raccrochait à une planche de salut.

– Merci. Vous... Dans l'avion, je trouvais que vous ressembliez à Jennifer Lawrence !

L'hôtesse ouvrit de grands yeux.

– Vous êtes drôle ! J'ai au moins vingt ans de plus qu'elle et j'ai deux grands gamins qui m'attendent à la maison. Vous n'avez pas une référence un peu plus adulte à me proposer ?

Gênée, Sam se mordit les lèvres. Elle avait encore gaffé !

– En fait, je déteste mon prénom, tout le monde m'appelle Sam.

– D'accord, Sam. D'ailleurs, puisqu'on en est aux diminutifs, appelez-moi Cathy. Allons-y. Et souriez : c'est l'aventure !

Sam hocha la tête, soulagée, et comme Cathy passait devant elle avec un petit air amusé, elle se redressa soudain, le visage éclairé par un grand sourire.

3

Sam mit une petite seconde à retrouver ses esprits en se réveillant dans une chambre inconnue. Elle allongea le bras pour saisir son portable sur la tablette du lit et pesta en découvrant qu'il était déjà 8h45. Dehors, il neigeait toujours. Elle se doucha, s'habilla en vitesse et descendit prendre son petit déjeuner.

BBC News diffusait en continu des images de la vague de froid paralysant l'Europe du Nord. Sam repéra Cathy, attablée au fond de la salle avec deux de ses collègues, qui lui faisait de grands signes. Elle louvoya entre les chaises et posa son plateau devant elle.

Cédric, le steward, en détailla le contenu avec consternation.

– Un yaourt et du thé ! C'est tout ?

Cathy le poussa du coude.

– Laisse-la se réveiller ! Tu n'arrêtes pas de l'asticoter, depuis hier.

Sam avait dîné avec eux la veille. D'abord intimidée de partager son repas avec l'équipage, elle s'était peu à peu déridée, et même prêtée au jeu des présentations, encouragée par le ton enjoué de la conversation. Elle vivait en Afrique du Sud avec sa mère, Diane, une Française des Antilles, et Richard, son beau-père, professeur d'histoire américaine dans le Michigan, invité pour un an à l'université de Johannesburg. Son père travaillait à l'entretien des éoliennes en mer. Il habitait à Amsterdam avec sa nouvelle femme, Karin, assistante maternelle.

– Et j'ai aussi un petit frère adorable, Teo, avait-elle conclu. Il va avoir quatre ans, je suis venue exprès pour son anniversaire.

– Tu n'as pas une photo ? avait demandé Sarah, la plus jeune des hôtesses.

Sam avait sélectionné sa préférée sur son portable.

– Il est trop chou !

– Et tu lui parles en français ou en néerlandais ?

– En anglais.

Cédric avait levé son verre :

– *Happy birthday to you,* Teo !

Sam avait passé le reste de la soirée dans sa chambre, et tenté de rassurer sa mère en regardant par la fenêtre tourbillonner les flocons de neige. Certains, mus par une soudaine inspiration, s'écartaient de leur trajectoire, traversant le rideau de leurs congénères dans le halo d'un réverbère avant de disparaître dans l'obscurité. Elle se voyait aussi légère qu'eux, aussi peu consistante, à la merci des courants dominants ou des décisions prises par les autres, incapable de s'imaginer une vie future.

– Sam ?

Sam sursauta. Cathy lui tendait une tartine grillée.

– Ça te tente, un toast avec de la marmelade ? Il n'y a pas plus *british*.

– Non, merci, vraiment ; le matin, je ne peux pas.

Il fallait tendre l'oreille pour décrypter le son en sourdine de la télé diffusant des images prises un peu partout en Europe : trains bloqués, régions privées d'électricité, débuts d'inondation. On parlait d'une menace de submersion des écluses, à la barrière de Silvertown. Questionnés en direct, les experts en météo avouaient leur perplexité. Un reportage à Amsterdam montrait des gens sous les rafales de neige. On les voyait penchés, leurs vêtements flottant derrière eux, semblables à des acteurs de film muet pris dans le blizzard.

– On est scotchés à Londres jusqu'à demain, soupira Cathy, en consultant pour la énième fois son portable. On a prévu une sortie en ville, entre Piccadilly et Camden. Tu veux te joindre à nous ?

– C'est plein de boutiques et de petits restos, expliqua Sarah. Personnellement, j'adore flâner dans Stables Market, l'ancien marché aux chevaux.

– Non, je suis désolée, dit Sam, je… je vais voir une copine.

Sa réponse avait fusé si vite qu'elle s'en étonna elle-même.

– *Tss*, une copine ou un copain…, dit Cédric, le menton dans les mains, faisant mine d'être captivé par la télé.

– Tu sais où elle habite ? C'est très étendu, Londres.

– Pas trop loin de la City, je crois.

– Tu as son téléphone ?

Sam se mordit les lèvres.

– Seulement son adresse. Je l'ai notée dans un petit carnet. On préfère correspondre par courrier.

Cathy écarquilla les yeux.

– On s'écrit des lettres, précisa Sam.

– Tu veux dire des enveloppes avec des timbres-poste, j'ai bien compris ? J'ai l'impression que tu vis au siècle dernier ! Tu l'as sur toi, ce carnet ?

Sam le sortit de sa poche. Elle retrouva l'adresse.

– C'est dans le quartier de Whitechapel, constata Cathy en consultant l'écran de son smartphone. Tu y es déjà allée ?

– Non.

– *Brrr…*, fit Cédric, Whitechapel ! Le quartier de Jack l'Éventreur !

Cathy le foudroya du regard.

– Mais tu sais au moins s'il y a un portail ou un digicode ?

Sam secoua négativement la tête.

– Mais je vais me débrouiller, conclut-elle. J'attendrai à la porte. Quelqu'un finira bien par passer.

– Tu peux me donner ton numéro ?

Sam le débita d'un trait, pendant que les pouces de Cathy voltigeaient pour l'enregistrer. À peine avait-elle fini de l'épeler que Sam entendit sonner sa messagerie.

– Voilà, je viens de t'envoyer le mien par texto, précisa Cathy. Tu m'appelles en cas de pépin, OK ? Et si tu changes d'avis, rendez-vous cet après-midi à Camden. Sinon, on se retrouve ce soir à l'hôtel, disons vers 19, 20 heures ? On dînera ensemble. On fait comme ça ?

Sam hocha vigoureusement la tête mais, dans son for intérieur, elle commençait à vaciller. En Afrique du Sud, elle vivait dans un quartier fermé où, sans véritables amis, elle fréquentait surtout des adultes qui la traitaient en gamine à cause de sa timidité. Elle n'avait jamais rencontré sa correspondante en chair et en os. C'était comme se lancer dans une expédition polaire, à la poursuite d'une chimère, en terre inconnue, à dix mille kilomètres de son foyer.

Elle termina son petit déjeuner sans ajouter un mot et s'éloigna vers l'ascenseur.

– Tu n'en fais pas un peu trop? s'inquiéta Cédric en se tournant vers Cathy. On ne la connaît que d'hier, cette fille. Tu n'as aucune raison de la materner comme si c'était la tienne. Elle est majeure et vaccinée, et il fait plein jour. Ce n'est pas comme si elle allait se promener en minijupe dans le quartier chaud à 2 heures du matin…

La voix de Cathy descendit bizarrement dans les graves.

– C'est plus fort que moi. Elle me rappelle mon premier grand voyage en solo : j'avais dix-huit ans, j'en paraissais quatorze ou quinze, j'avais peur de tout, j'étais sans arrêt en panique…

– Fais quand même attention, ça risque de te retomber sur le nez. Entre les morts de trouille, les alcoolos et les psychopathes qui prennent l'avion, s'il faut en plus s'occuper des ados pendant l'escale…

– Au pire, ajouta Sarah, elle peut se tromper d'immeuble en cherchant sa copine.

– Peut-être. N'empêche que s'il lui arrivait quelque chose, je ne me le pardonnerais pas. Elle a un truc qui m'inquiète…

– Quel truc?

– Je ne sais pas. Une fêlure…

Remontée dans sa chambre, Sam s'équipa en mode commando : un jean, ses baskets de jogging, deux T-shirts superposés, son vieux sweat à capuche, son smartphone flambant neuf. Elle glissa dans son sac à dos son passeport, son portefeuille, la Ventoline, son petit carnet et un crayon. Tout en passant un chouchou dans ses cheveux bouclés, elle fit devant la glace une grimace en prenant une pose faussement sexy. Le miroir lui renvoya l'image d'une jeune métisse, un peu ronde, plutôt jolie… enfin, c'est ce qu'on lui disait.

Elle endossa son coupe-vent, attrapa son sac et posa la main sur la poignée de porte, avec un dernier regard pour son reflet.

– Samantha Hez, *London explorer,* en route !

4

Eliot et Fergus sortirent du pub. À peine sur le pas de la porte, le froid les saisit d'un coup. Ils refermèrent leurs cols en rentrant le cou.

Fergus alluma une cigarette, courbé sur ses mains pour protéger le foyer. Il expira longuement la fumée par les narines, les yeux levés vers le ciel.

– Faut vraiment que je trouve de la thune. Il pourrait pas m'embaucher dans son resto, ton frangin ?

Eliot pivota.

– T'es sérieux ? Tu l'as pas vraiment convaincu, la dernière fois. Tu t'es barré en laissant la moitié de la vaisselle dans l'évier ! C'est moi qui me suis cogné tout le boulot !

– Le problème avec Tom, c'est qu'il nous appelle toujours pour des missions *Fatal Combat*, tu vois ? Alors qu'il a une cuisine de nain de jardin ! Tu te baisses pour ouvrir la poubelle sous l'évier, tu te fracasses contre le mur derrière toi. Tu te redresses, et tu te prends la poignée du placard dans les gencives. Et lui, il ne trouve rien de mieux qu'organiser un banquet d'anciens combattants. Me demande pas comment ils tenaient tous dans la salle, j'ai toujours pas compris, même en comptant les chaises récupérées chez le voisin. Et je savais pas que ça boulottait autant, les vieux soldats. Des estomacs sur pattes. Le resto, après leur départ, c'était un lendemain de cyclone.

– Mais t'étais d'accord, non ?

– J'étais d'accord pour faire la vaisselle, pas pour récurer les casseroles au marteau-piqueur. Je suis parti avant de me choper une double tendinite. C'est de la légitime défense.

Eliot lui emprunta sa cigarette, souffla de la même façon, la tête renversée en arrière.

– Si jamais il veut m'embaucher pour un vrai job, continua Fergus avec une mauvaise foi inébranlable, un truc à la loyale, régulier, là, OK, je suis son homme.

– Laisse tomber. Il veut plus entendre parler de toi.

Fergus afficha sur ses traits le masque de l'innocence bafouée, en fixant le trottoir pour le prendre à témoin. Il secouait la tête d'un air grave, style : ça me dépasse.

– J'ai peut-être un plan pour jeudi, continua Eliot. Un semi-remorque à décharger dans un entrepôt à Seven Kings. Je connais le gérant, il ne prend que des jeunes, payés au noir. C'est bien payé, mais c'est physique, je te préviens. Il faut monter tout le chargement au deuxième par les escaliers.

– C'est quoi ?

– Des meubles anciens.

– Le bonheur, maugréa Fergus. On embauche à quelle heure ?

– Cinq heures… Le camion roule de nuit.

Fergus siffla entre les dents.

– Cinq heures du mat ? Et si on se pointe là-bas pour

des prunes ? T'as vu les images à la télé ? Les routes sont de vraies patinoires. D'ici qu'il aille se vautrer dans un fossé, ton camion.

– Tu prends ou tu prends pas ? Le mec est carré, il me fait confiance.

Fergus laissa son regard se perdre en suivant la bouffée de cigarette.

– Cinq heures du mat. Le rêve, quoi… Attends, mais elle est complètement givrée, celle-là !

– De qui tu parles ?

– La petite Black, là. Celle qui marche le nez dans son smartphone.

Eliot suivit la direction qu'il indiquait d'un coup de menton. Il vit, de l'autre côté de la rue, une fille qui marchait lentement, l'œil rivé à l'écran de son téléphone, une paire de mini-écouteurs plantés dans les oreilles. Un type collait à ses semelles, tandis qu'à moins de dix pas devant elle un ado faisait le guet, adossé au mur, les mains dans les poches, la tête enfoncée dans sa capuche rabattue.

Tout alla très vite. Dès qu'elle arriva à sa hauteur, le guetteur bondit en saisissant le téléphone pendant que son complice la bousculait pour lui arracher son sac à dos. La fille hurla. Elle perdit l'équilibre, se laissa traîner sur quelques mètres, cramponnée à la bretelle de son sac.

– Lâchez-la, sales bâtards ! s'écria Fergus.

Alertés par son cri, les deux pickpockets s'enfuirent à toutes jambes. Fergus bondit en avant, mais il s'arrêta d'un coup, tiré brutalement en arrière par le bras de son copain. L'énorme masse rouge d'un bus qui arrivait sur sa droite le frôla, klaxon hurlant, cependant qu'une giclée de neige glacée l'arrosait jusqu'aux genoux.

– Putain, Fergus, t'es vraiment à la masse ! Tu veux te faire tuer ?

Ils traversèrent en courant la chaussée, bras écartés, attentifs à ne pas glisser. Les voleurs avaient déjà disparu au coin de la rue, totalement hors de portée.

Fergus arriva le premier. Assise sur le trottoir, encore sonnée, la fille fouillait frénétiquement dans son sac. Il la vit en extraire une petite bombe aérosol et s'écarta vivement, les mains en protection, croyant qu'elle brandissait un spray d'autodéfense, une de ces saloperies remplies de poivre ou de gaz lacrymogène.

Mais au lieu de le pointer vers lui, la fille porta l'objet à sa bouche et prit une longue aspiration, les yeux fermés.

Il lui secoua légèrement l'épaule. Le poing fermé sur la lanière de son sac, elle se recroquevilla d'un air farouche.

– Non, mais ça va pas ? protesta Fergus, vexé d'être confondu avec les agresseurs. Elle va pas bien, celle-là ! se récria-t-il en se tournant vers Eliot pour le prendre à témoin.

– Elle est sous le choc, expliqua ce dernier, tu lui fais peur.

Il s'accroupit à la hauteur de la fille. Elle avait la peau sombre et dorée, des yeux noisette ourlés de longs cils noirs, plus étonnés qu'effrayés, et qui l'observaient avec une telle intensité qu'il pouvait deviner son propre reflet dans leur pupille.

– C'est bon, tu risques rien, là, dit-il aussi doucement que possible. On est clean.

La fille passa brièvement la main dans ses cheveux, un geste tout simple qui eut le don de lancer le cœur d'Eliot sur des sentiers inconnus. Elle se redressa. Il tendit la main pour l'aider à se relever.

– Merci, murmura Sam.

Soulagée par la Ventoline, elle commençait à mieux respirer.

– Ils ont piqué ton portable, ces fils de pute, constata Fergus, les mains dans les poches, en désignant du menton l'endroit où les voleurs avaient disparu.

Sam approuva. Celui qui venait de parler était le plus grand, il avait une vingtaine d'années, la mâchoire carrée plantée au bout d'un long cou et un accent nasillard. Il portait des rangers, un jean slim, un bombers et un bonnet enfoncé jusqu'aux oreilles.

– Toi, c'est Fergus, si j'ai bien compris, dit-elle en essayant de sourire. Et toi ?

Surpris, Eliot bredouilla son prénom. Il avait l'air d'un garçon trop gentil qui se force à faire le dur. Son visage pouvait s'éclairer d'un coup sous les taches de rousseur, et la vivacité de son regard donnait du charme à sa timidité.

La neige, autour, tombait dru. Les passants se faisaient rares, les pneus des voitures chuintaient bizarrement, et les deux garçons ressemblaient plus à des petits fachos de l'YBNP qu'à des anges gardiens, mais c'est bien eux qui l'avaient sauvée.

Eliot se racla la gorge.

– Et toi, on peut savoir ton nom ?

– Sam.

Elle détourna la tête comme si elle cherchait un point dans le lointain, et continua, pour elle-même :

– Il faut que j'aille à la police.

Fergus renifla en secouant les épaules.

– Ça sert à quoi ? Ils avaient des capuches, et la neige brouille les caméras de surveillance. Personne les retrouvera, ces racailles. T'es malade, aussi, de te balader avec un smartphone à huit cents balles sans regarder où tu mets les pieds.

– Il faut que je prévienne mes parents, je dois faire bloquer mon téléphone.

– Tiens, dit Eliot en lui tendant le sien, appelle-les.

– Ils… Ils ne sont pas d'ici.

– Oh, Eliot, dit Fergus en riant, mademoiselle est une princesse étrangère. Imagine qu'elle crèche en Australie ou en Nouvelle-Zélande !

– Pas loin, dit Sam. Afrique du Sud.

Eliot battit en retraite et rangea le téléphone dans la poche de sa parka.

– Excuse, j'ai pas les moyens de m'endetter jusqu'à la troisième génération.

– Mais mon père habite à Amsterdam, dit Sam.

– On peut aller dans un café Internet, proposa Fergus. T'es pas d'ici, si je comprends bien. Qu'est-ce que tu fais à Londres, alors ?

– Telle que tu me vois, je devrais aujourd'hui être à Amsterdam, pour fêter l'anniversaire de mon petit frère. C'est une histoire de fous, mon avion n'a pas pu atterrir, on a été détournés sur Heathrow.

– Ça n'explique pas ce que tu fais là. Y a plus glamour que Whitechapel pour aller se promener.

– Ça va, je suis majeure, je fais ce que je veux. Vous savez où est le poste de police ?

Ils se regardèrent d'une façon éloquente.

– Tu veux vraiment prévenir les flics ?

– Je crois qu'on est obligé pour l'assurance. En plus, mon téléphone était tout neuf.

Elle croyait voir cheminer leurs pensées tandis qu'ils essayaient de reconstituer le puzzle chacun de son côté. Cette fille, soi-disant majeure, avait encore besoin de ses parents qui vivaient aux deux bouts du monde. Elle se promenait dans le quartier comme une touriste, un smartphone dernier cri à la main. Résultat, elle se faisait braquer et, naturellement, elle voulait parler aux flics. Un peu mytho, sans doute, en tout cas bien givrée. Comment leur donner tort ? Les apparences parlaient contre elle.

Elle tendit la main.

– Je vais me débrouiller. Merci. Salut.

Eliot la serra et garda le contact une ou deux secondes de plus que nécessaire. Elle aurait été bien étonnée de connaître sa propre version. Lui la trouvait très attirante, cette fille, et… courageuse. D'ailleurs, avec les autres bâtards qui tournaient dans le coin, ce n'était pas forcément une bonne idée de la laisser partir sans garde du corps.

– C'est dans Bow Road, à trois stations de métro, souffla-t-il enfin.

Fergus l'attrapa par le bras en le fusillant du regard.

– Allez, on s'arrache. Je me les gèle.

Eliot se dégagea sèchement. La fille s'éloignait déjà.

– Sam ! cria-t-il en lui courant après. Attends-nous, on t'accompagne !

Il ajouta plus bas, tourné vers son copain :

– Seulement jusqu'à l'entrée, Fergus.

Celui-ci siffla entre les dents.

– OK, mais on ne se montre pas. Se pointer chez les flics, très peu pour moi. Ils seraient encore capables de tout me mettre sur le dos.

Les mains dans les poches pour résister au froid, ils se portèrent à la hauteur de Sam. Ils l'encadraient comme s'ils promenaient une petite sœur, sauf qu'Eliot se tenait plus droit que d'habitude, et que Fergus roulait exagérément des épaules.

5

Sam eut le temps de les observer pendant le court trajet en métro. Fergus était plus anguleux, avec un visage grêlé d'acné. Une cicatrice au-dessus de l'œil droit lui barrait le sourcil, résultat d'un piercing qui avait mal tourné. Eliot flottait dans sa parka militaire. Il semblait plus réservé, moins sûr de lui, mais son regard pétillait dès qu'il se tournait vers elle.

– Tu as fait l'armée ? lui demanda Sam.

– Pas moi, mon père. Dans les blindés, en Irak.

– Merci, Tony, grinça Fergus.

– Tony qui ? demanda Sam.

– Tony Blair. Laisse tomber. C'est de l'histoire ancienne, tout ça.

– Faut pas nous parler des Arabes, c'est tout, souffla Fergus, excédé.

Sam marqua le coup, estomaquée par sa grimace de dégoût.

– J'ai jamais dit ça, remarqua Eliot. C'est pas eux qu'ont envoyé mon père se faire dézinguer.

– Et les Noirs, ça va ? On peut leur parler ? demanda soudain Sam en relevant le menton d'un air de défi. Ou vous préférez toujours rester entre petits Blancs ?

– On n'est pas racistes, protesta Eliot. Déjà, moi, je suis à moitié polonais. Ensuite, j'ai des potes de partout, vu ? Il compta sur ses doigts : Des Pakistanais, des Indiens, des Italiens, des rastas, des…

Comme elle se montrait dubitative, il continua, plein d'espoir, en la regardant dans les yeux :

– Une Sud-Af…

Fergus le bourra du coude, et Eliot rougit. Sam détourna la tête pour dissimuler un sourire. « Touchée ! » se dit-elle. Ils sortirent de la station en riant, parce que Fergus continuait à imiter Eliot en énumérant une litanie de légumes : des patates, des poireaux, des tomates, des concombres… Ils lui indiquèrent le poste de police, de l'autre côté de la rue.

– C'est la maison là-bas.

Sam prit sa respiration. Toute idée de confrontation avec une autorité officielle, qu'elle soit éducative ou médicale, provoquait chez elle une appréhension tournant à l'angoisse.

– Vous m'attendez ? dit-elle d'une voix émue. J'aimerais vous remercier. Je vous paye un pot. Il y a un café pas loin où je peux vous inviter, genre Starbucks ?

– On n'entre jamais là-dedans, répondit Eliot. On a notre fierté.

– De toute façon, c'est trop cher et y en a pas dans le coin, constata Fergus, fataliste.

Eliot lui désigna du doigt le bout de la rue.

– Tu vois le pont de chemin de fer ? Tu passes dessous. Juste derrière, sur ta droite, il y a un petit resto indien. On t'attendra devant.

Sam gravit le perron du poste de police. Une dizaine de personnes attendaient de faire leur déposition et le téléphone n'arrêtait pas de sonner à cause des accidents dus aux intempéries. Des policiers allaient et venaient, jetant un regard clinique sur l'échantillon social qu'ils avaient à traiter.

Finalement, on ouvrit devant elle la porte d'un bureau. Elle avisa le badge épinglé sur la tunique de la fonctionnaire, Rebecca Birdlow. Cette dernière tiqua en apprenant qu'elle était étrangère et ne fut vraiment convaincue de son âge qu'après un examen attentif de son passeport.

Alors qu'elle avait réussi à fournir une description relativement précise des vêtements de ses agresseurs, Sam buta sur la question des témoins. Eliot et Fergus l'avaient secourue mais lui avaient clairement fait comprendre qu'ils ne voulaient pas être mêlés à son histoire.

Alertée par son trouble, la policière insista.

– Miss Hez, je répète ma question, avez-vous des témoins ?

Elle secoua négativement la tête.

– Vous ne voulez pas en parler ? On vous a menacée ?

– Non !

– Comme vous voudrez... Mais j'espère que vous ne me cachez rien. Ça ne serait pas dans votre intérêt.

Rebecca Birdlow recula sa chaise pour fouiller dans un tiroir.

– Les pickpockets sont très organisés. Il est rare que les équipes ne soient réduites qu'à deux personnes. En général, ils travaillent en bande...

Elle étala quelques photos sur le bureau.

– Ceux-là s'appellent les Jacknife-Angels, continua-t-elle. Ils sévissent entre Whitechapel et Shadwell. Deal, trafic, vols à la tire. On en a pris quelques-uns, les autres passent entre les mailles de nos filets. Regardez bien, prenez votre temps.

Sam n'en reconnut aucun.

– Bien, Miss Hez, vous êtes majeure, votre vie ne regarde que vous, mais les voyous ne frappent jamais au hasard, ils ont un sixième sens pour repérer les personnes fragiles ou vulnérables. Londres n'est pas plus dangereuse qu'une autre ville, mais on ne peut pas sécuriser toutes les rues, et le mauvais temps ne nous aide pas.

Sam fit une moue qui se passait de commentaire, celle d'une enfant capricieuse rebutée par les réprimandes.

La policière soupira. Elle avait une fille aussi jeune et jolie que cette Samantha, et elle aurait détesté la savoir perdue dans une ville étrangère.

– En dehors de votre famille, connaissez-vous quelqu'un que vous pouvez appeler ici, à Londres même ?

Sam déclina en remuant la tête, puis se ravisa.

– Si, si !

– Parfait. Vous m'en voyez ravie. Puis-je noter son numéro sur votre fiche ?

– Heu, en fait, je ne le connais pas par cœur. Il était dans mon téléphone, celui qu'on m'a volé. Elle s'appelle Cathy. Je veux dire Catherine.

Les doigts en suspens au-dessus du clavier, la policière haussa les sourcils, l'air interrogatif.

Sam ne comprit pas ce qu'elle attendait.

– Nom de famille ? expliqua la policière.

Le visage de Sam s'éclaira.

– Bien sûr ! Un nom grec, dit-elle vivement, quelque chose comme Stirilidos ou Stiliridos. Je dois la retrouver à Camden. De toute façon, elle n'habite pas Londres. Elle est hôtesse de l'air.

Un court instant, Rebecca ouvrit de grands yeux ronds en se demandant si cette gamine ne se fichait pas d'elle.

Sam se sentit stupide : l'impression d'être une petite souris épinglée sur une table de dissection.

Il aurait suffi de deux ou trois clics pour retrouver le siège social de la compagnie d'aviation, d'un coup de fil pour obtenir la liste de l'équipage, et le nom de famille de Cathy en serait sorti aussi vite qu'un lapin du chapeau d'un prestidigitateur. Ou alors, la policière pouvait aussi contacter la réception de son hôtel. Ils avaient peut-être son numéro de portable. Mais à quoi bon ? Cathy ne ferait rien de plus...

– Bien, fit Rebecca Birdlow en claquant les paumes sur le bureau. Avez-vous prévenu votre opérateur téléphonique et votre compagnie d'assurances ?

– Non, pas encore.

– Il y a un téléphone public à l'accueil.

La policière se redressa pour conclure l'entretien.

– Votre plainte est enregistrée. Si nous avons du nouveau avant ce soir, je laisserai un message à votre hôtel. D'ici votre départ, je vous en conjure, soyez prudente. Croyez-moi, nous avons assez de travail comme ça...

Sam se leva pour lui serrer la main. Dans le hall, elle fit la queue pour téléphoner, mais tomba sur le répondeur de son père. Elle laissa un message :

– Papa, c'est Sam. Il m'est arrivé un coup dur, on m'a volé mon portable. Je vais très bien, ne t'en fais pas, personne ne m'a frappée. Je viens juste de signaler le vol à la police. Ça m'embête de te demander ça, mais je crois qu'il faut bloquer le numéro et prévenir l'assurance, et ce sera plus facile si tu le fais de chez toi. Demande à maman, elle a tous les codes. Je vais faire un tour dans Londres et rejoindre des amis à Camden. Je t'appellerai ce soir, à l'hôtel. Bisous.

Elle inspira profondément en sortant. C'était complètement idiot, mais elle se sentait dix fois plus légère. Pas d'avoir porté plainte, non, mais d'avoir protégé Eliot et Fergus.

Postée à la fenêtre, Rebecca Birdlow la vit s'éloigner vers le pont de chemin de fer, au lieu de se diriger, comme elle l'aurait souhaité, vers la station de métro toute proche.

– C'est bien la peine de les mettre en garde, tous ces mômes, murmura-t-elle. Ils n'en font qu'à leur tête.

6

Sam hésita un court instant avant de s'engager sous le pont. Elle inspecta rapidement les alentours, il n'y avait que des passants vaquant à leurs affaires, aucune bande ne rôdait à la recherche de sa prochaine victime. Eliot et Fergus ne lui voulaient aucun mal, elle en était sûre. Fergus avait un côté plus *borderline*, mais il était intervenu en premier. Quant à Eliot, ça se voyait tout de suite qu'il n'aurait pas fait de mal à une mouche. Les deux garçons l'attendaient comme prévu.

– Vous voulez manger un truc ? demanda-t-elle. J'ai un petit creux.

– On peut pas, dit Eliot d'un ton sans appel.

– Comment ça ?

– T'es une fille, expliqua-t-il en écartant les mains. À la rigueur, tu peux nous payer un pot, mais y a pas moyen que tu nous invites à manger.

– Sans vous, je me serais fait piquer mon sac en plus du téléphone. Je n'ai pas le droit de vous remercier ?

Eliot réfléchit en fronçant les sourcils, comme s'il débattait intérieurement une question philosophique ou un cas particulièrement délicat de protocole international.

– Moi, ça me va très bien de me faire inviter, fit Fergus en les poussant vers l'entrée. On peut prendre ce qu'on veut, ou on a seulement droit à un sandwich ?

– Tu veux me vexer ? protesta Sam. J'ai dit que je vous invitais.

Ils étaient les seuls clients. Sam commanda un thé et des samoussas ; eux, des kebabs avec des sodas, parce qu'on ne servait pas de bière. Le cuisinier avait l'œil rivé sur un film bollywoodien diffusé par une petite télé suspendue au-dessus du four à micro-ondes. Une comédie musicale, très sucrée, avec beaucoup de coupoles et de palmiers, où l'on voyait danser un chœur de femmes couvertes de bijoux. Penchées sur le côté, un bras levé vers le ciel, elles tourbillonnaient dans leurs saris couleur mandarine.

– Sam, demanda Eliot entre deux bouchées, je peux te poser une question ?

– Ça dépend.

Elle but une gorgée de thé brûlant et se ravisa.

– Vas-y.

– Si j'ai bien compris, tu n'es jamais venue à Londres, et tu n'as qu'une journée devant toi.

– Une petite journée. J'ai rendez-vous autour de 19 heures à l'hôtel pour dîner.

– L'hôtel ! s'exclama Fergus, en se renversant dans sa chaise d'un air béat. La classe ! Je suis jamais allé dans un hôtel.

Eliot émit un claquement de lèvres pour marquer son agacement. Déjà qu'il était intimidé par la fille, si en plus on l'interrompait...

– Ben quoi, demanda Fergus, en basculant de nouveau vers la table. T'y es déjà allé, toi ?

Eliot préféra l'ignorer. Quand Fergus posait ce genre de question, la discussion pouvait les emmener très loin.

– Qu'est-ce que tu faisais dans ce quartier ? Whitechapel, c'est pas le premier endroit où vont les touristes.

– Je viens voir une amie.

– Elle est aussi mignonne que toi, ton amie ? demanda Fergus, en dressant l'oreille.

Sam avala de travers, toussa en reposant sa tasse de thé.

– J'espère bien que non, avoua-t-elle en pouffant.

Devant l'air perplexe de Fergus, elle explosa de rire. Il ne voyait pas ce qu'il y avait de drôle, cette fille avait vraiment un problème. Eliot, lui, attendait la suite avec impatience.

– Je veux dire qu'elle est beaucoup plus âgée. C'est une vieille dame.

Désabusé, Fergus se tourna vers le vendeur de kebabs hypnotisé par le roulement de hanche, à l'écran, d'une soliste au sourire éclatant.

Eliot n'avait encore jamais rencontré de fille comme Sam. Ça se voyait tout de suite qu'elle était cultivée, qu'elle venait d'un autre monde. Il trouvait infiniment de charme à son accent et au grain de sa voix.

Le contact soudain de la main de la jeune fille sur son poignet lui fit comme une petite décharge électrique.

– Eliot, tu peux me dire où se trouve Nelson Street ?

Il ouvrit son téléphone, appuya sur le symbole de l'application de localisation. Elle se pencha pour mieux regarder, pendant qu'il agrandissait le plan entre le pouce et l'index pour lui montrer le chemin depuis la sortie du métro.

– Déjà, remarqua-t-il, si c'est la rue que tu cherchais quand tu t'es fait dépouiller, tu partais dans la mauvaise direction.

– Avec toute la neige qui tombait, je ne voyais rien à l'écran. En plus, j'avais les doigts gelés.

L'épaule de Sam appuyée contre la sienne, Eliot multipliait les explications pour retarder autant que possible le moment de s'en séparer. Il percevait le souffle de la jeune fille, le parfum de ses cheveux, aussi, et c'était un supplice délicieux de se retenir de les toucher.

– C'est bon, dit Fergus en s'invitant sans scrupule dans l'intimité de leur tête-à-tête, je crois qu'elle a compris. C'est pas compliqué, d'ailleurs. En fait, expliqua-t-il en se tournant vers Sam, c'est archisimple. Tu sors à Whitechapel, tu prends Cavell en face, et tu tombes dans Nelson Street.

– Tu veux qu'on vienne avec toi ? demanda Eliot, sans tenir compte des mimiques désespérées de son copain.

Sam hocha le menton, soulagée de sa proposition. Même sans trop se l'avouer, elle ressentait encore le stress de l'agression. D'ailleurs, elle n'arrivait pas à manger.

– Ça ne vous dérange pas ?

– Personnellement, je suis libre… Je n'ai rien de prévu aujourd'hui.

– Les autres jours non plus, remarque…, ajouta Fergus d'un ton morne, tout en louchant sur l'assiette de Sam. Tu les manges pas, tes samoussas ?

– Sers-toi, dit-elle en repoussant son assiette, je n'ai plus faim.

Elle se leva pour aller payer, le porte-monnaie à la main. Le serveur ne la vit même pas arriver. Captivé par les images, son esprit venait de changer de méridien, en franchissant une demi-douzaine de fuseaux horaires. Il s'imaginait déjà à la place du jeune premier, coiffé d'un turban de soie, un sabre orné de pierreries passé à la ceinture, les bras tendus vers la princesse pour lui roucouler son amour. Il fredonnait leur duo à mi-voix, frottant machinalement l'évier de son éponge, le regard perdu dans les reflets flamboyants d'un palais éclairé aux chandelles.

Il avait d'ailleurs une certaine ressemblance avec l'acteur, même embonpoint précoce, mêmes moustaches lustrées, mêmes sourcils harmonieusement courbés comme deux grands arcs noirs.

Sam n'avait aucune envie d'interrompre sa rêverie, car elle se sentait elle-même observée par Eliot, avec une pointe d'admiration naïve qui la troublait étrangement. Elle sursauta lorsque Fergus frappa le zinc du plat de la main pour attirer l'attention du serveur. Ce dernier, contrarié, passa un rapide coup de torchon, se gratta l'oreille, appuya sur les touches de la caisse, délivra le ticket, rendit la monnaie et retourna sans un mot au pays des éléphants blancs.

Dehors, le froid se faisait plus vif.

– T'es toujours comme ça? demanda Fergus à Sam, en remontant le zip de son bombers.

– Comme quoi?

– Ben, je sais pas. T'étais là au comptoir, à attendre sans rien dire, j'ai cru que tu t'installais devant le film.

– On n'est pas pressés, non plus.

– T'es trop bizarre, comme fille. Du genre à planer sans prendre de substance. Des fois, faut atterrir.

Ils reprirent le métro jusqu'à Whitechapel, traversèrent le boulevard pour descendre Cavell Street.

La tête rentrée dans les épaules et les mains engoncées dans les poches, la jeune fille grelottait, mais Eliot n'osait pas la prendre par le bras pour la serrer contre lui. Il envisagea un instant de se défaire de sa vareuse militaire pour la déposer sur ses épaules comme une cape, ce qu'il aurait trouvé d'une suprême élégance, mais il eut peur de déchoir aux yeux de Fergus, pour qui ce genre d'attention chevaleresque relevait, dans le meilleur des cas, de l'asile psychiatrique. Il se contenta d'accélérer le pas pour se réchauffer.

– T'as le numéro de la rue, au moins ? ironisa Fergus.

– Ça va, je ne suis pas idiote, répliqua Sam.

7

Ils s'arrêtèrent devant une maison de briques brunes à trois étages, banale et sans charme, rigoureusement identique à ses voisines. Maintenant qu'elle arrivait, Sam avait terriblement peur de décevoir son amie. Toutes les phrases qu'elle avait imaginées s'envolaient, un peu comme lors de son premier rendez-vous chez le psychologue. Elle se revoyait devant sa porte, tétanisée d'appréhension et redoutant le jugement qu'il porterait sur l'insignifiance de sa petite personne.

– T'es sûre que c'est là ? demanda Eliot.

Elle sortit son carnet.

– Oui, oui.

– Y a pas de nom. On sonne ?

Elle appuya en vain sur le bouton de sonnette.

– Elle vit seule ?

– Oui.

– Recommence, elle n'a peut-être pas entendu.

Nouvelle tentative, sans succès.

– Ou alors elle travaille, suggéra Sam. Elle met toujours de la musique quand elle travaille.

Fergus toisa la façade d'un air dégoûté.

– Je sais pas ce qu'elle écoute, mais c'est pas du rap ou de la techno. On n'entend même pas les basses.

– Du Bach, murmura Sam pour elle-même.

Elle appuya de nouveau, plus longuement. Toujours rien.

Elle se souvenait parfaitement de la dernière lettre de Maddie.

Si un jour tu viens à Londres, passe me voir. Pas besoin de me prévenir, j'adore les surprises. Tu n'auras qu'à sonner à la porte. Je suis toujours là, je ne bouge pour ainsi dire jamais de chez moi, et je serai enchantée de ta visite.

Il ne lui était pas venu un seul instant l'idée de mettre ces mots en doute. D'autant qu'ils étaient couchés sur le papier et signés au bas de la lettre. Une belle écriture penchée, élégante et vigoureuse. Celle de Sam était plus maladroite. Diane, sa mère, lui reprochait carrément d'« écrire avec les pieds ».

« Je n'ai pas rêvé, pensa-t-elle, c'était marqué noir sur blanc. On n'a pas le droit de se dédire de cette façon. »

Elle se sentait amère et trahie.

– OK, dit Fergus. On ne va pas y passer la nuit. Excuse-moi, Sam, mais on appelle avant de se pointer chez les gens. Visiblement, il n'y a personne. Tu viens, Eliot ?

– Ce n'est pas possible, bredouilla Sam.

– Elle est peut-être partie faire des courses, suggéra Eliot, ou elle a quelque chose à faire en ville.

– Genre : elle est allée voir un copain, pouffa Fergus.

– Elle est paralysée des jambes, répliqua Sam. Elle ne se risquerait pas à sortir par un temps pareil, surtout en fauteuil roulant. Les trottoirs sont de vraies patinoires.

– Elle s'appelle comment? demanda Fergus, en ouvrant l'annuaire téléphonique de son portable.

– Si tu cherches un numéro de fixe, c'est inutile, elle est sur liste rouge. Même moi, je ne l'ai pas, répondit Sam.

Le cœur serré, elle se mit à imaginer Maddie à l'hôpital, ou pire encore. À qui pourrait-elle expliquer ce que leur correspondance signifiait pour elle? Sans l'amitié de Maddie, sans l'affection qu'elle exprimait par des mots si bien choisis, jamais Sam n'aurait pu remonter la pente. Elle s'était juré de lui rendre visite. Les hasards conjugués de la météo et du voyage aérien lui en donnaient l'occasion beaucoup plus tôt qu'elle ne l'avait imaginé.

Et voilà que Maddie n'était pas au rendez-vous.

– Son prénom, c'est quoi, déjà? demanda Fergus.

– Maddie.

Il recula de trois pas, mit ses mains en porte-voix et beugla de toutes ses forces, à pleins poumons :

– Maddie? Hého! Maddie!

Du trottoir d'en face, Sam vit bouger le rideau, puis apparaître un visage inquiet avant que le voile ne le recouvre aussitôt, une vision si fugace qu'elle se demanda si elle ne l'avait pas imaginée.

– Attends, mais elle est là, la vieille! s'indigna Fergus. C'est un truc de dingue, je viens de la voir.

Il appuya comme un forcené sur la sonnette pendant une quinzaine de secondes.

Sam se jeta sur lui et le secoua par la manche.

– Tu es complètement fou! Arrête, Fergus! S'il te plaît, arrête ça tout de suite!

Il la toisa en se dégageant d'un coup.

– T'es vraiment pas bien dans ta tête, toi. Un vrai boulet. Tu veux que je te dise : tu sais pas ce que tu veux! Allez!

On s'arrache ! dit-il en poussant Eliot dans le dos. J'en ai ma claque.

Rouge de honte et de confusion, furieuse, mais aussi affreusement vexée, Sam repartit droit devant elle sous la neige. Eliot, lancé à ses trousses, devinait qu'elle levait le coude pour cacher ses larmes. Elle traversa Whitechapel Street en slalomant entre les voitures, s'engouffra dans la station de métro et disparut sans un au revoir.

Quand Eliot parvint à son tour en haut des marches, Fergus lui empoigna le bras.

– Qu'est-ce que tu fais, Eliot ?

– Laisse-moi.

Fergus renforça sa prise et lui fit faire volte-face, bien décidé, au contraire, à ne pas le laisser filer.

– Tu m'expliques ? T'as flashé sur elle ? C'est ça ?

– Laisse-moi passer, je te dis !

Il essaya de se libérer, mais Fergus l'attrapa au col et se rapprocha à le toucher du front.

Autour d'eux, les passants hâtaient le pas avant de disparaître dans la bouche de métro. Eliot était désespéré. Il n'avait aucune envie de se battre. De toute façon, il n'aurait pas fait le poids. Finalement, devant son air mortifié, Fergus s'effaça comme s'il ouvrait une porte invisible.

– Tire-toi !

Eliot se jeta dans l'escalier en criant :

– À tout à l'heure, Fergus. On se retrouve chez Tom pour voir le match.

– C'est ça, dit Fergus avec un rictus. Je lui demande de te garder une bière au frais…

8

Maudissant les précieuses secondes perdues, Eliot dévala les marches et fonça dans les couloirs sans hésiter sur la direction à prendre. Sam allait forcément vers le centre-ville. Il déboucha sur le quai au moment où la rame s'apprêtait à repartir. Sans tenir compte de la sonnerie de fermeture des portes, il s'élança d'un bond en évitant de justesse leur couperet, bredouilla de vagues excuses à un couple sur lequel il s'était étalé, bousculé par le démarrage. Tout en se cramponnant à la barre, il fouilla le wagon des yeux et finit par repérer Sam, tout au fond, sur la dernière banquette. Les boucles de sa chevelure apparaissaient derrière le crâne massif d'un homme coiffé d'une casquette et en combinaison de travail. Eliot remonta l'allée, ballotté par les oscillations du métro qui tressautait dans les virages en grinçant des roues.

Elle ne l'avait pas remarqué. Elle fixait le bout de ses chaussures, morose, les yeux encore rouges d'avoir pleuré.

Il toucha du doigt son genou ; elle tressaillit.

– Ça va ?

– Ça va.

Elle releva le menton, lançant un regard à la ronde.

– Il est où, Fergus ?

– Bah, il n'a pas voulu venir.

Ils laissèrent passer deux stations, murés dans un mutisme identique, secoués par les trépidations bruyantes qui leur tenaient lieu de conversation. « Cette fille, se dit Eliot, est plus mystérieuse qu'un pays interdit, plus secrète qu'un chemin perdu en forêt. Elle traverse tout Londres pour rendre visite à une vieille dame derrière un rideau et, quand elle la voit enfin, elle renonce, elle se décompose sous sa fenêtre. »

– Tu vas où, maintenant, Sam ?

– À Camden.

– Juste comme ça ?

– J'ai une sorte de rendez-vous là-bas. Avec des amis, je veux dire des gens...

Il fit mine de réfléchir.

– Tu sais ce que je pense ?

Elle secoua négativement la tête.

– Je trouve que tu as beaucoup d'amis à Londres, pour quelqu'un qui n'y connaît personne.

Elle gloussa un rire étouffé.

– Je te préfère comme ça, remarqua-t-il.

Elle replaçait timidement une mèche de cheveux pour dégager son visage. Ce geste spontané avait la grâce insaisissable d'une caresse. Il en éprouva une sorte de vertige.

– Il m'en veut beaucoup, Fergus ?

– Mais non. Tu sais, lui et les filles... Faut pas que ce soit trop...

– Trop quoi ?

– Trop... compliqué, tu vois ?

– Je comprends. C'est comme des copains, c'est ça ?

– Quand même pas ! Du moins, j'espère, parce que je suis son meilleur pote, dit-il en roulant des yeux.

Cette fois, elle éclata d'un rire contagieux, sous le regard courroucé de leur plus proche voisin, plongé dans la lecture de son journal. Il n'y a rien de pire que d'être dérangé pendant la lecture des pages sportives, semblait-il dire en donnant de petits coups de menton. Eliot le désigna à Sam d'un rapide mouvement des yeux, en haussant les sourcils chaque fois que l'homme retendait son journal comme un étendard de l'exaspération, et leur fou rire repartait. Eliot brûlait d'envie de lui prendre la main, de lui voler un baiser. Quand ils se furent calmés, elle se pencha et reprit plus bas, sur le ton de la confidence :

– Tu sais, Eliot, des fois, je me dis que les gens ont raison, que je suis un peu à l'ouest.

Naturellement elle s'attendait à ce qu'il proteste, elle l'espérait même. Au pire, il pouvait le faire par politesse. Mais, au lieu de répondre, il resta concentré, fixant l'horizon invisible sous le plancher, comme si la réponse exigeait un long débat intérieur et cherchait son chemin en bousculant des catégories enfouies tout au fond de son cerveau. De sorte que la question restée en suspens s'alourdit de tout le silence qui la suivait. Sam se mordit les lèvres.

Le ralentissement de la rame à l'entrée d'une station entraîna une sorte de branle-bas qui fit diversion. Un couple se leva en libérant deux places et l'amateur de sport en profita pour étendre les jambes. Eliot louvoya pour se glisser sur la banquette en face de Sam. Penché au-dessus de l'allée, le visage à la hauteur de celui de la jeune fille, il reprit la conversation d'une voix légèrement altérée :

– Je peux te répondre franchement ?

Inquiète, elle plissa les paupières. « Pourvu qu'il ne me dise pas que les gens ont raison. Ou que je suis folle. J'en mourrais de honte, là, sur place. »

– Je pense un peu comme Fergus. Je ne crois pas que tu avais vraiment envie de voir cette vieille. Je veux dire, ton amie.

« N'importe quoi », pensa-t-elle, piquée au vif. Elle porta à ses lèvres le bout de ses doigts, comme si elle voulait se ronger les ongles.

– Pourquoi tu me dis ça ?

– Franchement, Sam, on était à sa porte. Il suffisait d'insister un peu...

– Attends, tu crois que j'ai fait tout ce cirque...

– Ne te vexe pas. Je ne te reproche rien mais, pour le coup, Fergus a raison. On aurait pu insister. Je suis d'accord avec lui : tu ne sais pas ce que tu veux.

Ses joues s'embrasèrent comme si on l'avait giflée.

– Qu'est-ce qu'il y connaît, Fergus, hein, à ce que je veux ? demanda-t-elle d'une voix déformée par la colère.

Eliot répliqua en haussant le ton malgré lui :

– Excuse, mais j'étais là. On l'a vue, la vieille, OK ? Elle était à la fenêtre. On l'a tous vue.

– C'est bien ça le problème...

Eliot leva les sourcils.

– Explique !

Elle croisa les bras, penchée ostensiblement vers le journal du voisin.

– Rien, rien...

– On était de trop, c'est ça que tu veux dire ?

Elle explosa.

– Parfaitement ! Parce que moi aussi je l'ai vue, qu'est-ce que tu crois ? Je ne suis pas idiote. Tu penses peut-être que quelqu'un comme elle, qui vit seule, handicapée, peut ouvrir à n'importe qui ? Mets-toi à sa place, Eliot. Ce n'est pourtant pas compliqué à comprendre. Fergus qui braille comme un veau « Maddie » en pleine rue, toi qui te marres dans ton coin, et moi, coincée au milieu, pile entre vous deux. Elle m'a mise dans le même sac. Elle tire le rideau. Pour elle, c'est juste trois voyous qui font les clowns en bas de chez elle : forcément qu'elle a eu peur. Faut dire aussi qu'avec vos dégaines, là…

– Quoi, nos dégaines ? Si je me souviens bien, quand tu t'es fait agresser, elles ne te dérangeaient pas, nos dégaines. On est bons pour te sortir des pattes des autres bâtards, mais après, bye-bye, on doit retourner au clapier, c'est ça ? On fait désordre dans le décor ? Elle te plaît pas, la veste de mon père ? Tu vas me dire aussi comment je dois m'habiller ? Mets-en une seconde couche, pendant que tu y es, tu m'as déjà quasiment traité de raciste, alors que tu ne sais même pas d'où je viens.

Il reprit son souffle, surpris par le débit saccadé de sa propre tirade. Il s'en voulait déjà mais, la voyant chanceler, une nouvelle bouffée de colère le submergea et fit sauter la dernière digue.

Il pointa le doigt pour porter l'estocade, méchamment, cruellement.

– Et t'avise plus jamais de me donner des leçons sur Fergus, t'entends ? Tu lui arrives pas à la cheville. Il a failli passer sous un bus pour te venir en aide, et franchement, ça n'en valait pas le coup. Petite bourgeoise, va !

« Bien envoyé ! » jugea le type au journal, surpris par la violence de leur dispute. Décrochant de la chronique d'un gala de boxe à Manchester, il tendit l'oreille pour se glisser dans les coulisses de leur querelle en spectateur clandestin.

Du réflexe et de la frappe, chez ce garçon. L'équivalent d'un direct à la mâchoire. Bien sec ! Un coup comme celui-là mérite une réponse de même calibre. Il jeta un regard oblique vers la fille, jaugeant ses capacités de réaction. Même catégorie, un peu moins d'allonge, différence de poids. Pas sûre d'elle, mais impulsive et féroce quand on la cherche. Elle a pris cher, elle encaisse, mais elle n'est pas encore KO. Beaucoup d'intensité dans les attaques, zéro round d'observation, et n'oublions pas que c'est elle qui a commencé... D'ailleurs, elle a mis la barre très haut en le traitant de voyou.

Comment va-t-elle riposter ? Que va-t-elle dire ? Que va-t-elle faire ? Une bonne claque, qui sait...

Rien. Elle ne répondait rien. Désolation absolue. Il se dressa d'un bond à la sonnerie en roulant son journal. Le petit gars en veste militaire avait gagné par jet de l'éponge dès la première reprise. « Les jeunes d'aujourd'hui manquent de panache, se dit le type en allongeant le pas. Tout juste bons à figurer dans la rubrique "mots croisés", et encore... »

Sam fureta dans son sac pour se donner une contenance, pendant qu'Eliot la dévisageait. Elle laissa sa place à une jeune mère accompagnée de sa petite fille, puis rejoignit tristement les voyageurs massés devant la porte. La rame s'arrêta, les portes s'ouvrirent. Bousculée par les gens qui commençaient à sortir, Sam revint sur ses pas, soudain prise de remords. Elle se pencha pour effleurer tendrement du bout des doigts la joue du garçon. Incroyable, la lenteur de ce geste à contre-courant, alors que le flot l'emportait déjà. Les gens ne sont décidément pas tous dans le même espace-temps.

– Adieu, Eliot. Tu avais raison pour Fergus, je ne lui arrive pas à la cheville. Je n'arrive à la cheville de personne, de toute façon.

Eliot s'était dérobé, en tournant la tête. Il ne fit aucun geste pour la retenir. Mais, quand les portes se refermèrent et qu'il la vit se mêler au flot des passants, le toupet de ses cheveux dansant au milieu du troupeau des anonymes, comprenant soudain qu'il ne la reverrait sans doute jamais, et que ce « jamais » avait le tranchant définitif d'une lame de couteau, il sentit une affreuse boule de chagrin remonter de ses entrailles. Il laissa couler ses larmes, sans se soucier des regards goguenards ou apitoyés, sans honte, sans retenue, juste pour lui-même.

Surprise, la petite fille se pencha de côté, sa bouche dessinant un O parfait dans son visage de poupée chinoise.

– Pourquoi il pleure ?

– C'est rien, ma chérie, c'est juste des histoires de grands, dit sa mère avec une pointe de tristesse, il est amoureux…

La petite fille se tourna vers elle en attendant la suite.

– … mais il ne le sait pas, conclut la maman en la serrant dans ses bras.

Sam prit la Northern Line jusqu'à Camden Town. En sortant de la station, elle serra le col de son coupe-vent. La neige continuait de tomber. Dans les cafés, derrière les devantures, des programmes d'actualités en continu montraient des skieurs de fond et des enfants en luge sur les collines de Greenwich et de Primrose Hill. Elle avait beau marcher vite pour se réchauffer, elle était prise de tremblements irrépressibles. Le froid s'insinuait au-dehors et au-dedans, il lui gelait les doigts et lui glaçait le cœur. Les façades s'ornaient de sculptures publicitaires insensées, tête d'éléphant surgissant d'un faux palais indien, silhouettes fardées d'héroïnes gothiques, chaussures géantes sur fond de drapeau anglais, dragon agrippé à un mur de brique, la langue dardée vers les passants. Des allures de fête foraine sous le cercle polaire. La gaieté fausse qui s'en dégageait achevait de la démoraliser, alors qu'elle sortait meurtrie d'un terrible jeu de massacre.

Elle suivit la foule en maudissant sa maladresse incurable, entra dans une friperie, s'acheta un bonnet aux armes du club de Chelsea et une doudoune à gros motifs fleuris, les derniers vêtements d'hiver encore en stock au fond du magasin. Sans doute les plus hideux qu'elle eût jamais portés. Elle rangea en boule son coupe-vent dans la grande poche de son sac à dos, arracha d'un coup de dents l'étiquette de ses habits avant de les endosser.

Dans les vitrines, les reflets de sa capuche couronnée de fourrure synthétique lui donnaient un air d'Inuite. Elle oscillait entre la tristesse et la colère, honteuse d'avoir humilié Eliot alors qu'elle aurait tant voulu l'enlacer. Elle entra dans un fast-food et s'attabla sur une chaise haute devant un café tiédasse, face à la rue.

Elle repensait à Maddie, à son visage de porcelaine entrevu derrière le rideau. Elle espérait que la vieille dame n'avait pas deviné, parmi les trois individus vociférant sous ses fenêtres, la jeune fille venue lui rendre visite.

Maddie, si chic, qui l'appelait toujours « chère Samantha » dans ses lettres.

C'était bien la seule.

Pour les autres, elle avait à peu près autant d'existence qu'un claquement de doigts : « Sam ».

Et voilà, on avait tout dit d'elle.

9

– Non mais, j'hallucine !

Diane, la mère de Sam, ne décolérait pas. Le téléphone portable vissé à l'oreille, marchant de long en large dans le salon sous l'œil interrogateur de Richard, elle ponctuait sa conversation de remarques cinglantes.

– Tu ne peux pas me dire où elle est ? Et tu m'annonces tranquillement, là, maintenant, qu'on ne peut plus la joindre ?

– …

– Je le sais qu'elle est à Londres. Une charmante petite bourgade peuplée de quelques millions d'individus, c'est dans tous les guides.

– …

– Elle t'a appelé, c'est toi le père ! Qu'est-ce que tu veux qu'on fasse, nous, ici, à dix mille kilomètres de distance ?

– …

– Non, elle est encore fragile ! Et tu le sais très bien ! Bon sang, Nils, quand est-ce que je vais vraiment pouvoir te faire confiance ?

– …

– Ça va, j'ai compris ! Laisse tomber !

Elle coupa la communication, balança le téléphone sur le canapé en l'assaisonnant d'un juron retentissant. Elle se tourna vers Richard pour lui résumer la situation.

– Samantha n'a plus de portable.

– Oui, j'ai cru comprendre. Ce n'est pas la peine de te mettre dans un état pareil. Elle t'a appelée hier soir. Elle l'a oublié à l'hôtel ou elle l'a perdu ?

C'est dans ce genre de situation que Richard avait le don de l'énerver. Toujours calme, toujours posé. Diane se campa devant lui, les bras croisés.

– On le lui a piqué en pleine rue.

Il pâlit d'un coup.

– On l'a frappée ?

– Non, non, Nils m'assure que non.

– Mais elle va bien ?

– Elle a laissé un message à Nils au poste de police.

– Il a rappelé ?

– Oui, mais on ne lui a rien dit de plus. Apparemment, tout s'est passé très vite, Sam s'est fait bousculer pendant qu'elle tentait de se repérer dans une rue. Elle n'a rien. Elle a déclaré le vol à la police. Dans le message, elle disait qu'elle allait rejoindre des amis à Camden.

– Bon, tant mieux, souffla Richard, rassuré.

Diane se dégagea et se mit à rouler des yeux, excédée.

– Tant mieux ? C'est tout ce que tu trouves à dire ?

– Ça me touche autant que toi, Diane. Je suis juste content d'apprendre que Sam n'a rien. Le vol de portable, c'est très fréquent, et ça peut arriver n'importe où, surtout quand on est jeune. L'important, c'est qu'on ne lui ait pas fait de mal.

– Ben voyons ! Tu vas me sortir des statistiques, en plus ?

C'est pas n'importe où, c'est à Londres, et ce n'est pas n'importe qui, c'est ma fille, Samantha ! Elle s'est fait agresser !

– Notre fille, si tu veux bien.

Richard croyait laisser passer l'orage, mais c'est un cyclone qui était en route.

– Et puis, s'il te plaît, continua-t-elle, épargne-moi tes études sur la violence et la délinquance. Du moment qu'on est en dehors d'un quartier pourri de La Nouvelle-Orléans ou de Soweto, qu'il n'y a pas d'émeute raciale, de bâtiments en flammes, de sang dans le caniveau, du moment qu'on n'entend pas de coup de feu, qu'on ne voit pas tourner les hélicos, pour toi, tout va bien. On peut dormir tranquille ! Avec toi, c'est ou la paix sociale, ou la guerre civile.

– Diane, ça sert à quoi de t'énerver ? Quand je dis qu'elle n'a rien, je ne dis pas que ce n'est rien. Apparemment, elle a plutôt bien réagi. On est tous passés par des moments comme ça, on a tous frôlé un jour la catastrophe. L'important, dans ces cas-là, si on peut faire face, c'est d'aller de l'avant, non ? Accorde-moi que ça aurait pu être bien pire.

Diane se tourna d'un bloc.

– Ah, tu trouves, toi aussi ? Formidable ! Ma parole, vous vous êtes donné le mot, avec Nils ? Parce que là, bravo ! Même analyse, même discours. Des voyous dépouillent Sam en pleine rue, elle est perdue dans Londres avec je ne sais qui, mais tout va bien.

– Elle a dix-huit ans, Diane. Elle parle couramment anglais, et il n'y a aucune raison pour qu'il lui arrive d'autres ennuis. Je suis sûr que tout va bien se passer.

Tirant la fenêtre coulissante de la baie vitrée, Diane alla s'appuyer au balcon, le regard planté sur les toits rouges et les palmiers des jardins. Richard lui entoura les épaules. Elle contracta le dos, en soupirant :

– C'est arrivé ce matin, et depuis, plus de nouvelles. Et moi, je suis coincée ici, je ne peux rien faire…

– Mets-toi à sa place, elle a fait le nécessaire pour nous prévenir, il lui reste un peu de temps pour profiter de la ville… elle ne va pas nous appeler toutes les trois heures. Je l'envie un peu, Londres doit être magnifique sous la neige…

– Mais tu le sais, toi, que ce n'est pas facile pour elle ! Le portable, c'était la condition pour qu'elle puisse partir.

– Ta condition, Diane. Sam peut vivre sans. On le sait tous les deux.

– Elle est encore trop fragile. Je n'aurais jamais dû la laisser partir.

Richard sentit qu'elle risquait de s'enfermer dans cette conviction. Il reprit, aussi doucement et fermement que possible :

– Mais si on ne le fait pas, ça ne sera jamais le moment. Elle va beaucoup mieux, elle est pleine de vie. Elle était enchantée d'aller toute seule à l'anniversaire de Teo. Tu te souviens de ce qu'elle a dit à l'aéroport ? « C'est le plus beau jour de ma vie. » Elle ne se serait pas contentée de laisser un message si elle était traumatisée. Elle nous appellera ce soir, ne t'inquiète pas.

– Nils a refusé de la déclarer comme personne disparue ! gémit Diane en serrant si fort la balustrade que les jointures de ses doigts en pâlirent.

– Diane, Samantha n'a pas disparu ! Tu ne peux pas la joindre, c'est différent. Je ne sais pas comment c'est en Angleterre, mais j'imagine qu'il faut un délai raisonnable avant de signaler une disparition.

Elle se dégagea brusquement pour retourner dans le salon.

– Je vais appeler son hôtel. Tu vas voir si j'ai envie d'être raisonnable…

10

Tassé contre la vitre, engoncé dans sa parka comme un animal blessé au fond de son terrier, Eliot tentait de ravaler ses larmes en se laissant ballotter par le roulis du métro. Il descendit à la station suivante et marcha comme un automate vers la sortie. Des affiches annonçaient l'exposition « Gauguin à Tahiti ». Sous le titre, une jeune fille mélancolique, les seins nus, la bouche légèrement boudeuse, une corbeille de fleurs rouges dans les mains, semblait regarder passer les voyageurs loin de la mer et des cocotiers. Eliot ralentit. Malgré un teint plus clair, la ressemblance avec Sam était frappante. « Comme elle a l'air triste », pensa-t-il. Des gens le dépassaient en le bousculant. Une main le toucha à l'épaule.

– Pardon, je me mêle sans doute de ce qui ne me regarde pas…

Il se retourna, et mit une ou deux secondes avant de la reconnaître. C'était la jeune mère accompagnée de sa petite fille.

– … Vous ne devriez pas la laisser partir.

Il faillit répliquer vertement, par réflexe ou par fierté, mais le monde autour de lui n'avait pas encore repris sa forme habituelle. C'était un monde traversé de somnambules dont l'existence lui était indifférente, un monde à l'atmosphère raréfiée. Un monde où le portrait de Sam pouvait s'afficher partout en gros plan dans les couloirs du métro, alors que la véritable Sam, la jolie métisse, avait définitivement disparu de sa vie.

L'insistance de la jeune maman, cependant, la clarté et la douceur de son regard, aussi, le firent hésiter. Elle lui parlait carrément, sans emprunter les chemins ordinaires des conversations entre inconnus, comme si le temps pressait, qu'elle le connaissait, et qu'elle se sentait le droit de s'inviter dans son histoire.

– Elle lui ressemble, n'est-ce pas? dit-elle en désignant l'affiche.

Il fit le geste de se débarrasser d'une mouche.

– C'était fichu dès le départ, de toute façon.

– Vous n'avez pas le droit de dire ça. Vous savez où elle va?

– À quoi bon? Je ne peux pas la joindre. D'ailleurs, elle n'a aucune envie de me revoir…

– Vous vous trompez. Elle est revenue vers vous. Ce n'est pas une histoire qui finit, c'est une histoire qui commence.

De nouveaux passagers arrivaient au compte-gouttes sur le quai. Tirant sa mère par la main, la petite fille s'impatientait. Elle était vêtue comme pour aller aux sports d'hiver : un bonnet, une écharpe et des gants de laine mêlés de fils d'argent. Elle avait hâte d'aller faire son bonhomme de neige dans le parc.

Eliot esquissa un sourire.

– Elle s'appelle Nane, dit la jeune femme en la tenant aux épaules. Et moi, c'est Alice.

– Eliot.

– Je sais. Votre amie vous a nommé avant de s'en aller.

Il se sentit rougir jusqu'à la racine des cheveux.

Elle se tourna de nouveau vers l'affiche.

– Eliot, croyez-moi, vous ne devriez pas renoncer. Elle en vaut la peine.

– Elle va rejoindre des amis à Camden. Comment voulez-vous que je fasse ? Vous vous imaginez, vous, retrouver quelqu'un là-bas ?

– Essayez quand même. C'est tellement dommage de laisser les choses se défaire. Vous n'avez rien à perdre… Parfois, la vie fait des miracles.

Eliot repensa d'un coup à la chevelure dansante de Sam s'éloignant dans la foule. Des boucles noires, serrées, ruisselantes comme une cascade d'ébène. Il sentit la même pointe douloureuse, violente, inexplicable, lui perforer les côtes et lui vriller le cœur.

Il hocha la tête et tendit la main.

– Merci, Alice.

Elle serra la sienne avec effusion.

– Allez-y, Eliot. Vous savez que j'ai raison.

Il tourna brusquement les talons, accéléra le pas, laissant derrière lui la maman et sa fillette qui agitait ses petits doigts en guise d'au revoir.

C'est en sortant à Camden qu'il comprit les maigres chances d'une pareille résolution. Il avait perdu du temps et pris beaucoup trop de retard.

Comment allait-il retrouver Sam, dans ce lacis de rues et de marchés couverts, parmi ces milliers de personnes déambulant de boutique en boutique ? Il pensa qu'il lui serait facile de repérer la tache rouge de son coupe-vent, mais la foule autour de lui mêlait toutes sortes de gens vêtus de façon plus ou moins extravagante. En l'espace d'une heure, Eliot aperçut Sam une bonne dizaine de fois. Sam fouillant dans les bacs à fringues du marché d'Inverness. Sam accoudée aux barreaux des écluses de Camden Lock. Sam buvant une bière derrière les petits carreaux d'un faux pub irlandais (mais Sam buvait-elle de la bière ?). Sam bras dessus bras dessous avec deux copines en goguette, une cigarette fichée au coin des lèvres (mais Sam ne fumait pas). Sam inspectant les modèles à la devanture d'un tatoueur (Sam était-elle tatouée ?). Sam marchandant le prix d'un jean avec un vendeur à gros biceps, sous des haut-parleurs déversant de la techno à plein volume, juste assez fort pour fendre un crâne et faire saigner les oreilles.

À croire qu'il y avait eu un lâcher de Sam dans l'heure précédente. Des simulacres agissant comme autant de bombes à retardement, parce que chaque fois qu'il s'en rapprochait, il ne la reconnaissait plus. Ou bien Sam avait drôlement vieilli, ou bien elle avait grossi, et la désillusion lui faisait descendre de nouveaux degrés dans l'incertitude et la tristesse. Des filles de couleur, tout comme elle, des Africaines, des Caribéennes, des Hispaniques, mais ce n'était jamais elle. Un peu plus claires, un peu moins grandes, trop de ceci, pas assez de cela. Juste des clones maladroits, dispersés à seule fin de le tourmenter. Et la neige tombant autour de lui en silence, la neige tourbillonnant avec de faux airs de fête, recouvrant la ville comme une paisible extinction de voix. Le monde lui mentait. Le monde lui parlait bas.

Un moment, Eliot crut vraiment voir la jeune fille, attablée dans un fast-food quelconque, ou, plus exactement, il la saisit, un bref instant, en train de faire un geste. Si ce geste avait été un son, Eliot l'aurait reconnu entre mille, aussi léger et aérien qu'une note de cristal. La façon dont Sam ramenait sa coiffure en arrière, avec cette brisure du poignet, les doigts perdus dans ses boucles noires, qui ne durait pas plus qu'un soupir, c'était une danse minuscule et légère qui se déployait si discrètement que personne, à côté d'elle, ne semblait en remarquer la grâce. Mais lui, il y retrouvait, gravée dans sa mémoire, une signature intime qui l'avait déjà bouleversé.

Cette fois, il ne pouvait pas se tromper. Elle était là, derrière une vitre, de l'autre côté de la rue, assise dans cette lumière abricot, seule, indifférente aux conversations qui l'entouraient. À demi cachée par les reflets, perdue dans ses pensées, ignorant qu'elle était observée, si belle sans le savoir, et d'autant plus touchante.

Elle pivota pour se lever. Le temps qu'Eliot traverse la rue, qu'il se fraye un chemin entre les piétons, le temps qu'il rassemble ses esprits, la main en arrêt au-dessus de la poignée de porte, cherchant une phrase pour l'aborder, les mots justes qui ne la blesseraient pas, et elle avait disparu. En panique, il fouilla du regard l'intérieur, la main en visière pour atténuer les reflets de la vitre, survolant les consommateurs, glissant d'une table à l'autre, s'arrêtant dans chaque recoin. « Elle est là, j'en suis sûr, se dit-il en guise d'encouragement. Je sais qu'elle est là. »

Il l'aperçut qui se dirigeait vers la caisse, au fond de l'établissement, tout au bout d'un comptoir de verre alignant des pâtisseries bon marché. Mais ce n'était pas Sam. La fille portait un horrible manteau, une sorte de doudoune à grosses fleurs, un vrai Bibendum. Et quand elle se pencha pour compter la monnaie, il ne vit que la moitié d'un profil enfoui sous un bonnet de supporteur de foot. La déception était telle qu'il ne songea pas un seul instant à vérifier de plus près.

« Ce n'est pas elle », se dit-il, consterné.

Un leurre de plus, une nouvelle imitation.

La vie fait des miracles, quelle blague !

Il lâcha la poignée de porte et fit demi-tour.

Quelques secondes de plus, et il aurait reconnu le sac à dos glissé à son épaule, avec la peluche de gorille suspendue à sa fermeture éclair.

11

Diane revit en pensée la silhouette juvénile de Sam, à l'aéroport, s'éloignant des portiques de sécurité, le petit gorille dansant joyeusement la gigue comme s'il partait avec elle en vacances. Elle eut un pincement au cœur. Même si Richard chérissait Sam comme sa propre fille, il ne pouvait pas comprendre. Il ne l'avait pas portée, il ne l'avait pas vue naître et grandir…

Leur rencontre datait d'un cycle de conférences sur la guerre de Sécession à l'American Center de Paris. Richard devait donner la dernière, au début de l'été. L'interprète engagée pour le doubler en français s'étant décommandée au dernier moment, il avait fallu lui trouver une remplaçante, et Diane avait accepté aussitôt. Arrivée en avance, elle avait franchi les travées vides de l'auditorium pour se présenter à un petit groupe en pleine discussion près du pupitre. On l'avait saluée distraitement. Richard faisait des essais de micro. Il l'avait à peine regardée.

« Connard », avait pensé Diane, consternée par la brusquerie professionnelle de ce héron dégingandé.

Docteur honoris causa d'universités prestigieuses en Europe, directeur du département d'histoire à l'université de Milwaukee, c'était un des plus grands spécialistes de la guerre de Sécession.

Tout cela, Diane l'ignorait. L'aurait-elle su que cela n'aurait d'ailleurs en rien contribué à soulager son stress. Elle s'installa derrière le micro réservé aux interprètes, parcourut ses propres notes prises à la hâte avant de venir. Elle ne voyait pas trop d'intérêt à ressasser les commentaires sur une guerre vieille de plus de cent cinquante ans, une grosse baston de petits gars en gris et en bleu menée par des traîneurs de sabre, un truc pour John Wayne ou Donald Trump.

Elle fut pourtant conquise dès les premières phrases… Car Richard, brillant orateur, dévoilait avec passion les terribles prolongements de ce conflit fratricide au cœur de l'Amérique d'aujourd'hui.

Elle décida de rester au cocktail après la conférence. Une coupe de champagne à la main, elle détailla la faune propre à ce genre d'événement : un tiers d'étudiants béats, un tiers d'intellectuels avides de controverse, un tiers de mondains et de pique-assiette. À sa grande surprise, après la séance de signatures, Richard s'avança pour lui donner un exemplaire de son livre dédicacé, en la priant d'être indulgente pour sa brusquerie.

– Votre traduction… elle était parfaite, bafouilla-t-il.

Diane ouvrit de grands yeux.

– Mais vous parlez français ?

– Un peu…, avoua-t-il avec l'air penaud d'un gamin

contemplant un jouet cassé. Mais sans assez d'efficience devant une audience française.

Une grande femme brune et énergique qui venait vers eux en faisant claquer ses talons s'interposa avec autorité.

– Vous êtes Diane Hez, n'est-ce pas ? Nous n'avons pas encore eu le temps de bien nous présenter. Je suis Clarisse Leahy, je dirige l'American Center. On vous a recommandée et, franchement, je ne le regrette pas. Votre traduction collait parfaitement, jusqu'au rythme et à l'intonation, plusieurs personnes me l'ont fait remarquer. J'espère que nous aurons de nouveau l'occasion de travailler avec vous.

Soulagée, Diane répondit que ce serait avec grand plaisir.

Richard proposa qu'elle se joigne au dîner prévu pour clore la soirée.

– C'est une excellente idée, dit Clarisse. On fera davantage connaissance. Le restaurant est déjà réservé. Je donne un petit coup de fil pour ajouter un couvert.

Comme Diane protestait, elle l'arrêta d'un geste, dégaina son portable et s'éloigna de quelques mètres pour passer la communication.

Richard écarta les mains, faussement contrit, comme si les événements lui échappaient. Clarisse coupa court aux remerciements de Diane.

– C'est fait, vous êtes notre invitée. Je vous dois bien ça, dit-elle en glissant le téléphone dans sa pochette, vous nous avez rendu un fameux service.

Le restaurant était à trois rues de là, dans un renfoncement entre deux immeubles. Richard en apprécia le choix, qui lui rappelait des dessins de Sempé, si « délicieusement français », dit-il. Leur table était dressée sous une tonnelle ornée d'une guirlande lumineuse tamisée par le feuillage. Il installa Diane à côté de lui.

– Je pourrais encore avoir besoin de vos services, expliqua-t-il en s'asseyant à son tour.

– Mais tout le monde parle anglais, ici, lui fit gentiment remarquer Diane.

Une bonne table, du bon vin, des visages nouveaux, et cette douceur printanière basculant vers l'été. Ils étaient en petit comité, seuls une libraire et un journaliste de la *Revue historique* les avaient rejoints.

La conversation tourna quelque temps autour de la politique des deux côtés de l'Atlantique, puis on parla voyages et vacances. Richard restait encore six jours à Paris, ensuite il se prévoyait un été studieux.

– Trop de recherches à faire pour mon prochain livre, expliqua-t-il.

La libraire sauta sur l'occasion pour lui en demander le sujet, et le journaliste s'engouffra dans la brèche. Richard s'exécuta.

– Je sais que l'histoire ne se répète pas, mais peut-on au moins tirer quelques enseignements de nos erreurs passées ? Je voudrais creuser cette idée de la reconstruction, et chercher en amont des conflits tout ce qui aurait pu aider à les désamorcer sans renoncer à la justice. Les efforts de Mandela pour bâtir une nation « arc-en-ciel » en Afrique du Sud, à cet égard, sont exemplaires.

– On ne pouvait pas éviter la guerre de Sécession, fit remarquer Diane. Les abolitionnistes avaient mille fois raison. Il fallait se battre.

– Je suis d'accord avec vous, approuva Richard, mais partons de ce constat : la guerre a totalement ruiné le Sud et endetté le Nord à des niveaux stratosphériques. Avec tout cet argent dépensé, Washington aurait pu, avant même de tirer un seul coup de fusil, indemniser au prix fort les propriétaires du Sud en achetant tous les esclaves, les doter chacun d'une terre à cultiver et lancer un programme d'alphabétisation à travers tout le pays ! On a libéré les esclaves et, en l'espace de dix ans, on a voté des lois qui supprimaient leurs droits les plus élémentaires, y compris celui à l'éducation. Les gens consentent des sacrifices monstrueux pendant les guerres, mais que sommes-nous prêts à donner en temps de paix pour davantage de justice sans répandre de sang ? La question mérite d'être posée, vous ne trouvez pas ?

– Sans doute, mais dans ce cas, on s'écarte du territoire de l'historien, observa le journaliste.

– Si on résume, vos vacances, constata Clarisse, consistent surtout à ne pas en prendre ! Vous ne vous arrêtez jamais ?

– Une semaine à Paris, c'est déjà formidable ! Et vous ? Des projets pour cet été ?

– Je ne sais pas si ça va vous plaire, je pars trois semaines dans le Kentucky, près de Lexington. Je vais faire de l'équitation chez les méchants sudistes, dit-elle avec une grimace. Et vous, Diane, où partez-vous ?

– Hum, pas de vacances prévues cette année.

– Le travail, j'imagine… Dans votre métier, on ne peut pas toujours s'organiser comme on veut. En tout cas, vous êtes une pro. Fluidité, rapidité. Et ce n'était pas une conférence facile. Je suis sûr que la moitié de la salle ne connaissait pas le mot « *scalawag* ». J'ai cru que vous étiez une spécialiste. Vous vous intéressez à la guerre de Sécession ?

– On devrait plutôt dire que je la pratique, avoua Diane, avec une pointe d'ironie dans la voix. Je suis en plein divorce.

– Aïe ! fit Richard.

– Nous n'avons pas encore décidé du choix des armes, ajouta-t-elle, mais j'aimerais autant que possible éviter la cavalerie. Mon mari travaille dans les éoliennes, et moi je ne tiens pas trois secondes sur un cheval… Je vous laisse deviner qui tiendrait le rôle de Don Quichotte. (Elle leva son verre avec un clin d'œil amical vers Clarisse.) En tout cas, j'adorerais visiter le Kentucky. À vos vacances !

– Et à votre accueil ! ajouta Richard. À Paris !

12

Sam sortit du fast-food moins de trente secondes après le départ d'Eliot, sans même l'apercevoir. Elle voulait tenter de retrouver Cathy. Mais le marché de Camden Stables, où elle était censée la rejoindre, était beaucoup plus vaste qu'elle ne l'avait imaginé. Autrefois, c'était un complexe dédié aux chevaux de labeur employés dans les usines et les distilleries le long du Regent's Canal. On y trouvait des écuries, une clinique vétérinaire, des granges et des entrepôts, des selleries, des bourrelleries, des forges de maréchal-ferrant, l'ensemble relié par d'immenses couloirs voûtés.

Çà et là, quelques statues de chevaux tout harnachés, grandeur nature, y rappellent encore la vieille révolution industrielle, l'esclavage des bêtes et des hommes asservis au charbon et à la vapeur. Mais ce sont désormais les dix mille avatars du dieu du commerce qui règnent sous les voûtes de brique, un caravansérail de marques et d'enseignes lumineuses, une caverne d'Ali Baba envahie par les mangas, le vintage et le *made in China*.

Sam se rendit vite compte que, sans son portable, elle n'avait aucune chance de retrouver Cathy dans la foule flânant dans les allées couvertes. Cette courte errance dans Londres se fragmentait en territoires démultipliés à l'infini, un kaléidoscope de styles et de modes disparates, sillonnés par des tribus identifiables à leurs codes vestimentaires.

Le petit déjeuner pris à l'hôtel lui paraissait bien loin, comme si le cours de cette étrange journée, sorti de son lit, suivait une horloge tournant au ralenti.

Dans un bazar, une dizaine de figurines de plastique à l'effigie de la reine saluaient derrière la vitre. Elles étaient si drôles que Sam eut envie d'en rapporter une à son petit frère. À peine entrée dans le magasin, une vendeuse en mini-jupe écossaise surgit d'un rayon et lui sauta dessus. La fille devait avoir à peu près son âge, avec un goût très prononcé pour le gothique. Crâne rasé d'un côté, mèche rouge retombant sur l'œil de l'autre. Collier à clous, mitaines, piercings, tatouage d'araignée à l'épaule et bas résille enfilés dans des Doc Martens. Elle attrapa une figurine dans la vitrine et la retourna tête en bas, indiquant d'un ongle laqué de noir le logement pour les piles dissimulé sous le socle. Elle parlait avec une voix de gamine, une toute petite voix haut perchée, sans aucun rapport avec son look d'amazone urbaine. La reine entre ses doigts avait l'air d'une ménagère figée à l'arrêt du bus. Elle la reposa au milieu de ses compagnes.

Sam ne savait laquelle choisir. Même collier de perles, même petit sac à main un peu ridicule, même coupe de robe, même va-et-vient de la main, mais la palette de couleurs allait du bleu layette au rose pastel. Il y avait un côté un peu effrayant dans leur façon de bouger en rythme. Alignées comme des petits soldats, elles auraient pu servir de public souriant à un défilé militaire en Corée du Nord.

– Moi, je les trouve toutes belles, souffla la vendeuse. J'en ai plusieurs à la maison, et mes parents aussi. À chacun sa reine, d'une certaine façon. Vous pouvez les assortir à votre papier peint ou à votre humeur du jour.

Sam choisit la troisième à partir de la gauche, bleu pervenche. Souriante sous son chapeau cloche, la figurine se tenait au garde-à-vous, raide et endimanchée. Sa main droite à hauteur de l'épaule, doigts réunis et gantée de blanc, oscillait avec une régularité de métronome. Elle semblait dire : « Allez-y, vivez votre vie, faites ce que bon vous semble, chantez, dansez, pleurez, dans tous les cas je vous dirai bonjour, du matin au soir, ou bye-bye si vous préférez, c'est comme vous voulez, ça n'a aucune importance, parce que de toute façon l'Angleterre sera toujours l'Angleterre, et moi, la reine, je serai toujours la reine, et *God save the Queen.* »

La vendeuse l'enveloppa d'un papier mousseline et s'apprêtait à la ranger dans sa boîte, quand Sam l'arrêta.

– Je préfère la prendre comme ça. Sans l'emballage.

– Vous êtes sûre ?

– Oui, elle tiendra très bien dans mon sac.

– Vous avez bien raison ! l'approuva la vendeuse, ravie d'avoir enfin rencontré une cliente à la hauteur. Les gens n'y font jamais attention, mais les figurines et les poupées, c'est vachement fragile… Je veux dire, au plan sentimental, c'est hyper violent de les enfermer dans une boîte, hyper violent !

Sam l'observa de biais. La fille était très sérieuse.

– Pour moi, reprit-elle en regardant à droite et à gauche avec un air de conspiratrice, c'est pareil que pour des bébés chats… (elle posa sa mitaine sur l'avant-bras de Sam en battant des paupières)… il faut qu'elles respirent.

Revenue dans le flot des badauds, Sam se dit qu'elle avait bien fait. Elle trouvait à la reine un petit air de ressemblance avec Maddie, et c'était bon signe. En Afrique du Sud, tout le monde se promenait avec une amulette ou un porte-bonheur. Enfin presque.

« Il ne peut plus rien m'arriver, maintenant que j'ai la reine dans la poche, se dit-elle. Ce n'est pas rien. Des centaines de milliers d'enfants sont nés, des centaines de milliers de vieillards sont morts, elle a vu passer des millions de gens en remuant la main sans jamais s'arrêter. Ils ont glissé comme les nuages, elle seule demeurait, la vieille dame saluant de son balcon, fidèle à son poste, cramponnée à son petit sac. Elle est trop forte. »

En sortant à l'air libre, Sam tomba presque nez à nez avec la statue de bronze d'Amy Winehouse en jupette, indifférente à la neige tombant sur ses maigres épaules. Juchée sur ses hauts talons dans un déhanché maladroit, la chanteuse disparue arborait un chignon énorme.

Sam passa devant un magasin de surplus militaire. Casques et poignards, bottes de para, gilets pare-balles et treillis de combat. Dans la pénombre d'un filet de camouflage, un mannequin adossé à des sacs de sable semblait faire l'inventaire de son équipement de survie. C'est peut-être à cause de lui qu'elle ralentit, intriguée par ce détail : il portait une parka du même modèle que celle d'Eliot. Cette dernière, cependant, était usée, défraîchie, avec un nom écrit à l'encre délavée sur une étiquette cousue au niveau de la poitrine. Sam essaya en vain de se rappeler les lettres qui le composaient. C'était un nom à consonance polonaise.

« J'aurais dû faire plus attention à lui..., se dit-elle. J'aurais au moins pu lui demander, pour son père... »

Elle avait encore en mémoire le regard d'Eliot, la lueur de gaieté qui s'y allumait parfois, luciole éphémère, vive et pétillante. Et Sam avait la faiblesse de croire que cette lueur, si fugace, si tendre et si joyeuse, avait jailli seulement pour elle. D'autres signes, d'autres gestes aussi, ne pouvaient la tromper sur ses sentiments. C'était presque douloureux quand elle y pensait, cela mettait son cœur en apesanteur.

Elle s'attarda un moment aux écluses, le temps d'observer la manœuvre d'une péniche très étroite. Puis elle descendit quelques marches pour se rapprocher de la berge, marchant sans but, se contentant de suivre l'ancien chemin de halage qui longeait le canal. En dehors du marché, les gens ne s'aventuraient guère, le vent piquait les joues et la neige crissait sous les pieds. Loin de la foule, loin du palais des dix mille illusions, elle crut entendre ricaner un singe.

– C'est bon, je délire maintenant. Tu peux me dire où on est, Babeth ? demanda-t-elle à la reine blottie au fond de son sac à dos.

Elle avait parlé à voix haute, ce qui fit sourire un couple enlacé croisant son chemin.

– Pas loin du zoo ! lui répondit la femme d'une voix moqueuse.

Sam bredouilla un vague merci, gênée de s'être fait surprendre.

Elle entendit rire la femme dans son dos.

Et puis, comme s'ils s'étaient donné le mot, d'autres animaux dans le lointain se mirent à jacasser et à pousser des hurlements. Sam donna une secousse à son sac à dos.

– Ah, je ne suis pas la seule à dérailler ! Qu'est-ce que tu en penses, Babeth ? Tu trouves ça normal, toi, la neige en avril, les avions collés au sol, les animaux qui se révoltent ?

L'Angleterre marche sur la tête, tu ne crois pas ? Tu es sûre de servir à quelque chose ? Tu te souviens que tu es la reine ? Tu ne pourrais pas m'aider à revoir Eliot ?

Elle serra un peu plus sa capuche.

– Il faut que je trouve une station de métro…

Elle n'avait plus qu'une envie, rentrer à l'hôtel, prendre une douche bien chaude et se mettre au lit. Elle hésita à faire demi-tour. Le chemin, devant, était vide. Les traces de pas s'effaçaient sous la neige. Elle aurait pu suivre ce canal au bout du monde, au bout de sa peine et de son chagrin.

« *Love is a losing game…* », murmurait la voix brisée d'Amy Winehouse.

13

Khan tremblait de froid et de peur. La porte avait claqué derrière lui. Il était piégé dehors. Il ne pouvait plus rentrer chez lui, et il n'osait pas sonner parce que Mme Beaglet, la logeuse, le terrorisait. Elle criait trop fort, elle était toujours en colère, elle était moche, elle était injuste et imprévisible. La plus méchante femme que Khan ait jamais rencontrée de sa vie, et pourtant, il en connaissait beaucoup, il avait plus de six ans.

Khan ne désobéissait jamais à maman Nour, et voilà qu'il se retrouvait à la rue.

Pour rien au monde il ne lui aurait fait de la peine. Quand elle arrivait à la maison, épuisée par ses heures de ménage, ils se précipitaient dans les bras l'un de l'autre. Elle le serrait fort, lui caressait les cheveux en murmurant des mots affolés de tendresse, comme si leur séparation datait de plusieurs mois et qu'un miracle les mettait de nouveau l'un contre l'autre.

Quelquefois, rarement, maman Nour devait le laisser une ou deux heures à l'appartement. Mme Beaglet prétendait s'en occuper, mais Khan en avait une peur bleue. Il fermait la porte à clé et se pelotonnait en entendant décroître les pas de sa mère. C'était une séparation bien plus angoissante que celle de l'école. S'il avait le malheur de faire un peu de bruit, trois fois rien, Mme Beaglet montait l'escalier et secouait la poignée de la porte. Elle vomissait des mots affreusement sales.

Heureusement, maman Nour avait découvert un secret. Une chose si évidente qu'elle était ignorée de tous, ou en tout cas négligée de la plupart, un remède contre la peur, un talisman puissant et merveilleux.

Le voici :

Un soir, pendant que l'obscurité gagnait les contours de leur refuge, maman Nour alluma une bougie sur la table, s'assit sur le tapis et installa son enfant dans le creux de ses cuisses. Elle replia les genoux contre ses petites côtes, elle mit les bras en écharpe autour de ses épaules et posa doucement le menton sur ses cheveux. Elle resta ainsi un long moment sans bouger, Khan blotti tout contre elle, puis elle murmura à voix très basse, et Khan adorait la voix de sa maman quand elle devenait si grave qu'elle semblait sortir de son ventre :

– Khan, tu sais pourquoi il ne peut rien nous arriver ?

Il secoua la tête.

– Tu te souviens de ce beau carrosse qui passait l'autre jour à la télé avec tous ces cavaliers ?

– Le carrosse doré de la reine d'Angleterre, répondit Khan avec emphase, en bombant son petit torse.

– Exact. Et ces fiers cavaliers rouges armés d'un sabre qui l'escortent sont…

– Les Queen's Life Guards, claironna-t-il.

– Les Queen's Life Guards, oui mon Diamant. Les plus terribles guerriers du monde ! La nuit, ils taillent en pièces les méchants. Leurs chevaux ont l'oreille plus fine que celle de la chauve-souris, la vue plus perçante que celle du hibou. Ces chevaux sont des djinns, ils peuvent s'envoler.

– Je veux les voir voler.

– Ils n'obéissent qu'à la reine, mon Joyau. Elle les commande de son carrosse. Tant qu'elle remue la main, tout va bien. Mais si elle se lève, si elle se met en colère, plus rien ne peut protéger les méchants, même s'ils vont se cacher au fond d'un terrier de lapin. Parce que la reine, alors, se transforme en tigresse. Je te jure, la plus féroce des tigresses. Avec des yeux de feu, des crocs grands comme des poignards, des moustaches plus raides que des épines de porc-épic. Quand elle chasse, elle rugit à faire trembler les murs.

– Tu crois qu'elle pourrait manger Mme Beaglet ?

– *Pff*, Mme Beaglet ne mérite pas cet honneur. Mais si cela devenait nécessaire, bien sûr qu'elle n'en ferait qu'une bouchée.

– Il n'en resterait que des petits os ! Et son bracelet qui fait tout le temps du bruit.

– Et encore ! Mais cela n'arrivera pas, mon Diamant. Ce n'est qu'une misérable crotte de rat, tu penses bien que la reine a meilleur goût… Ce n'est pas la peine de faire déplacer la reine pour si peu. J'ai déjà prévenu Mme Beaglet que si elle touchait un seul de tes cheveux, elle aurait affaire aux Queen's Life Guards !

– Non ? se récria Khan, délicieusement effrayé.

– Si ! Tu n'imagines pas la trouille qu'elle a eue, elle a couru se cacher derrière sa serpillière ! Une vraie poule mouillée !

Khan éclata de rire.

– Froussarde ! Et en plus, je parie que la serpillière était bien sale, berk !

– Tu veux rire ? Elle était carrément dégueu !

– Dégueu !

– Ah, ça, elle faisait moins la fière, Mme Beaglet !

Dehors, la nuit était tombée. Khan se détendait, ravi de ces nouvelles, et tellement fier de sa maman qui avait des relations si haut placées. Nour le tenait contre elle, ils formaient à eux deux un œuf bien clos, bien compact, inattaquable.

– Moi, j'aimerais que la reine vienne garer son carrosse doré dans la rue. Tu crois qu'il y a assez de place pour son carrosse royal ?

– Tu as compté ses chevaux ?

– Oui.

– Il y en a combien ?

– Huit, ils sont tout blancs.

– Alors, laisse-moi réfléchir. Si on enlève quelques voitures…

– D'abord celle de Mme Beaglet !

– Celle de Mme Beaglet, elle ira direct à la casse, mais ça ne suffira pas pour faire de la place. Celle de M. Arlton, celle de M. Peabody, celle de Mme Ho…

– Elle est toute petite, celle de Mme Ho !

– Oui, mais elle occupe quand même une place. Ensuite, qui ai-je oublié ? Aide-moi un peu…

– La voiture du papa de Dina, celle du papa de Tony, et, maman Nour… ça compte, les vélos ?

– Non, c'est rien, un vélo, on peut le poser contre le mur. En fait, je pense que, pour avoir assez de place, il faudrait retirer toutes les voitures en stationnement.

Elle laissa Khan envisager la situation.

– Oui, continua-t-elle, je crois que, de cette façon, le carrosse royal pourrait se garer.

Khan bougea la tête.

– Mais quand ? demanda-t-il.

– Ça, ça ne dépend pas de nous. La reine a trop de travail à surveiller les méchants, c'est quelqu'un d'autre qui le conduit pour elle. En tout cas, elle nous préviendrait, c'est sûr.

– On va bien s'amuser quand tu diras à Mme Beaglet d'enlever sa voiture !

– Maintenant, ferme les yeux, mon Joyau, et compte jusqu'à dix.

Khan se cacha le visage dans les mains en comptant. Quand il ouvrit les yeux, il y avait sur le tapis une toute petite dame en tailleur rose qui lui faisait un signe de la main.

– Comme Mickey ! s'exclama Khan, fou de joie.

– Non, non, mon Joyau, cela n'a rien à voir avec Mickey. C'est le salut de la reine. Tant qu'elle remue la main, tu n'as absolument rien à craindre, d'accord ? Maman la posera sur la table chaque fois qu'elle partira. Tu sais que je ne peux pas toujours répondre au téléphone quand je travaille…

– Je peux la garder aussi quand il fait nuit ?

– Mais je suis là, moi, la nuit. Tu ne crains rien. La reine ne va pas sans cesse agiter la main. C'est fatigant. Il faut qu'elle se repose.

Depuis cette soirée magique, Khan avait moins peur de Mme Beaglet. Il faisait ses devoirs, il regardait la télé, et s'il entendait grincer l'escalier, il se campait devant la reine. Par la suite, il avait plusieurs fois aperçu son sosie, répliqué à des dizaines d'exemplaires derrière des vitrines de magasin, mais maman Nour lui avait bien expliqué :

– Tout le monde a le droit d'avoir sa reine, Khan. Mais il n'y a que la nôtre qui marche. Celles des autres sont des fausses.

– Les pauvres.

En grandissant, Khan avait relégué l'histoire de la reine avec les contes et les fables, tout près du père Noël. Mais il aimait bien encore y croire. Surtout dans un jour comme celui-ci, où Mme Beaglet hurlait comme si un diable la tirait par les cheveux. Maman Nour avait beau lui expliquer que la pauvre femme perdait un peu la boule et qu'elle était inoffensive, Khan détestait les moments comme celui-là.

Cela avait commencé par des cris, puis elle était venue frapper à la porte à coups de poing en déversant des tombereaux d'injures.

– Khan, je sais que mon chat est chez vous ! Rends-le-moi ! Tu entends, espèce de sale petite fouine ! Cette fois, ça ne se passera pas comme ça ! Je vais vous virer de l'immeuble, toi et ta salope de mère, morveux, pourritures !

Khan avait activé la poupée de la reine en se bouchant les oreilles, l'œil rivé à l'écran de télé. Il avait attendu, le cœur battant, pendant que la royale petite main gantée faisait tic-tac, que Mme Beaglet redescende.

Puis un drôle de truc s'était passé pendant l'émission qu'il regardait. Le programme avait été interrompu par un homme en noir qui parlait bizarrement...

Mais Khan s'en moquait un peu. Il ne comprenait pas ce grand silence. Il avait attendu encore quatre à cinq minutes, l'oreille collée à la porte, puis il avait descendu l'escalier à pas comptés, glissant un coup d'œil furtif dans le salon... La vieille dame était prostrée dans son fauteuil, le chat ronronnant sur les genoux. Elle avait l'air assommée.

« Méchante, pensa-t-il. Il est là, ton chat. »

C'est alors qu'il entendit une plainte secouée de sanglots. Mme Beaglet renifla, le nez dans son mouchoir, comme si elle était accablée de chagrin. Elle pleurait ! Jamais il n'aurait imaginé qu'elle pût être tourmentée d'une peine aussi profonde !

La porte principale étant ouverte, il se risqua dehors, inquiet.

Qu'allait-il se passer ? Qui d'autre avait appris la nouvelle ?

La porte avait soudain claqué dans son dos.

Khan ne pouvait pas l'ouvrir du dehors.

Il marcha longtemps dans les rues pour rejoindre le chemin du canal, l'endroit favori de leur promenade avec maman Nour. Il marchait et courait, affolé, droit vers le zoo, avec le fol espoir de l'y rencontrer, parce qu'il savait qu'elle travaillait juste à côté. Il arriva aux escaliers rejoignant Prince Albert Road, grimpa les marches et resta immobile, l'œil perdu sur les immeubles. Où était maman Nour ? Dans celui-ci ? celui-là ?

D'ailleurs comment être sûr que sa mère passait bien par cet endroit ? Il arpenta un temps le trottoir, intriguant quelques passants. Plusieurs s'arrêtèrent pour lui proposer leur aide mais, à chaque fois, il répondait d'un ton très ferme : « Non, non, j'attends ma maman, elle est juste là. » Maman Nour lui avait bien expliqué que les enfants perdus étaient enlevés par les services sociaux. Justement, une silhouette furieuse se rapprocha, en tout cas une dame au pas décidé, et son imagination trop vive persuada Khan que c'était son horrible voisine qui l'avait lancée à sa poursuite. Pris de panique, il dévala l'escalier et rebroussa chemin.

Il vit venir vers lui une jeune fille qui parlait toute seule, elle ressemblait à une jolie Esquimaude dans sa capuche à fourrure. Elle avait l'air gentille. Quand elle fut à sa hauteur, il se jeta dans ses bras.

Sam s'arrêta, choquée. Le petit garçon, cramponné à sa taille, levait vers elle un visage implorant et baigné de larmes. Elle fut frappée de la longueur de ses cils, très noirs, aussi dessinés que ceux d'un faon. Il n'avait qu'un vieux pull élimé pour se protéger du froid, décoré d'une tête de chaton japonais.

– Tu es tout seul ? Comment tu t'appelles ?

– Khan, mais maman m'appelle Diamant.

– Elle a raison, ta maman. Ça te va bien. Et ton autre nom, ton nom de famille ?

– Fezal…

– Diamant Fezal, qu'est-ce que tu fais tout seul ici ? Où sont ton papa et ta maman ?

– Maman est au travail. Elle fait des ménages.

– Tu habites où ?

Il pointa le doigt.

– Là-bas.

– Mais tu connais l'adresse ?

Il remua positivement la tête.

– C'est loin ?

Il hocha la tête, renifla bruyamment.

– Donne-moi la main, je vais te raccompagner chez toi.

– Je ne veux pas, il y a Mme Beaglet.

Un rugissement résonna dans leur dos, si fort qu'ils sursautèrent tous les deux. Le son portait avec une amplitude inouïe, comme si l'animal était tapi tout près, dans un fourré proche de la berge.

– Ne pleure pas ! Ça vient du zoo, on ne craint rien.

Elle l'enveloppa pour qu'il retrouve son calme.

Puis, en le serrant plus fort entre ses bras, elle regarda ostensiblement à droite et à gauche.

– Tu vois ? Il n'y a rien. Pas de bête féroce, pas de Mme… Comment tu dis ?

– Mme Beaglet.

– Pas de Mme Beaglet. On n'est que tous les deux.

– J'ai quand même un peu peur !

– Mais non, regarde, je suis là. Promis, je ne te laisserai pas. D'accord ? Ça va mieux ?

– Non, fit-il d'une toute petite voix.

Elle s'accroupit pour se mettre à sa hauteur, en posant les deux mains sur ses épaules.

– Écoute-moi, Diamant Fezal. Regarde-moi dans les yeux. Je te jure que tout va bien. Il n'y a aucune raison d'avoir peur. Aucune.

– Si, dit-il dans un souffle.

Il se suspendit au cou de Sam et lui chuchota, dans le creux de l'oreille :

– La reine est morte.

14

Sam se redressa. Ils étaient seuls, elle et ce petit garçon, sur la berge étroite d'un canal aux eaux grises. La neige tombait sur eux et la danse des flocons effaçait les contours de la ville. Elle frissonna, en se demandant si Eliot lui aurait laissé une place sous sa parka. Oui, c'était pour ça qu'il portait un vêtement trop grand pour lui, c'était pour mieux l'envelopper de ses bras et pour y loger sa tendresse.

La reine était-elle vraiment morte ? Il y avait eu un décrochage soudain de la rumeur de la ville, une implosion étrange, à l'exact opposé des explosions de joie après un but de l'équipe nationale en finale de Coupe du monde. Elle se ressaisit en voyant Khan grelotter.

– Mais tu dois mourir de froid !

Elle retira sa doudoune pour ôter son sweat-shirt et l'en revêtir. Khan nageait dedans, sans parler du coupe-vent enfilé par-dessus qui lui arrivait aux genoux. En retroussant les manches de l'ensemble assez haut, elle réussit à en faire un manteau. Elle ajouta le bonnet et recula d'un pas pour apprécier le résultat. Pas fameux. Un tas de linge posé sur deux petites jambes.

Khan fit la moue, percevant lui aussi que l'effet n'était pas très probant. Il faut dire qu'avec ses bras tout raides et légèrement écartés à cause des épaisseurs, il ressemblait plutôt à un épouvantail à petits oiseaux, un épouvantail à colibris.

– Désolée, Diamant, dit Sam en remettant sa doudoune, c'est tout ce que nous avons en magasin. En revanche, il y a au fond de mon sac quelque chose qui devrait t'intéresser. Voyons, voyons, où ai-je mis ce trésor ?

Khan se rapprocha, intrigué. Le gorille en peluche s'agitait pendant qu'elle imprimait au sac diverses secousses, comme si un autre animal, mais vivant celui-là, caché au fond de la poche, résistait à un géant tentant de l'attraper...

– La voilà ! s'écria Sam.

Elle brandit à bout de bras la petite reine en tailleur pervenche.

Khan lui renvoya un sourire éclatant. Il s'empara de l'objet avec une telle reconnaissance que Sam en fut secrètement émue. Il retourna illico la figurine pour enclencher le mécanisme, puis, la tenant d'une main, droit devant lui, il attrapa de l'autre celle de la jeune fille.

– Tu me montres le chemin ? proposa Sam.

Il ne se le fit pas dire deux fois. Il se jeta en avant comme si elle avait donné le top départ d'une course de fond. Elle en éclata de rire.

– Hé, doucement, je ne vais pas pouvoir te suivre, à ce train-là !

Khan tourna vers elle un visage grave, l'air de dire : « Sérieusement ? » Une nouvelle fois, Sam fut touchée. Il était à croquer, ce bout de chou. Il l'avait adoptée dès la première seconde, ni plus ni moins qu'une grande sœur, juste parce qu'elle s'était trouvée sur son chemin. Touchant, oui, mais aussi candide et déterminé, et cette confiance absolue qu'il lui prodiguait sans retenue, sans calcul, immédiate, lui donnait un élan et une force qu'elle ne se connaissait pas. Elle n'allait pas le décevoir, jamais de la vie ! Plus rien d'autre ne comptait que de l'aider à rentrer chez lui, de le remettre dans les bras de sa maman. Et Sam se sentait de taille pour cette mission ; elle était prête à remuer toute une ville pour ça, à secouer des portes et à briser des vitres.

– Tu étais déjà passé par le chemin du canal ?

Il approuva en hochant la tête sans ralentir. Pas le temps de répondre ! Elle avait l'impression d'être tractée par un remorqueur miniature. « Ce n'est pas possible de loger autant d'énergie dans si peu de volume, pensa-t-elle en forçant l'allure. Il doit être né avec des piles en plus. »

– Et tu connais le zoo ?

– Oui, maman travaille à côté.

Sous le pont de Regent's Park Road, Sam crut percevoir sur sa gauche un long grondement étouffé, une sorte de feulement provenant des feuillages couverts de neige, situés derrière un grillage. Une péniche remontait le canal sur leur droite, mais c'était tout, il n'y avait personne à part eux.

« Où sont donc passés les gens ? » se demanda Sam en jetant un regard circulaire.

À croire que la ville s'était vidée de ses habitants, qu'un cataclysme silencieux avait créé un vortex entraînant le reste de la population au fond de sa dépression tournoyante. Cela se percevait surtout dans l'atténuation du niveau sonore. Pas même un chuchotement. On entendait tomber les flocons de neige.

À la hauteur d'Oval Road, ils aperçurent un barrage de policiers en vestes jaune fluo ; le plus proche agitait les bras pour leur faire signe d'avancer.

– Vous n'avez rien vu ? demanda-t-il, non sans nervosité.

Sam remarqua leurs traits tirés, comme s'ils étaient sonnés par une mauvaise nouvelle. L'un d'entre eux se tenait à l'écart, cagoulé, une arme à la main, prêt à tirer. Khan admira sa tenue de ninja, la carabine de précision avec lunette de visée, le doigt posé sur la détente, le corps tendu en position d'attente, sur le qui-vive.

– Génial ! dit Khan en levant le nez vers Sam.

– Un tigre s'est échappé du zoo, expliqua l'officier de service. Le quartier est bouclé. Vous devez impérativement franchir le canal, ajouta-t-il en désignant la passerelle dans son dos.

Son téléphone crachotait des informations. Il répondit brièvement, envoya deux hommes se poster plus près des écluses. Puis, constatant que la jeune fille et le gamin étaient encore là, il leur fit signe de hâter le pas. Inquiète, Sam réprima un tremblement et serra davantage la main de l'enfant.

– Ce n'est pas un tigre, corrigea Khan quand ils furent un peu plus loin. C'est une tigresse. Je peux même te dire que c'est une tigresse blanche, la seule qui vit au zoo.

– Comment le sais-tu ? demanda Sam, impressionnée par son calme. Tu l'as vue ?

– Non, mais…

– Quoi ?

– Si je te le dis, tu vas me croire ?

Elle s'arrêta.

– Bien sûr, Diamant, du moment que tu es sincère.

– Moi, je t'ai donné mon nom, mais pas toi, fit-il remarquer.

– C'est juste. Je te présente mes excuses. Je m'appelle Samantha Hez. Tu peux dire Sam, si tu veux.

Il considéra sa proposition.

– Non, j'aime mieux Samantha. C'est plus joli, tu ne trouves pas ?

– Si, admit-elle, tu as raison. Je suis d'accord.

Quel drôle de petit garçon. D'un coup, il devenait grave, presque sentencieux. Il donna un coup de menton vers la reine, qui continuait à sourire. Sam l'encouragea à poursuivre.

– La reine est morte, son âme s'est envolée. Tu sais que quand on meurt, on se transforme en animal ? Eh bien, une reine, quand elle meurt, elle se transforme en tigresse. Et cette reine-là, la reine d'Angleterre, comme c'est une très grande reine, la plus grande reine du monde, elle se transforme en tigresse blanche. Tu me crois, maintenant ?

Sam hésita. Elle s'était engagée. C'était dur de lui mentir.

– Hum…

– Ça ne fait rien, dit Khan après quelques secondes, en haussant les épaules, je t'aime bien quand même.

– On est encore loin ? demanda-t-elle.

Il ne répondit pas, entreprit de remonter l'escalier du canal pour franchir la passerelle.

Ils virent d'autres groupes de policiers qui sécurisaient les berges.

Un hélicoptère les survola. Le souffle du rotor formait des cercles à la surface de l'eau. Un tireur d'élite se tenait dans l'ouverture des portes latérales, le buste engagé à l'extérieur.

– C'est complètement idiot, jugea Khan. On ne peut pas la tuer, puisque c'est un esprit. Elle est immortelle.

Le marché de Camden était bouclé. Des policiers contenaient les habitants dans un périmètre aux abords du canal, dont les accès étaient barrés. Il arrivait sans cesse de nouveaux véhicules de police, leurs gyrophares allumés mais les sirènes éteintes.

Khan aperçut deux autres tireurs sur les toits. Il indiqua leur position à Sam, ravi de les avoir repérés. Sam goûtait moins cette agitation policière. Cela ressemblait à un coup d'État qui s'excuse. L'atmosphère résultant de ce déploiement de forces marchant sur la pointe des pieds mettait mal à l'aise. Après tout, c'est comme ça qu'on bascule d'une époque à une autre, d'un régime à l'autre. On se fait refouler sans autre explication qu'un animal échappé du zoo, on obéit sans comprendre... et on se réveille trop tard. On a changé de pays, changé de lois.

Comme Sam et Khan sortaient de la zone interdite, les badauds tiraient le cou pour les voir approcher. Pour un peu, on en aurait fait des héros, des miraculés venant d'échapper aux griffes de la mort.

Un touriste filma leur passage : la sublime jeune fille aux traits de Tahitienne, précédée de son petit page, engoncé dans un vêtement qui lui tombait aux genoux, et qui marchait en tenant précieusement, comme une idole ou une statuette de sainte protectrice, une figurine de la reine en plastique.

Ils se frayèrent un chemin dans la foule.

Les trottoirs étaient pleins de gens attristés. Ils téléphonaient, consultaient leurs messageries et leurs sites d'informations, pianotaient des textos ou des tweets. Ils parlaient entre eux à voix basse. Sam comprit alors que Khan n'avait rien inventé. La reine était bien morte.

Des groupes de curieux se regroupaient devant chaque vitrine dotée d'un écran. Partout les mêmes programmes montrant des images de la reine disparue : la jeune reine avec Churchill, la reine à son mariage, la reine à son couronnement, la reine passant les troupes en revue, la reine en voyage en Inde, la reine à son jubilé… Et, toutes les cinq minutes, en guise de ponctuation, la même image d'un valet de pied, en habit de deuil, solitaire et solennel, filmé de loin au sortir du palais de Buckingham, puis à hauteur d'épaule quand il s'avance gravement jusqu'au portail monumental pour y accrocher le sinistre avis de décès bordé de noir.

Zoom implacable sur le nom inscrit.

Pas de doute permis.

C'était surtout cette séquence qui déclenchait des sanglots.

– Tu avais raison, Diamant, murmura Sam, excuse-moi.

– C'est pas grave, répondit Khan. Tu ne pouvais pas savoir.

Il tenait toujours la statuette au sourire de plastique. D'une certaine façon, en brassant l'air de sa minuscule main gantée comme un balai d'essuie-glace, la reine leur ouvrait le passage. Khan avait l'air si sérieux, si pénétré du pouvoir qu'elle lui accordait, qu'on se retournait sur eux. Certains inclinaient la tête en signe de deuil, d'autres se signaient brièvement, d'autres encore souriaient, émus de voir descendre une dernière fois la figure royale parmi son peuple pour le saluer familièrement. Quelques personnes voulurent la toucher du bout des doigts. L'une, même, passa la main dans les cheveux du gamin.

Sam ne s'étonnait plus de rien. Elle se contentait de bénéficier de la ferveur propagée par la procession de son petit compagnon. Elle avait, de toute façon, cessé d'accorder une explication logique ou rationnelle aux événements.

Les avions qui s'arrêtent et les tigres qui s'envolent, la neige en avril et des flics à chaque coin de rue, des hélicos bardés de tireurs d'élite et un petit fugueur avançant derrière son ostensoir de pacotille comme un évêque de carnaval…

Ce qui arrivait là semblait advenir dans une autre dimension. La disparition de la reine ouvrait une gigantesque parenthèse dans le cours du temps et dans la vie des gens. C'était un tsunami affectif, une grande vague balayant plus d'un demi-siècle d'histoire.

Sam avisa l'heure affichée au bas d'un écran, s'aperçut qu'il était bien plus tard qu'elle ne pensait.

– On arrive, dit Khan, en indiquant un alignement de maisons de brique au bout de la rue. Voilà ma maison.

Celle qu'il désignait était cernée par un groupe de badauds. Une ambulance et deux véhicules de police stationnaient devant un cordon qui en protégeait l'entrée.

– C'est pour Mme Beaglet, chuchota Khan.

Sam n'en était pas tout à fait sûre, mais il lui sembla que la main de la reine avait accompagné ces mots en battant la mesure légèrement plus vite.

15

Eliot descendait Dock Street quand il reçut un texto de sa mère.

– Eliot, je vais rentrer tard. Il y a tout ce qu'il faut dans le frigo.

– OK mam, les laisse pas t'assommer de boulot.

– Tu parles ! Les chefs sont sur les dents.

La mère d'Eliot travaillait au centre de contrôle de la CCTV à Westminster, où l'on centralisait sur des dizaines d'écrans les images des caméras de surveillance implantées dans la ville. Elle était formée à repérer les comportements suspects, qui allaient des banales infractions au code de la route aux agressions avec échanges de coups. À cause des chutes de neige, les incidents s'étaient multipliés – pour l'essentiel, de simples accidents de personnes sur la voie publique sans gravité, glissades et carambolages. Mais, avec l'annonce de la mort de la reine, on s'attendait à des complications sans nombre pour les prochains jours, l'afflux de touristes risquant d'attirer les pickpockets comme un pot à miel attire les mouches. Comme si ce n'était pas suffisant, un tigre s'était échappé du zoo, sans qu'on puisse en déterminer la moindre raison.

Eliot n'aimait pas trop dire que sa mère passait la journée à espionner ses concitoyens mais, pour Fergus, c'était carrément la honte, un job à plein temps au service de Big Brother.

– Ta mère, ça va, je la connais, mais imagine un gouvernement avec une autre idéologie, je ne sais pas, moi, si les nazis avaient eu ces saloperies à leur disposition ?

– Ma mère est pas nazie. Figure-toi qu'elle en a une, d'idéologie. Une éthique, même. Elle protège les gens.

– En attendant, on est fichés de partout. Fichés, donc fichus.

Le genre de discussion qu'Eliot préférait éviter. Surtout que, question honnêteté, Fergus n'était pas complètement le client idéal. Il avait une longue pratique des petits trafics en tous genres. Il pouvait bien noyer le poisson avec ses histoires de nazis, la vérité, c'est qu'il ne voulait pas se faire choper, c'est tout.

Il en était là de ses pensées quand son téléphone sonna. Il jeta un coup d'œil au numéro, c'était Fergus, justement.

– Hé, t'es au courant ? demanda ce dernier.

– Aux dernières nouvelles, on vit sur la même planète.

– Tu as raison. À part les taupes et les cochons d'Inde, je vois pas qui pourrait passer à côté, ça tourne en boucle sur tous les réseaux… C'est de la folie ! Les gens se parlent dans la rue, j'ai vu des vieux chialer… Tu sais ce que j'ai pensé ? On devrait investir pour vendre des fleurs, au lieu de ton plan à la noix de camion à décharger. Tu imagines le fric ?

– Je ne dirais pas non, mais question investissement, on doit juste avoir de quoi acheter trois bottes de persil…

– Au fait, en parlant de fleurs, la fille du téléphone, tu l'as rattrapée ?

– Pas envie d'en parler.

« Tant mieux », pensa Fergus, qui enchaîna aussitôt :
– On se retrouve chez Tom, alors ?
– Ça marche.

C'était l'effervescence chez Tom. La petite salle était bondée, plus encore que pour la Ligue des champions. Mais les habitués faisaient la tête des mauvais jours, comme après une séquence de tirs au but désastreuse. Des passants et des inconnus s'arrêtaient, des gens qu'on ne voyait jamais quittaient leurs appartements pour partager ce moment historique.

Le ruban d'informations défilant sous les images en bas de l'écran accumulait les nouvelles, il n'était question que des déclarations du gouvernement, des conséquences immédiates pour la famille royale, des condoléances envoyées par les chefs d'État du monde entier, du protocole à mettre en place pour le deuil national.

Les bières circulaient, les témoignages et les souvenirs aussi, et tous les commentaires qui vont avec, plus ou moins opaques selon le nombre de pintes vidées. Des images de la grande ferveur populaire autour des obsèques de Lady Diana repassaient, et des commentateurs rappelaient la froideur de la famille royale au moment de sa disparition, établissant déjà une concurrence entre les deux événements, se demandant si le chagrin pour la reine aurait autant de poids que celui manifesté par le pays tout entier pour sa belle-fille.

Aussitôt la salle s'emporta. Tout le monde se souvenait de Lady Di, la « princesse du peuple », de l'émotion soulevée par sa disparition, et des batailles menées par les journaux pour que la Couronne lui accorde des funérailles nationales.

– Mais ça n'a rien à voir avec la reine, s'insurgea une vieille dame au bord des larmes. Diana, c'était une fabrication de la presse people, elle n'appartenait plus à la famille royale ! Notre Élisabeth a débuté son règne avec Churchill comme Premier Ministre ! Churchill !

– C'est le plus long règne de toute l'histoire de l'Angleterre, fit remarquer un type en pull à grosses mailles dont la voix de basse dominait le bruit ambiant. Ouais, le plus long…

Une partie de la salle se tourna vers lui pendant qu'il se creusait la cervelle en coiffant sa pinte de ses énormes mains.

– Elle a connu les Beatles, les Rolling Stones, Bob Marley, lança une autre voix.

– Elton John.

– Madonna…

Leurs souvenirs se raccrochaient à ce défilé musical, en ajoutant Thatcher et les trains qui déraillent, Bobby Sands et l'Irlande, les Malouines et l'Irak, l'Union européenne et le Brexit, du bon et du mauvais, à boire et à manger, mais, en principe, elle était toujours là dans un coin de leur mémoire. Elle faisait partie de la famille, de toutes les familles britanniques, car c'était leur reine.

Il existe un tas de moyens de se suicider, on peut se jeter d'un pont ou avaler des somnifères, essayer successivement tous les instruments décrits dans le Cluedo, saupoudrer sa tasse de thé de mort-aux-rats, se tirer une balle de revolver dans le genou, se fracasser la tête à coups de chandelier, mais ça ne marche pas à tous les coups, les statistiques sont là pour le prouver. Si quelqu'un avait vraiment voulu, ce jour-là, dans le quartier de Whitechapel, en finir avec la vie, il lui aurait suffi d'entrer chez Tom, de monter sur une table, d'attendre que l'attention du public, composé d'une soixantaine de personnes âgées de treize à quatre-vingt-sept ans, se focalise sur son improvisation d'orateur venant perturber la cérémonie, et de rugir à pleine voix : « Vive la République ! »

Il serait immédiatement tombé raide mort, foudroyé par tous ces regards aussi chauds que des lances à glace. Mort de honte ou mort de peur, peu importe : crime parfait et suicide accompli.

C'est pourquoi les critiques de la famille royale se limitaient à de vagues regrets sur le comportement du prince Ceci qui n'aurait pas dû… ou de la duchesse Cela qui aurait pu… Mais c'était sans importance, parce que les infos ramenaient toujours le troupeau des égarés vers l'essentiel, l'avis de décès placardé à Buckingham, la mine sombre des journalistes, les fenêtres du palais aux rideaux tirés et le drapeau en berne. Londres en deuil sous les flocons d'une neige arrivée par surprise, comme un grand coup de gomme passé sur le palais.

Le phénomène se répétait dans tout le Royaume-Uni. Dans les pubs des petits villages de campagne comme au cœur des cités déshéritées abritant des communautés immigrées, c'était une même communion dans l'affliction. Sans la reine, resterait-il encore quelque chose de l'Angleterre ? Les manifestations de deuil spontanées se multipliaient. Bougies, fleurs, photos encadrées, lettres et dessins d'enfants s'entassaient devant les monuments et églises, invitant les passants à se recueillir.

Ajoutons l'effervescence dans les salles de rédaction. On battait le rappel du ban et de l'arrière-ban du journalisme, les paparazzis sortaient leurs fiches et leur matériel photo, les téléphones n'arrêtaient pas de vibrer et de sonner. Forcément qu'il allait se passer des trucs fous, dans le sillage d'un événement pareil. Qui allait sortir le scoop ? Les vieux briscards gardaient leur calme, un œil sur les jeunes loups prêts à prendre leur place.

Les novices paniquaient. Par où commencer, que dire, que faire, et surtout comment éviter de se prendre les pieds dans le tapis ?

Les rumeurs les plus folles circulaient déjà sur Internet, mais l'actualité délivrée par les médias grand public, confirmée par des sources vérifiables, apportait à elle seule tout un lot de surprises et de bizarreries.

On parlait de pénurie de papier pour les journaux, les principaux titres ayant déjà préempté la totalité des stocks pour leurs éditions spéciales du lendemain.

À Hyde Park, un gigantesque serpent de fleurs avait surgi en moins de deux heures, entre Marble Arch et Hyde Park Corner, déposé par une foule submergée de chagrin et de compassion. Aussi émouvant, aussi éphémère qu'une œuvre de land art d'Andy Goldsworthy.

Il fut fait mention d'une tigresse échappée du zoo, mais le reportage, qui aurait suffi à alimenter la une des chaînes d'infos pendant toute une journée en temps normal, ne tint pas plus d'une dizaine de secondes et fut aussitôt emporté par le flux continu d'images consacrées à la reine.

Dans le quartier indien, à Southall, un yogi, en hommage à l'esprit de Sa Majesté, bloqua la circulation pour entamer une méditation sur un tapis à clous au beau milieu de Broadway Avenue.

Des vols de cygnes affluaient de tout le pays. Leurs troupes blanches colonisaient en nombre les étendues d'eau et la Tamise. Un historien rappela que, selon une tradition remontant à un édit du Moyen Âge, tous les cygnes sauvages appartenaient à la Couronne.

Les reportages se succédaient. Envoyés spéciaux aux palais de Windsor et de Buckingham, micros-trottoirs pour recueillir les impressions des sujets de Sa Majesté. Parfois, un flash s'intercalait. Ainsi, dans le quartier très commerçant de Camden, cette jeune fille guidée à travers les rues par un gamin au regard illuminé, portant devant lui une figurine en plastique de la reine devant laquelle s'inclinaient les passants.

Fergus poussa du coude Eliot, qui suivait le programme d'un œil hagard et désabusé. Eliot avait ses propres raisons d'avoir le bourdon, mais puisque tout le pays voulait se joindre à lui, bienvenue ! Ce n'était pas lui qui empêcherait ses compatriotes de noyer leur nostalgie dans la bière ou le whisky. Pour sa part, il avait déjà son compte de chagrin et d'amertume.

– Eliot, mais tu vois pas ?

– Quoi ?

– C'est elle, c'est Sam.

– Arrête tes conneries, t'es pas drôle.

– Mais regarde, je te dis !

Eliot redressa le buste, il eut juste le temps d'apercevoir une fille marchant dans la rue principale de Camden, aux côtés d'un petit garçon, indien ou pakistanais. La foule s'ouvrait à leur passage, quelques curieux se mettaient même dans leur sillage avant de retourner à leur chagrin.

– C'est pas elle, dit Eliot d'un ton morne.

À ce moment, un zoom agrandit le visage de Sam, et un titre défila en dessous : « La princesse et son petit page ». Le journaliste commentait l'attraction produite par la figure bien connue de la reine saluant de la main, et à quel point l'air extatique de l'enfant qui la portait (il poussa la comparaison avec un ange) provoquait une vague d'émotion dans la foule des touristes et des badauds. Le reportage fut aussitôt coupé pour céder la place à un plateau télé où des commentateurs politiques se concentraient sur la question posée par l'animateur des débats : « Et maintenant, David, vous qui avez vos entrées au palais, que va-t-il se passer ? »

– Je l'ai vue ! cria Eliot comme un possédé.

– Évidemment, je viens de te la montrer !

– Mais non, je l'ai vue, moi !

– OK, Eliot, je t'aime bien, mais tu peux essayer d'être un tout petit peu normal ? Elle t'a complètement mis la tête à l'envers ou quoi ? Je te dis que je viens de te la montrer à la télé, là, tout de suite, il n'y a pas deux secondes. T'es trop en décalage, là. On dirait que tes paroles arrivent quand tu as fini de parler !

– Non, je l'ai vue là-bas, à Camden, elle prenait un café, mais je ne l'ai pas reconnue, elle… elle n'était pas habillée comme ce matin.

– Ah oui, t'as raison, j'avais pas remarqué. Tu sais quand même que des fringues, ça s'achète ? Et que les filles aiment bien se changer ?

– Mais…, demanda Eliot en balayant la salle comme s'il en attendait une réponse, mais qu'est-ce que ce gamin faisait avec elle ?

Fergus posa une main charitable sur l'épaule de son copain et, prenant le ton viril et compatissant qu'on utilise auprès du héros perdant son sang sur le champ de bataille, fauché d'une rafale tirée dans le dos par un ennemi perfide :

– Faut l'oublier, Eliot. Elle a un grain, cette fille.

16

Nour avait obtenu la permission de quitter son travail avant l'heure. Elle faisait le ménage très tôt le matin dans des bureaux, le reste de la journée chez des particuliers dans le quartier de Primrose Hill. On lui avait accordé cette demi-heure grappillée sur l'horaire, sachant qu'elle la rattraperait plus tard. D'ailleurs, en ce jour exceptionnel, la plupart des gens, dès l'annonce du décès de la reine, avaient cessé toute activité sans attendre la déclaration officielle de deuil national.

Elle s'inquiétait pour Khan. Leur situation, à tous les deux, devenait intenable. Elle s'en sortait les jours d'école, une voisine avec des enfants s'occupait de Khan, mais la famille étant partie en week-end, elle n'avait pas eu le temps de trouver quelqu'un pour le garder.

Pour comble de malchance, elle s'était encore disputée la veille avec Mme Beaglet. Les colères de sa logeuse prenaient une tournure alarmante. Cela ne s'était pas toujours passé comme ça : Mme Beaglet avait son caractère, mais toutes deux prenaient le thé ensemble. Nour faisait d'ailleurs ce qu'elle pouvait pour lui rendre service. Elle n'arrivait pas à détester complètement la vieille dame.

De toute façon, elle n'avait pas le choix. Même si le studio qu'elle occupait avec son fils était minuscule et le prix de location prohibitif, il était très bien placé, et l'école du quartier lui convenait. Nour n'avait pas les moyens de se loger dans un véritable appartement, ou alors il lui faudrait déménager au bout de la banlieue, ce qui allongerait le temps de trajet et accumulerait la fatigue, au risque de ne plus voir son enfant que le dimanche. Parfois, elle se faisait des frayeurs, à se figurer la vieille entrer dans leur chambre, les yeux injectés de sang, un couteau ou un marteau à la main. Mais elle mettait ça sur le compte d'une imagination trop fertile. Ça ne se fait pas d'attaquer un enfant, même les fous furieux savent ça, non ? Un enfant, c'est sacré.

D'ailleurs, Mme Beaglet était comme tous ces gens qui crient et font beaucoup de bruit mais qui n'agissent jamais.

Elle rangea le matériel et les produits d'entretien dans le placard, se changea en hâte et prit congé. Une fois dehors, elle prit son téléphone et composa le numéro du portable à disposition de Khan en cas d'urgence. Dix sonneries retentirent, et rien, pas de réponse. Elle laissa un message, rappela de nouveau. Ça ne ressemblait pas à Khan de la laisser s'inquiéter ainsi.

Le bus n'avançait pas, elle descendit avant son arrêt habituel. Il y avait beaucoup d'hommes en uniforme, et Nour resserra son voile – les policiers, elle en avait toujours eu peur, depuis longtemps et pour de bonnes raisons, même si ce n'étaient pas les mêmes agents ni les mêmes uniformes. On l'arrêta d'un signe de main. Impossible de continuer.

Un barrage, ici, à Londres ?

Elle ne comprenait pas. Elle se trouva rassurée quand on lui dit qu'un fauve s'était échappé du zoo. « Ce n'est que ça ! pensa-t-elle, un pauvre animal égaré, sans doute plus effrayé que féroce... Ils devraient venir faire un petit stage au Cachemire, ils comprendraient ce que veut dire le mot "danger". »

Nour savait ce que c'est de patienter, la peur au ventre, devant des hommes en armes. Pour une fois, cependant, son angoisse ne concernait pas ces derniers, non plus que ce pauvre animal échappé de prison. Autour d'elle, il n'était question que de la disparition de la reine. Elle s'en moquait un peu, sans parvenir complètement à compatir. Elle n'y accordait que les regrets qu'on doit aux inconnus, c'est-à-dire un tout petit degré de politesse au-dessus de l'indifférence.

Elle vit tourner la masse sombre d'un hélicoptère juste au-dessus de sa tête et cela lui rappela aussi quelques mauvais souvenirs. Mais c'était dans une autre vie, la vie d'avant, dans un autre pays. Toutes ses pensées la ramenaient à son Joyau, son Diamant.

« Où es-tu, que fais-tu, pourquoi ne réponds-tu pas ? »

Elle repoussa l'idée d'une crise de démence de Mme Beaglet – elle en aurait eu des sueurs froides. Il fallait garder son calme, rester lucide. Elle se concentra sur le bruit léger que font les flocons de neige, leur contact sur la peau aussitôt évanoui.

Soudain, les policiers libérèrent le passage.

Nour bondit sur ses pieds. Elle dépassa une dizaine de personnes, marchant aussi vite que possible. Mais, de ce côté de la rue, la foule était dense. Personne ne lui prêtait attention, personne ne se préoccupait de son angoisse, elle butait contre une muraille de dos impassibles. Elle n'était pas du genre à jouer des coudes ni à bousculer son prochain, alors elle se glissa entre deux épaules en s'excusant et contourna tous ces groupes agglomérés devant les cafés. Quelques voitures de police circulaient encore, au ralenti.

Elle parvint enfin dans son quartier, beaucoup plus clairsemé. Du plus loin qu'elle aperçut la scène autour de l'entrée de la maison, elle sentit son cœur s'emballer. Les gyrophares des véhicules garés ne laissaient aucun doute, il s'était passé un drame. Elle se revit trois heures plus tôt, abandonnant Khan à lui-même, tout seul dans leur chambre, naïf, vulnérable, avec pour seule protection cette petite figurine de reine et le conte dérisoire dont elle l'avait parée. Et son Diamant qui lui faisait confiance ! Quelle idiote. En plus, par une journée pareille, il avait sans doute entendu parler de la disparition de la souveraine, il ne risquait pas de croire à sa « protection » !

Elle courut dans les derniers mètres, l'estomac noué, le cœur au bord des lèvres, inventant des scénarios qui épargnaient le trésor de sa vie, son Joyau : Mme Beaglet est tombée dans l'escalier, ou bien elle a assommé un cambrioleur d'un coup de théière, ou bien elle s'est disputée avec la voisine (elle se disputait avec tout le monde, du livreur de pizza à la coiffeuse à domicile qui venait une fois par mois).

Un policier l'arrêta près du ruban de signalisation.

– Personne ne passe, madame.

– J'habite ici, dit Nour, en reprenant son souffle.

– Je ne crois pas, non, répondit-il, c'est le domicile de Mme Beaglet.

Ça ressemblait à un mauvais rêve.

– Maman Nour !

Elle aperçut Khan près d'une jeune fille, à l'écart, avec un homme qui, après l'avoir rapidement observée, ordonna d'un geste de la laisser passer.

– Madame Fezal ? demanda-t-il d'un ton sec.

Elle acquiesça, sortant fébrilement de son sac une carte d'identité.

L'homme consulta le document et le lui rendit presque dans le même mouvement.

Khan prit son élan et vint se jeter dans les bras de sa mère. Elle le serra si fort qu'il poussa un cri de douleur. Elle relâcha aussitôt son étreinte en le couvrant de baisers. Sam, en retrait, échangea un regard complice avec le gamin, qui n'avait toujours pas lâché sa petite reine. Une femme corpulente, au sourire généreux, rejoignit leur groupe.

– Madame Fezal, je suis Emma Hardy, détective au BCU de Central North, et voici mon collègue, Stuart Nigel.

– Nous aurions juste quelques questions à vous poser, si vous l'acceptez.

Nour hocha la tête, les bras noués autour de Khan.

Nigel sortit son calepin, cependant que Hardy pointait un doigt interrogatif vers le garçon.

– C'est Khan, votre fils, c'est bien ça ?

– Oui.

– À quelle heure l'avez-vous quitté ?

Nour aperçut des brancardiers qui emportaient sur une civière roulante un corps vers l'ambulance. Elle reconnut le visage de Mme Beaglet, très pâle. Son bras droit portait un bandage. Elle se sentit parcourue d'un frisson glacé.

– Madame Fezal ?

Nour déglutit.

– Cet après-midi, vers 14 heures.

Nigel nota l'heure, resta le stylo suspendu au-dessus du papier, et enchaîna :

– Et vous êtes rentrée à quelle heure ?

– Je viens d'arriver, avoua-t-elle.

– Donc, constata Hardy, vous l'avez laissé seul, de 14 heures à… (elle consulta sa montre) 17 h 25 environ ?

Nour baissa la tête pour répondre, soudain submergée de honte.

– Vous le laissez souvent autant de temps ?

– Je… Non… c'est exceptionnel. Je dois beaucoup travailler. La famille qui le garde d'habitude n'était pas là. Khan se débrouille très bien, et il n'était pas seul.

– Vous pouvez préciser ?

– Il y avait ma propriétaire, Mme Beaglet.

– Je vois, continua Hardy en glissant un clin d'œil à Khan pour le rassurer, donc vous diriez que votre fils était confié à la garde de Mme Beaglet. Elle s'occupe de lui habituellement ?

– Un peu, mais pas complètement…

– Pourquoi ? Vous ne lui faites pas confiance ?

On entendit un claquement de portières. Nour tourna la tête vers l'ambulance dont on venait de refermer les portes. Elle regarda s'éloigner le véhicule.

– Madame Fezal ?

– Mme Beaglet n'est pas une personne facile. Khan s'enferme à clé quand je ne suis pas là.

– Pourtant, il n'était plus à votre domicile, indiqua Nigel. C'est Mlle Samantha Hez, ici présente, qui l'a ramené chez vous.

Nour encaissa avec stupeur cette information. Elle pensa soudain que Nigel lui tendait un piège pour l'embrouiller, sans en deviner les raisons, puis elle comprit, à la mine contrite de Khan, qu'il était effectivement sorti en dépit de toutes ses recommandations. Cela l'attrista profondément.

– Merci, mademoiselle. Merci infiniment, dit-elle à Sam en lui lançant un regard éperdu de reconnaissance.

– A-t-il déjà fugué ? demanda Hardy.

Elle secoua énergiquement la tête.

– Non, je vous assure. Khan ne ferait jamais ça. Il devait avoir une sérieuse raison. Que s'est-il passé ? Qu'est-il arrivé à Mme Beaglet ?

Hardy lança un rapide regard à Nigel, qui répondit par un très bref mouvement de menton valant pour approbation.

– Mme Beaglet a été victime d'une agression.

Nour étouffa un cri et serra Khan davantage contre elle.

– Elle n'est pas... ?

– Elle a été transportée en état de choc.

Nigel et Hardy se concertèrent.

– Madame Fezal, pouvez-vous nous consacrer quelques minutes d'entretien sans votre fils ? Ce ne sera pas long.

Hardy prit Khan par la main, tandis que Nigel entraînait Nour à l'écart, non loin de là. Il lui demanda son emploi du temps de la journée, si elle était repassée chez elle avant son retour en soirée, si elle disposait de témoins pouvant confirmer ses dires, si elle connaissait des ennemis à Mme Beaglet.

– Nous devons sécuriser le domicile de Mme Beaglet en attendant la fin des constatations. Cela va prendre deux bonnes heures, à première vue, peut-être trois. Vous pouvez emmener Khan manger quelque chose en attendant ?

Nigel lui tendit sa carte.

– Vous serez sans doute convoquée dans les prochains jours pour une déposition plus longue, et Khan aussi.

Désespérée, Nour inclina la tête, le visage entre ses mains.

– Mais je n'ai rien fait !

– Madame Fezal, intervint Hardy, vous n'êtes pas inculpée. Nous avons besoin de votre témoignage parce que vous connaissez bien la victime. Et aussi de celui de Khan. C'est la procédure habituelle. Si vous le souhaitez, vous pouvez demander l'assistance d'un avocat. Nous pouvons vous en présenter un commis d'office.

Khan hissa la petite reine en plastique à la hauteur de son visage.

– Ça va aller, maman Nour.

– Bien sûr, mon Diamant, répondit-elle, en souriant à travers ses larmes.

Puis, se tournant vers Sam :

– Merci encore, mademoiselle ! Merci de vous être occupée de mon fils.

Sam sentit la petite main de Khan se glisser dans la sienne.

– Tu viens avec nous ?

– Je ne sais pas si j'ai le temps. J'ai rendez-vous à mon hôtel…

Khan avait l'air si triste et Nour si désemparée que Sam se sentit chavirer.

– Je peux vous emprunter votre portable ? demanda-t-elle à Nour.

Sam sortit de son sac la carte de l'hôtel, composa le numéro et tomba sur un réceptionniste obtus. Il refusait de laisser un message à Cathy sous prétexte que Sam ne connaissait pas précisément son nom de famille. Après beaucoup d'explications et un peu d'énervement, il finit par accepter de noter les mots qu'elle voulait lui dicter.

17

Stuart Nigel franchit le cordon pour retourner dans la maison. Il enfila les protections, surchaussures, charlotte et gants, et retrouva un collègue de la police scientifique qui entamait les procédures de collecte d'indices, empreintes digitales, échantillons, etc.

La porte, fermée à clé, n'avait pas été forcée. Les premiers secours arrivés sur place avaient dû faire appel à un serrurier.

Une fenêtre à guillotine était ouverte à demi, son panneau vertical relevé. Au-dessous, une plate-bande de deux mètres de large courait le long du mur, séparée du trottoir par une grille. Si le ou les agresseurs avaient emprunté ce chemin, ils devaient nécessairement avoir laissé des traces. Or l'appui de fenêtre et la plate-bande étaient couverts d'une neige immaculée, dépourvue de la moindre marque de main ou de pied.

Pas d'autre solution que de passer par la porte. Soit Mme Beaglet les connaissait, soit elle les avait laissés entrer. L'hypothèse la plus probable était qu'elle avait ensuite refermé la porte derrière elle sous la menace. Mais dans ce cas, comment ses agresseurs étaient-ils sortis, puisque la clé était encore à l'intérieur ?

Le contraste entre la force déployée et les blessures de la victime soulevaient d'autres interrogations. En comparaison des dégradations, on peut dire que Mme Beaglet n'avait été qu'effleurée. En revanche, l'intérieur douillet et quelque peu désuet dans lequel elle vivait offrait une vision d'apocalypse. La sauvagerie de l'agression s'était essentiellement portée sur le mobilier, on avait l'impression qu'une tornade avait ravagé la salle de séjour. Papier peint arraché, vases brisés, miroir fendu, service à thé pulvérisé, bibelots projetés contre les murs avec une violence inouïe. Seul l'écran de télé était intact. La BBC y diffusait toujours en continu les reportages sur la mort de la reine.

En face, le fauteuil était lacéré, un des bras arraché et projeté à l'autre bout de la pièce. L'armature en bois, mise à nu, se hérissait d'éclisses. Un peu plus loin, on avait littéralement décapité l'abat-jour d'une lampe à pied. Près de la fenêtre, le piano demi-queue sur lequel Mme Beaglet avait autrefois donné des leçons paraissait avoir été fracassé contre des rochers. Plusieurs feuilles de partition, déchirées, jonchaient le sol. Les rideaux étaient réduits en charpie, effrangés en dizaines de rubans effilochés. Le tapis avait subi le même sort.

L'inspecteur Nigel nota sur son carnet : *cambriolage ; vandalisme ; brutalité gratuite ; extorsion ; menace.*

Emma Hardy, de son côté, finissait d'établir un plan des lieux et dictait une description exhaustive du fatras qui s'étalait autour d'eux.

Deux choses venaient immédiatement à l'esprit. Les projections de sang. Disposées autour du fauteuil, elles étaient infimes et dessinaient des pointillés de gouttelettes en arcs de cercle. Il n'y avait pas eu d'hémorragie. Les artères de Mme Beaglet étaient intactes.

Comment était-on parvenu, au milieu d'un pareil déploiement de fureur et d'agressivité, à se contrôler suffisamment pour ne pas la blesser davantage ? Elle s'en était sortie avec une légère estafilade au bras droit, d'une profondeur intermédiaire entre l'égratignure et la scarification. Mme Beaglet avait elle-même prévenu les secours avant de s'évanouir. Cela tenait du miracle.

Le deuxième élément ne se voyait pas, mais sa présence n'en était que plus intrigante.

Une odeur âcre, puissamment musquée régnait sur les lieux. Un des inspecteurs en cherchait l'origine. Il n'est pas rare que des cambrioleurs laissent volontairement des traces peu ragoûtantes de leur passage. Cela participe de la prise de territoire et de l'humiliation des propriétaires, en dégradant leur intimité par d'ignobles salissures. L'odeur était tenace, comme vaporisée aux quatre coins de la pièce. Mais là encore, aucune trace, ils ne parvenaient pas à en découvrir l'origine.

Stuart Nigel ajouta à sa liste : *humiliation.*

Cette manie qu'il avait de noter sur place des hypothèses faisait grimacer Emma Hardy, qui s'en tenait toujours, pour sa part, à une description minutieuse des éléments, se réservant le loisir de mieux les analyser plus tard, à tête reposée. Hardy avait l'esprit méthodique et mathématique, elle ne jurait que par la rigueur de l'observation.

Nigel, lui, prétendait marcher à l'instinct, et revendiquait la métaphore du chien de chasse, du limier reniflant la trace du gibier quand il est encore chaud. Il avait pour modèle Sherlock Holmes, le célèbre détective aux déductions fulgurantes imaginé par Conan Doyle.

Cela donnait lieu entre eux à de solides controverses, qui faisaient les délices du service, bonheur renforcé par le contraste de leur physique, Stuart Nigel, plutôt petit et sec, Emma Hardy, grande et tout en rondeurs plantureuses. Mais dès qu'une affaire s'annonçait un peu trop compliquée, le chef envoyait sur place Nigel et Hardy.

Ils commencèrent à explorer plus en détail la scène de crime. Nigel pensait qu'il y avait au minimum deux agresseurs dans la pièce, et vraisemblablement un guetteur. On en aurait peut-être confirmation avec les relevés d'empreintes digitales, si on arrivait à les faire parler.

Hardy retourna un tiroir qui gisait contre un tableau dégringolé du mur. Elle montra le contenu à Nigel, des bijoux, une somme importante en espèces. En levant un sourcil, Nigel barra deux mots sur sa liste : *~~cambriolage~~; vandalisme; brutalité gratuite; ~~extorsion~~; menace; humiliation.*

Il s'approcha du piano, un demi-queue Steinway dont le beau vernis noir avait été rayé dans tous les sens de stries parallèles. Le couvercle, en morceaux, pendait sur le côté. La table d'harmonie, fracassée, prenait des angles invraisemblables, suivant la tension imprimée par les cordes encore fixées.

Ce piano avait visiblement été l'objet de tous les soins de sa propriétaire. La plaque apposée près de la porte extérieure de l'entrée indiquait encore : *Rosalie Beaglet, 1er prix du concours Frédéric-Chopin. Enseignement musical pour concertistes. Leçons de solfège et de piano.*

Nigel inspecta l'instrument sous plusieurs angles. On en avait fait une sculpture cubiste qui ne manquait pas d'allure. À l'opposé, cependant, des goûts très classiques de la propriétaire.

« On a voulu l'atteindre à travers ce qu'elle a de plus cher et de plus sacré », pensa Nigel. Il raya *~~vandalisme; brutalité~~*

~~gratuite~~, et inscrivit sur son calepin : *démonstration de puissance; acharnement symbolique; rituel de domination.*

Après un temps de réflexion, il ajouta : *châtiment.* Puis, en plus gros : *signature???* en tapotant plusieurs fois de la pointe de son stylo la suite des points d'interrogation.

Hardy lui fit signe qu'elle montait explorer l'escalier et les deux étages au-dessus. Contrairement à lui, elle enregistrait toutes ses notes sur dictaphone. On n'entendait qu'une sorte de chuchotement confidentiel pendant qu'elle avançait à petits pas, s'agenouillant toutes les dix secondes.

L'expert scientifique referma sa mallette. Il avait fait tous les prélèvements et relevés possibles, mais son visage affichait une moue dubitative.

– Pas sûr qu'on en tire grand-chose, dit-il à Nigel. Ils portent des gants et des cagoules, ils sont très mobiles et surtout très très costauds. Tu as vu la structure en fonte du piano ? Même à coups de masse, il faut une sacrée force pour la casser en deux. Seulement il n'y a aucun impact correspondant.

– Oui, fit Nigel en suçant son stylo. Ça ne colle pas.

– Qu'est-ce qui ne colle pas ?

– Le côté brouillon et l'ultraprofessionnalisme. Il y a des endroits où on a vraiment l'impression qu'ils ont passé leurs nerfs, c'est de la folie furieuse. À ma connaissance, il n'y a que les gens possédés ou en transe qui peuvent déployer une telle énergie destructrice. À côté de ça, l'écran de télé n'a pas une éraflure. Et j'ai peine à croire qu'ils se soient installés pour la regarder. Vu le nombre d'objets balancés à travers la pièce, ça volait dans tous les coins. Je ne comprends pas comment ils ont fait pour ne pas se blesser. Tu as trouvé quelque chose ?

– Niveau empreintes, tu veux dire ? On trouve partout celles de la proprio…

– La victime, corrigea Nigel.

– Celles de la victime et quelques autres de-ci de-là, mais elles ne sont pas de première fraîcheur. Pas de fibre particulière non plus. Sauf, peut-être…

Il fouilla dans la mallette, sortit un petit sachet transparent que Nigel éleva vers la lumière. Il contenait une fibre longue et pointue, à la fois flexible et raide.

– Une idée de ce que c'est ? On dirait un morceau de corde à piano…

Son collègue haussa les épaules.

– Il n'y a que l'analyse qui pourra nous le dire. Ce n'est pas du métal. Un bout de plastique, je suppose.

Il referma la mallette et salua d'un coup de tête. Nigel pivota sur lui-même en entendant Hardy qui revenait essoufflée de son exploration à l'étage.

– Alors ?

– Alors quoi ? dit Hardy, les yeux ronds.

– Tu as vu quelque chose à l'étage ?

– Non, rien. Tout s'est apparemment passé dans le périmètre du salon. Le reste est archiclean. C'est fou, non ? C'est comme une bombe à fragmentation balancée dans une bonbonnière.

– Ouais, soupira Nigel. Une bombe invisible, sans poudre ni explosif. Fallait que ça tombe sur nous !

18

Ils durent remonter vers Camden pour trouver un endroit où dîner. Khan refusait de quitter la main de Sam, et il continuait à tenir dans son autre main la petite reine. Celle-ci montrait des signes d'épuisement, sans doute les piles d'origine commençaient-elles à rendre l'âme. Nour marchait tête basse, fixée sur ses pensées, luttant pour tenir à distance les soucis dont elle subissait les soubresauts, la fatigue de la journée, les questions autour de la fugue de Khan et de l'agression de Mme Beaglet. Elle était terrorisée à l'idée que les services sociaux lui enlèvent son enfant. Elle se ressaisit en pensant que, sans Sam, il serait peut-être encore perdu.

– Je vous invite, dit-elle en se tournant vers la jeune fille.

– Il n'y a aucune raison…

– S'il vous plaît. Je ne sais pas comment vous remercier. Khan est encore si petit. Sans vous…

– Je me suis contentée de lui tendre la main.

Le trio s'engagea dans une rue commerçante. Les barrages de police étaient levés, on avait dû attraper ou abattre ce pauvre animal échappé du zoo. Les caniveaux charriaient une gadoue de neige sale et les voitures roulaient au ralenti en chuintant, les lumières de leurs phares annulant au passage celles des magasins qui se reflétaient sur les trottoirs glissants. Une sorte de torpeur morne enveloppait la ville. La mort de la reine alimentait toutes les conversations, et ce retour brutal de l'hiver, tuant le printemps à peine éclos, n'améliorait pas le moral en berne des Londoniens. Khan, à l'inverse, semblait joyeux, soulagé d'un poids qui le rendait léger ; il tirait avec enthousiasme sur la main de Sam, jusque devant la vitrine d'un McDo où il stoppa net, avec une mine gourmande qui ne laissait aucun doute sur ses préférences culinaires. Nour fit la grimace, un peu gênée, ne sachant pas si ce genre de restauration entrait dans les goûts de Sam.

– Ça vous va ? dit-elle devant la porte. Khan adore les hamburgers.

– Ça me va, si chacun paye sa part.

– Je vous en prie, dit Nour avec lassitude, acceptez mon invitation. J'aurais trop honte.

Ils s'attablèrent devant leurs plateaux. Khan planta au milieu de la table la statuette de la reine qui saluait au ralenti, par à-coups, puis il contempla ses frites et son hamburger d'un air avide et anxieux, dans l'attente de l'autorisation maternelle pour commencer à manger. Ce conflit entre le souci de se montrer bien élevé aux yeux de sa nouvelle amie et l'envie pressante d'entamer son plat favori ne dura heureusement pas plus d'une poignée de secondes. Dès qu'il eut le feu vert, il attaqua son hamburger avec un appétit de bûcheron canadien, sans plus se préoccuper des deux femmes amusées par son manège.

– Il est vraiment chou, votre petit Khan, vous avez bien raison de l'appeler Diamant, dit Sam pour engager la conversation.

Nour esquissa un sourire.

– Ah, il vous a dit ça ?

– Il en est très fier, je vous rassure.

– Je viens du Cachemire. Vous savez où c'est ?

– Je pense, oui. Au nord-ouest de l'Inde, c'est ça ? Dans les montagnes ?

– Exactement. Là-bas, on adore les histoires de princes et de princesses. Notre poésie en est pleine. Les amoureux se donnent des noms de fleurs ou d'oiseaux. Et puis, c'est une bouffée de joie quand je rentre du travail de retrouver mon Joyau. Peut-être pourra-t-on un jour louer un petit appartement rien que pour nous, qui sait. Et vous, mademoiselle Hez, où habitez-vous ?

– Elle s'appelle Samantha, la coupa Khan, entre deux bouchées.

Sam éclata de rire.

– Il a raison ! Et vous, c'est Nour, n'est-ce pas ? J'habite avec ma mère et mon beau-père en Afrique du Sud, je ne suis vraiment que de passage. Mon avion a été obligé d'atterrir à cause de la tempête. Je vais à Amsterdam. J'ai un petit frère qui a deux ans de moins que Khan…

– C'est vraiment triste…

– Vous trouvez ? s'étonna Sam. Ça se passe très bien, mes deux parents ont refait leur vie, ils sont plutôt heureux.

– Non, je veux dire, pardonnez-moi, j'imaginais vous revoir, j'ai si peu d'amis…

Sam repensa à la marche le long du canal avec le petit Khan. Elle aussi, ça lui ferait drôle de ne plus le revoir. Et puis, elle se rappela les dernières paroles échangées dans le métro avec Eliot. Rien que de penser à son nom, cela suffisait à la bouleverser. « Quelle idiote, se dit-elle, quelle stupide petite conne prétentieuse. Et surtout quel gâchis… »

– Je ne sais pas si j'ai bien fait de m'installer dans ce quartier, reprit Nour. Je l'ai fait pour Khan, pour le mettre dans une bonne école. Mais tout y est tellement cher. Je suppose que je suis comme toutes les mamans, je veux le mieux pour lui...

– Vous n'avez pas de famille ?

– Si, bien sûr. Des cousins.

– Je me mêle de ce qui ne me regarde pas, mais ils ne pourraient pas vous loger ce soir ?

– Non. Ils habitent loin, dans de grandes barres d'immeubles, c'est... Je ne voulais pas élever Khan là-dedans. Ils sont arrivés avant moi, il y a une dizaine d'années. On est des exilés, on a tous fui la guerre pour s'en sortir. Mais, en fait, vous savez, c'est compliqué, l'exil...

Sam attendait la suite, Nour posait sur elle des yeux immenses, aussi beaux, aussi mystérieux que ceux des animaux, quand on a la chance d'être soudain saisi par leur éclat, et qu'on est pris de vertige à l'idée de la distance qui nous en sépare. Elle se sentit interpellée de très loin, presque appelée au secours. La jeune maman avait peu l'occasion de parler d'elle et de sa vie. L'anonymat de cette rencontre et la perspective de leur séparation, d'ici la fin du repas, autorisaient cet épanchement soudain. Elle enjamba le silence en prenant le ton plus discret de la confidence.

– Oui, c'est ça, on fuit la guerre, pendant des mois, des années, on ne pense plus qu'à ça, on se dit que tout changera, que tout sera plus facile, mais on emporte avec soi une partie des problèmes. J'ai dû rompre avec beaucoup de monde. Mon mari est hindouiste, je suis musulmane, nos deux familles nous ont fait vivre l'enfer. Du côté pakistanais, on l'aurait purement et simplement assassiné. Là où nous vivions, c'est moi qui risquais ma vie tous les jours en prenant le bus pour suivre mes études d'institutrice. On habitait le plus beau pays du monde, des cimes éclatantes au-dessus de nos têtes, des forêts magnifiques, des jardins flottants et des villes sillonnées de canaux. Tout cela est plongé dans la violence. Il n'y a plus rien à faire. On a décidé de partir. Il est resté en arrière, il a tout fait pour que je puisse m'échapper, je portais notre enfant dans mon ventre, notre petit Joyau qu'il n'a pas vu naître. Il devait me rejoindre. C'est beaucoup d'argent, vous savez, beaucoup d'argent et beaucoup d'épreuves. Je suis quand même partie...

Elle balaya l'air de la main, le souffle court.

– Il y a eu des... La bassesse et la cruauté des gens..., murmura-t-elle, en affichant son dégoût. Lui, les militaires l'ont pris, on l'a faussement accusé de trahison, je ne sais pas ce qu'il est devenu. Les prisons, là-bas... Pour la famille de mon mari, je veux dire celle qui s'est installée et qui vit à Londres, je n'existe plus. Ils auraient pu nous aider, ils ont de quoi. Mais ils m'ont entièrement rendue responsable de la situation, ils ont dit qu'Anish avait tout sacrifié pour moi.

– C'est injuste !

– Oui, injuste, et complètement faux. Anish et moi – je ne vous l'ai pas dit, il s'appelle Anish, Anish Fezal –, nous avons mis nos vies entre parenthèses pour sauver l'avenir de notre fils. Je ne fais que travailler, je survis. Son oncle et sa tante ne le comprennent pas. Je pourrais mourir avec mon petit Khan au pied de leur porte sans que ces gens-là ne lèvent le petit doigt. Nous sommes des parias. Pourtant, je préfère encore ça parce que, du côté de mes cousins à moi, c'est pire encore. Eux veulent me forcer à me remarier !

– C'est complètement fou ! s'écria Sam.

– Soyez tranquille, je ne céderai jamais. Jamais.

– Les salauds !

– Les colères et les crises d'autorité de Mme Beaglet, à côté, c'est de la plaisanterie, sauf pour Khan, évidemment. Vous connaissez Shakespeare?

Sam opina.

– *Roméo et Juliette*, ça existe encore, vous savez... Ce n'est pas qu'un drame en costumes, une belle histoire romantique à monter sur les planches pour faire pleurer les jolies dames. Enfin...

Elle se laissa un temps pour rassembler ses pensées.

– Toutes les histoires d'amour sont compliquées, vous ne croyez pas? demanda-t-elle d'une voix moins grave.

Sam avoua son peu d'expérience dans ce domaine.

– Vraiment, dit Nour en retrouvant soudain un grand et malicieux sourire, pas d'amoureux? Une jeune fille aussi belle que vous?

Sam était si surprise du changement de ton de Nour qu'elle eut un mouvement de recul. Quelque chose dans l'attitude de la jeune mère indiquait un besoin de légèreté, l'insouciance des conciliabules de l'adolescence, mais la question la prenait totalement au dépourvu. Elle avala une grande gorgée de Coca, sans parvenir à cacher la rougeur de ses joues. Elle s'étouffa avec les bulles, et parvint juste à répondre par cette phrase qui lui parut, bien malgré elle, grandiloquente :

– Je ne sais pas... C'est à la fois trop tôt pour le dire, et malheureusement beaucoup trop tard...

– Pardonnez-moi, je suis indiscrète.

Nour laissa son regard se perdre au-delà de la fenêtre, gênée d'avoir embarrassé Sam. «Elle a l'air si jeune, se dit-elle, je l'ai peut-être choquée.» Elle se pencha pour donner un billet à Khan, et lui dire d'aller se chercher un dessert.

– Je suis sortie avec un garçon, il y a un an, lâcha Sam sans crier gare. Je croyais l'aimer, mais ça s'est très mal terminé.

Elle désigna son petit singe noir, suspendu à son sac.

– Tout ce qui me reste de cette époque, si on peut dire…

Un pli d'amertume se dessina sur ses lèvres.

Nour s'inquiéta de l'avoir forcée à se découvrir aussi vulnérable. En même temps, elle s'étonnait de voir Sam promener sur elle un souvenir lié à quelqu'un dont elle ne voulait plus entendre parler. Une peluche, quelle drôle d'idée…

– Il n'a aucune importance, de toute façon, continua Sam pour couper court aux épanchements. Pauvre type.

– S'il vous a blessée, oubliez-le, il n'en vaut pas la peine.

– Ce n'est pas à lui que je pensais quand je vous disais que c'est trop tard…

– Moi, je t'attendrai, dit Khan en revenant avec un Sundae couronné de chantilly, le regard brillant de convoitise. Et on ne se quittera jamais !

Sam se pencha pour l'embrasser sur la joue.

– Je suis trop grande pour toi, petit Joyau.

– Vous prenez un dessert ? demanda Nour.

– Hum, je ne crois pas…

– Je vais chercher un café, vous m'accompagnez ? Khan, tu peux garder la table ? On en a pour deux secondes. On va juste à la machine à café.

Khan acquiesça gravement.

Sam se leva.

– Pourquoi dites-vous que c'est trop tard ? chuchota Nour en prenant le bras de Sam et en marchant le plus lentement possible. Vous êtes jeune, vous êtes belle, vous n'avez pas d'enfant. (Elle s'arrêta soudain.) Vous êtes… Vous n'aimez pas les garçons ?

Sam pouffa de rire. Nour protesta.

– Je ne suis pas si traditionnelle, vous savez. L'amour est trop beau pour entrer dans des cases.

– Lesbienne ? Non, même si j'ai aimé une fille. C'est un garçon que j'ai rencontré aujourd'hui. Un gentil, ça se voit. Je l'imagine très bien comme votre Khan, au même âge. Lui aussi a de grands cils, et un regard incroyablement doux. Il me plaît et je sais que je lui plais. Et… j'ai tout fait pour que ça casse.

– Il s'appelle comment ?

– Eliot. Il m'a presque sauvé la vie.

Nour siffla d'admiration.

– Non, j'exagère, continua Sam, on m'a volé mon portable en pleine rue. Lui et son copain sont intervenus. Ils n'ont même pas eu besoin de se battre, ça s'est arrêté là. C'est juste que j'aime l'idée du chevalier servant. Je ne sais pas jusqu'où il serait allé pour me défendre, il a été si… Il n'est pas spécialement beau, mais il est touchant, vous voyez ? Rien que de penser à lui, j'ai le cœur qui s'échappe.

– Je vois très bien, sourit Nour, en lui prenant la main. Mais si c'est de l'amour, croyez-moi, c'est écrit dans votre destin, vous le retrouverez. Les vrais amants sont comme des aimants, on ne peut pas les séparer aussi simplement.

– Nour…

– Oui ?

Sam hésitait. Elle demanda, du bout des lèvres :

– Vous pensez que vous allez retrouver votre mari ?

– Oui, souffla Nour en jetant un regard vers Khan. Et il sera fier de notre fils !

Il y avait trop de défi, de bravade dans cette réponse, et Sam voyait bien qu'elle s'accrochait à cette idée contre toute raison.

– Nour ? Vous avez quel âge ?

– Vingt-six !

– Vous êtes très belle. Je veux avoir votre courage ! Je m'en souviendrai quand j'aurai votre âge.

Nour l'embrassa.

– Merci, Samantha, c'est un vrai cadeau de vous avoir rencontrée aujourd'hui.

Elles retrouvèrent Khan qui terminait de lécher son gobelet de crème glacée. Nour sirota son café, les yeux mi-clos, réfléchissant à leur conversation. Ce moment passé avec la jeune fille comblait des mois de solitude. À force de travailler, de courber la tête, elle en avait presque oublié le plaisir de parler sans obligation ni routine, ce bonheur tout simple d'échanger avec un autre être humain.

Elle composa le numéro du détective Nigel. Il lui annonça que les premières constatations étaient terminées.

– Vous pouvez rentrer chez vous, dit-il pour conclure.

– Mais si les cambrioleurs revenaient ? s'inquiéta Nour. Je vais devoir rester seule dans cette maison avec mon petit garçon ?

– Madame Fezal, vous pouvez m'appeler à tout moment, même à 3 heures du matin s'il le faut, mais soyez tranquille, ça ne sera pas nécessaire : ils ne reviendront pas. La porte d'entrée est intacte. Tirez le verrou de l'intérieur, fermez les fenêtres, et tout ira bien. J'ai prévu des patrouilles dans votre rue pour la nuit. Si vous êtes trop inquiète demain matin, vous n'aurez qu'à faire changer la serrure de l'entrée…

– Entendu.

– Bonne soirée, madame Fezal.

– Bonne soirée, monsieur Nigel.

Nour se leva.

– Il faut que j'y aille. Il se fait tard.

Sam poussa vers elle son petit carnet ouvert sur la table.

– Vous voulez bien me laisser votre adresse ?

Nour écrivit ses coordonnées avec reconnaissance, elle n'avait pas osé le proposer d'elle-même.

– Tu viens dormir chez nous ? demanda Khan.

– C'est très gentil, Khan, mais je ne peux pas. Je vous accompagne jusqu'à ta maison, après, je retourne à l'hôtel, d'accord ? Comme ça, je pourrai récupérer mon sweat et mon coupe-vent ! Je te les prête jusque-là. De toute façon, ils sont trop grands pour toi.

– Et la reine ? s'inquiéta Khan, en désignant la figurine posée sur la table.

– La reine est à toi, Diamant. Je te la donne.

19

Cathy envoya deux photos sur le portable de Sam. La première, prise au sommet de la grande roue, montrait une vue aérienne de Londres enneigée, et la Tamise d'un gris acier éclairée d'un grand reflet sous une trouée de nuages. Sur la seconde, Cédric et Sarah mimaient la scène de *Titanic* où les héros du film se tiennent les bras en croix face au coucher du soleil. Sauf que la passerelle du paquebot était remplacée par un œuf de verre suspendu à plus de cent trente mètres au-dessus du sol. Elle légenda les images.

10 h 55 : *London Eye. Beaucoup de monde. Panorama de Londres en sucre glace tout en haut de la grande roue, pas mal, non ?*

Plus tard, elle s'arrêta encore pour tenter de contacter Sam.

13 h 08 : *Tu nous rejoins ? on va au Camden Coffee Co. Bises. Cathy.*

15 h 23 : *La reine est morte. Hallucinant.*

16 h 03 : *Sam, pas moyen de te joindre, désolée. À ce soir ? Cathy.*

En plus des textos, Cathy laissa un message sur sa boîte vocale. Elle s'ouvrit de son inquiétude à Cédric, qui balaya ses scrupules d'un revers de main.

– Elle ne veut pas se promener avec des vieux, je peux comprendre. Tu devrais la laisser tranquille une bonne fois pour toutes, tu n'es pas sa mère.

– Cédric a raison, dit Sarah. Imagine l'inverse, que tu sois bombardée de textos par quelqu'un que tu as rencontré la veille, tu ne trouverais pas ça exaspérant ?

– Hyper pénible, confirma Cédric.

– Ça ne lui ressemble pas du tout. Je suis vraiment inquiète.

– Tu la connais à peine, c'est ridicule.

– Je la connais assez pour savoir que quelque chose cloche.

Cédric éclata de rire.

– Cathy, tu ne vois pas qu'on vit un moment historique ? Sam a dû rester chez son amie. Imagine l'effervescence dans les familles anglaises ! En fait de cloche, un truc comme ça, c'est Big Ben et le big bang réunis ! On n'a aucun équivalent chez nous, à part, peut-être, la mort de De Gaulle. Ça remonte…

– Je sais que mes parents, ajouta Sarah, ça les a marqués. Pourtant, ils étaient tout jeunes, et pas vraiment fan.

– Et encore, le grand Charles, il avait qu'un pauvre petit képi perché à deux mètres de haut, un truc qui ressemble vaguement à une casserole à l'envers, alors que là, on parle de quelqu'un qui s'est promené chaque année en carrosse, avec une couronne sertie de diamants valant chacun le prix d'une centaine de Rolls Royce, le tout posé sur sa permanente ! Rien qu'en comparant les chapeaux, tu vois qu'on a changé d'échelle.

– Tu ne serais pas royaliste, par hasard ?

– Pas du tout, pas du tout ! Mais j'ai un petit faible pour le côté célébrités glamour, tu sais, mariages princiers, garden-parties, particules de noblesse et haute couture...

Ils étaient sortis de la Tate Modern, et affrontaient une méchante petite bise sur le Millennium Bridge pour rejoindre la rive nord. Ils renoncèrent à se promener trop longtemps. Cathy voulait prendre le métro à St Paul, et attraper la correspondance pour la ligne menant à l'hôtel.

– Toute cette neige..., murmura-t-elle. On dirait qu'on a couché le pays dans un suaire.

Sarah lança un regard vaguement inquiet à Cédric. Celui-ci haussa les épaules et la prit à part.

– Ne t'inquiète pas, elle est comme ça. Elle aime bien faire des phrases.

Cathy ne releva pas. Elle s'arrêta pour pianoter une dernière fois sur son portable.

17 h 42 : *Fin de la tempête sur Amsterdam en cours de nuit prochaine. On a confirmation de notre vol demain 7 h 04 du matin. Tu as dû recevoir l'info de ton côté. J'espère que tout va bien. Bises. Cathy*

Son écran afficha : « Échec de la communication. »

– N'empêche, continua Cédric avec enthousiasme en prenant le bras de Sarah, c'est une sacrée journée. J'ai envoyé dix images depuis London Eye sur Instagram, j'ai pulvérisé mon record de likes.

– Et cette histoire de tigre échappé ? Ils en sont où ?

– Aux dernières nouvelles, on l'a retrouvé au zoo. Il n'en est probablement jamais sorti. Je ne sais pas, ça ressemble à un vaste canular, toute cette histoire.

– Sauf que les flics près du canal n'avaient pas l'air de plaisanter, fit remarquer aigrement Cathy. Bon, moi, je rentre à l'hôtel, ajouta-t-elle en frissonnant, les mains relevant son col. Vous faites quoi ?

– Je ne sais pas, moi. Il est tôt pour rentrer. On va se prendre un dernier verre ?

Sarah déclina. Elle voulait être en forme pour le lendemain matin.

– Je vois, grogna le steward. Obligé de me plier au vote démocratique, deux contre un. Finalement, ça n'a pas que des désavantages, la monarchie. Au moins, on peut imposer ses choix au bon peuple.

Sarah le poussa du coude.

– Tu te prends pour Cédric Ier ?

– Tu as tort de rire, dit-il en tournant sur lui-même pour prendre une vidéo panoramique de la passerelle. Je m'apprêtais à signer un édit royal ordonnant d'augmenter tous les salaires de la compagnie, et même de doubler celui du personnel navigant.

Cathy accéléra le pas. Elle s'inquiétait vraiment pour Sam, et les facéties de Cédric l'indisposaient. De plus, la batterie de son portable était presque à plat, elle voulait avoir encore assez de réserve pour capter d'éventuels messages.

Cédric insista pour au moins faire un tour jusqu'à Piccadilly, et prendre un taxi. Mais elle traçait sans plus l'écouter, excédée.

Revenue à l'hôtel, elle prit une douche brûlante, enfila un T-shirt et se prépara une tasse de café lyophilisé. Elle composa le numéro de téléphone de la chambre de Sam, mais il sonnait dans le vide. Puis elle appela la réception pour demander si Samantha Hez était rentrée. Le réceptionniste se rappela soudain le message qu'il avait omis de lui remettre. Il lut le bout de papier qu'il avait griffonné sous la dictée de Sam.

Cathy, je serai sans doute en retard, ne m'attendez pas pour dîner. Bises. Sam

Cathy poussa un soupir de soulagement et, presque aussitôt, se sentit submergée d'une vague de déception, car elle se devait d'accorder un point à Cédric, c'était d'avoir vu juste : Sam n'avait pas besoin d'elle pour se débrouiller. La preuve. Néanmoins, elle fut prise d'un doute à nouveau. Pourquoi l'avoir laissée toute une journée sans réponses? Elle avait envoyé assez de messages, Sam n'avait qu'à tapoter deux ou trois mots pour la rassurer.

Ou alors, elle avait perdu son appareil.

Ou bien elle était en panne de batterie.

Ou alors, on le lui avait volé.

Elle s'assit en tailleur sur le lit, en se faisant un châle de la couverture, et appuya sur la télécommande. L'écran de la télévision s'anima en grésillant. Elle tomba sur le valet de pied de Buckingham allant solennellement afficher l'avis d'obsèques.

Cathy coupa le son pour ne plus entendre les commentaires. Les médias avaient mis en boucle cette séquence tant de fois, dans les magasins, sur les téléphones, sur les écrans géants en pleine rue, que l'existence réelle du pauvre homme s'effaçait derrière son icône reprenant sans fin le même parcours accablé, du perron du château à la porte de la cour. Si nos existences se limitaient aux images qui nous représentent, nous serions des pantins condamnés par un dieu méchant à refaire toujours les mêmes gestes, soumis aux lois du spectateur cruel qui peut à volonté accélérer ou ralentir, arrêter une attitude, une expression, n'importe quelle révélation de l'ordre de l'intime. Et notre existence s'effacerait au profit de ce que l'on voudrait retenir de nous.

Cathy se força à prêter attention aux traits du visage de l'homme, dans sa livrée noire. Il avait beau contenir son chagrin pendant qu'il placardait l'annonce, un zoom indiscret soulignait une larme au bout de son nez de domestique triste.

Elle changea de chaîne. Elle vit d'autres reportages, dont un sur la fameuse évasion du zoo. Le tigre en question, car c'en était bien un, avait été opéré d'un kyste au-dessus de l'œil. L'opération, délicate, nécessitait une anesthésie complète. L'animal, réveillé plus tôt que prévu, avait bousculé un gardien imprudemment entré dans sa cage. Puis il s'était éloigné au petit trot, déclenchant un début de panique chez les rares visiteurs. On l'avait brièvement aperçu longeant la cage aux singes et se diriger vers la grille bordant le canal. Le zoo avait été évacué; les environs, sécurisés. Un vétérinaire interviewé affirmait qu'il était dans une sorte de crise de somnambulisme, que l'anesthésie diminuait considérablement ses réflexes et qu'il y voyait à peine. De fait, on le retrouva au pied de sa propre cage, terrassé de fatigue. Il s'était probablement caché dans le zoo même, et l'on supposait que les témoignages sur des rugissements entendus près du canal provenaient d'un effet acoustique propageant les sons à la surface de l'eau. Un chef de la police résuma la situation : « Plus de peur que de mal. »

Le reportage montrait la cage vide, la foule poussée vers la sortie par un cordon de policiers, une vue d'hélicoptère patrouillant au-dessus des écluses de Camden.

Puis il y eut un court échange sur un plateau télé entre un journaliste et une militante pour les droits des animaux qui s'indignait qu'on puisse encore enfermer des bêtes sauvages.

Cathy zappa sur les autres chaînes : pub, variétés, talk-show, pub, infos, pêche au cormoran, dessin animé, golf, série comique, pub, bourse, bombardement au Moyen-Orient, western, football, télé-achat, défilé de mode, dessin animé, pub, talk-show, boxe, etc.

Elle s'endormit.

Son téléphone vibra.

– Cathy, c'est Sarah. Tu viens dîner avec nous ?

Elle s'assit au bord du lit, reprit ses esprits en apercevant l'heure au bas de l'écran. Elle avait dormi quinze minutes. Si elle se rendormait, elle était bonne pour se réveiller à 4 heures du matin. Elle secoua la couverture.

– J'arrive.

Elle retrouva l'équipe attablée.

Sarah écrivait des textos, le portable posé près de son assiette. Thomas raconta brièvement sa journée. Il était allé voir l'exposition sur Gauguin avec des amis. D'ailleurs, il trouvait que le portrait choisi sur l'affiche ressemblait à la petite protégée de Cathy, la gamine de ce matin, elle pourrait être tahitienne.

– Et vous avez vu qu'elle est passée à la télé ? demanda-t-il.

Les autres le regardèrent avec des yeux ronds.

– Elle était avec un petit gosse, indien ou pakistanais, ça a fait le buzz, parce qu'il portait une figurine en plastique de la reine comme une effigie sacrée, genre la Vierge Marie. Ça m'étonne que vous n'ayez pas vu ça. C'était sur BBC 1.

– Tu nous fais marcher, là.

– Si ce n'est pas elle, c'est son sosie, remarqua Sarah.

De loin, je ne dis pas, mais quand j'ai vu le gros plan sur son visage...

– OK, elle est jolie, dit Cédric, mais il y a des centaines de filles comme elle dans Londres. Et puis, vous ne trouvez pas que c'est un peu *too much*, ce qu'ils ont balancé dans la journée ? Un tigre évadé, un yogi en pleine rue qui fait prier la foule, maintenant la statuette de la reine en procession...

– C'est toi qui disais que c'est une journée exceptionnelle, lui fit remarquer Sarah.

– Je parlais de la mort de la reine.

– Bah, c'est tous les jours sur Internet, les trucs bizarres. Il n'y a plus moyen de démêler le vrai du faux, approuva Thomas.

Ils pivotèrent tous la tête en même temps à l'entrée de Sam dans le restaurant, qui se dirigeait droit vers leur table.

– Salut !

– Ah si, c'est elle, j'en suis sûr, s'exclama Thomas.

Sam se tourna vers Cathy.

– Excuse-moi, je n'ai pas pu t'appeler, tu as eu mon message ?

– In extremis. Je n'étais pas tranquille. Tu avais oublié ton chargeur de batterie ?

– Je me suis fait voler mon portable ce matin. Deux types dans la rue. Je suis allé à Camden, je vous ai cherchés dans Stables Market. Je ne vous ai pas trouvés. Désolée...

– Dingue ! souffla Cédric. Tu as déclaré le vol à la police, au moins ?

– Oui, dit Sam en s'asseyant.

– Tu as mangé ? demanda Cathy.

– Je vais prendre un dessert avec vous. Alors, c'était bien, la Tate Modern ?

– Moins bien que London Eye, on est montés sur la grande roue. Fantastique ! s'exclama Cédric. Et toi, raconte, il paraît que tu te promènes avec un gamin et une statuette de la reine ?

– On t'a vue à la télé, expliqua Thomas.

Sam pâlit d'un coup.

– N'importe quoi, dit-elle.

La conversation s'enlisa jusqu'au café.

En remontant vers les chambres, Sam prit Cathy à part.

– Cathy, excuse-moi, je ne pouvais pas parler devant tout le monde, là… ça me gêne.

– Ça va, ils ne t'ont pas fait de mal ?

– Non, non, ne t'inquiète pas, c'était juste deux voyous. D'après la police, ils font peut-être partie d'une bande à Whitechapel.

– Et le petit garçon avec la reine dans sa main, il était bien avec toi ?

– Oui, je te raconterai. Je file dans ma chambre, il faut que je téléphone à ma mère, elle doit être morte d'inquiétude. On prend le petit déjeuner ensemble ?

– Entendu. À demain.

20

Il était 20 h 30 sur tous les écrans lorsque les détectives Nigel et Hardy pénétrèrent dans la pièce. June Tadzsky s'apprêtait à quitter son travail. Elle attendait avec impatience la relève d'un collègue, et ses yeux commençaient à piquer.

– June, comment va ? demanda Emma Hardy en l'embrassant. Je ne savais pas que tu travaillais la nuit.

– On a deux collègues absents, on est obligés de faire des heures sup.

– Et Eliot ?

– Toujours pareil. Des petits boulots.

– Bah, les ados...

– Il est grand maintenant, il pourrait se débrouiller comme son frère... Il est intelligent, il s'intéresse à un tas de trucs, il emprunte régulièrement à la bibliothèque des bouquins d'auteurs que je ne comprends même pas, mais il traîne toujours avec ce bon à rien d'Irlandais. Ils sont copains depuis la maternelle, je ne te fais pas un dessin...

Nigel lui donna l'adresse de Mme Beaglet.

– Tu as des caméras sur cet endroit ?

June manipula à toute vitesse une console de contrôle, grimaça.

– Oui, il y en a une, mais elle ne donne pas directement sur cette adresse.

Elle changea d'écran, trouva la caméra en question, tout au bout de la rue, effectivement à distance de l'adresse demandée, puisque la maison n'entrait pas dans le champ de l'objectif. Elle chercha une autre caméra, mais il restait encore un angle mort.

– Tu vois, là? C'est à peu près l'emplacement de sa porte d'entrée, cachée par cette rangée d'arbres. Tu cherches quelque chose de particulier?

– Un véhicule qui s'arrête devant, ou bien des individus à sa porte, dont un vraiment plus grand que la moyenne, agile, peut-être en survêtement de sport ou en combinaison, un truc laissant toute liberté de mouvements. Problème, on n'a pas encore d'heure précise. Mais je dirais début ou milieu d'après-midi, en tout cas avant 17 heures.

June se concentra davantage, prononçant d'une voix presque inaudible :

– Vous êtes vraiment dans les choux, non? C'est pour quoi?

– L'agression d'une femme âgée.

– Dégueulasse!

Elle fit défiler les images. Arrivée d'une voiture de police. Un attroupement qui grossit. L'ambulance. Les va-et-vient de différents personnages.

– C'est Khan Fezal et Samantha Hez, nota Hardy en lui demandant de s'interrompre. Ils se dirigent vers la maison.

– Le gosse a un truc à la main, fit remarquer June.

– Oui, c'est une petite figurine de la reine en plastique. Tu sais, celles qui agitent la main.

– J'en ai une sur le buffet, Eliot la trouve moche, dit la policière en souriant.

Nigel nota leur heure d'arrivée. La neige, par moments, produisait un brouillard nébuleux qui ne laissait plus apparaître qu'une grisaille traversée de silhouettes indécises. En remontant le temps, l'agitation autour du domicile de Mme Beaglet s'effaçait : dans la matinée, seuls quelques piétons vaquaient à leurs occupations en marchant à l'envers.

– Inverse le sens, murmura Hardy, concentrée sur les images.

Ils aperçurent une silhouette courbée qui sortait de la maison.

Nigel se pencha sur l'écran.

– Là, ralentis. Zoome.

– C'est Mme Beaglet qui sort de son domicile. Quelle heure ?

– 15 h 42, dit Hardy. Remonte un peu…, là, elle revient.

– 15 h 53. Elle s'est absentée onze minutes. Elle est allée chez des voisins.

– C'est quoi, déjà, l'heure d'appel au secours de Mme Beaglet ? demanda Hardy.

Nigel consulta son calepin.

– 16 h 57. Elle revient tranquillement chez elle à 15 h 53, donc elle n'est pas encore agressée. Elle appelle environ une heure après, à 16 h 57. C'est le moment où les malfaiteurs ont entièrement détruit son salon, et les voisins n'ont rien vu, rien entendu.

– Continue, June, c'est important. Ils sont peut-être arrivés avant, pour pouvoir se planquer avant d'agir.

Elle remonta le flux des images à toute vitesse, remarqua un gamin qui courait.

– C'est le petit Khan ! s'exclama Hardy.

– Il a l'air d'avoir sacrément les jetons, murmura June. Et il n'a qu'un pull-over sur le dos.

Nigel nota l'heure de nouveau. 15 h 38.

– 15 h 38, le gosse s'enfuit, terrorisé. Ils sont peut-être déjà là. Remonte encore.

– 14 h 02, Nour Fezal sort de la maison.

June continua à scruter l'écran en laissant défiler le chronomètre.

Les véhicules se faisaient rares, personne ne prenait de précautions, personne n'était vraiment plus grand que la moyenne, la vidéo était totalement insipide.

– Ça ne donne pas grand-chose, dit June en se massant les yeux. La définition des images n'est pas terrible, et la caméra est placée trop loin.

– Tu pourrais voir si le gamin apparaît dans les heures précédentes ?

– Avec la fille ou accompagné ?

– N'importe.

– Oui, bien sûr.

– Je récapitule. Le môme s'enfuit à 15 h 38, il a l'air paniqué. À 15 h 42, Mme Beaglet sort tranquillement de chez elle, elle rentre à 15 h 53. Une heure plus tard, à 16 h 57, elle appelle les secours. Qui arrivent huit minutes après. Samantha Hez et Khan arrivent ensuite. Mme Fezal arrive à son tour, à 17 h 25. De 15 h 53 à 16 h 57, ça laisse une heure aux agresseurs. Ils n'apparaissent pas à l'écran, ils n'ont laissé aucune trace, donc ils sont déjà sur les lieux. Il faut absolument que le petit Khan nous dise ce qui lui a fait peur au point de partir sans s'habiller sous la neige.

– OK, dit Hardy en se levant de son siège. Je crois qu'on en a assez fait pour aujourd'hui. On y verra plus clair demain.

– Merci, June, ajouta Nigel.

– Quand vous voulez !

– Je sais que ce n'est pas très réglo de te le demander, ajouta Hardy, mais si tu pouvais creuser ça dans les prochains jours…

– C'est délicat. Il m'en faudrait un peu plus. Vous n'avez pas une idée d'où ils pourraient venir ?

– Aucune, dit Nigel en faisant claquer son calepin sur sa cuisse. Essaye de remonter les trajets de Mme Fezal et de son fils. On va continuer le porte-à-porte. Je suis persuadé que ce truc a fait un barouf terrible. Ou les voisins sont sourds, ou ils ont quelque chose à cacher.

– Vous avez une priorité sur cette enquête ?

– Honnêtement, ça risque de tomber aux oubliettes si on ne trouve rien rapidement. La victime est très légèrement blessée. Ce n'est pas un homicide, il n'y a que des dégâts matériels. Pas de menace explicite. Elle a subi un trauma psychologique, mais il faudra attendre le diagnostic des médecins pour en déterminer la gravité.

– Les premiers témoignages disent qu'elle perdait déjà un peu la boule, soupira Hardy. Elle ne pourra pas nous aider à grand-chose.

– Pauvre femme.

– Ça sera difficile de motiver la hiérarchie si les empreintes ne parlent pas. Avec tout le bazar qui va nous tomber dessus dans les prochains jours, on n'aura aucun effectif en plus, on va devoir faire nous-mêmes l'enquête de voisinage.

– Je vois, dit June, compatissante. D'ici à ce que le chef mette l'affaire en attente…

Une jeune femme entra dans la pièce, salua June, serra la main aux deux détectives. Le remplacement se fit rapidement. Elle prit le contrôle des écrans, elle n'était déjà plus avec eux. Professionnelle. Mais Nigel lui trouvait visiblement d'autres qualités.

– Elle est vraiment canon, la nouvelle, souffla-t-il en sortant du bâtiment. Tu l'avais déjà vue ?

Hardy le poussa du coude en pouffant.

– Alors là, mon vieux, aucune chance ! Faudrait déjà que tu te payes le pressing. Et le coiffeur ne serait pas du luxe, non plus.

Nigel se passa une main sur sa tonsure en faisant la lippe.

– Elle est pourrie, cette enquête.

June sortit de l'ascenseur en pestant. Ça puait encore sur le palier. Elle tourna la clé, entra dans l'appartement. Il y avait de la lumière sous la porte de la chambre de son fils.

– Eliot ?

– Mam ?

– Tu as mangé ?

– Non, je t'ai attendue. C'est tout prêt.

June sourit en ôtant son manteau et son écharpe. Eliot était vraiment un chouette garçon, elle avait de la chance. Seulement, il était perdu. Elle rêvait de le voir avec une copine, quelqu'un avec qui il pourrait bâtir des projets d'avenir.

Eliot mit à réchauffer une poêlée de légumes et dressa rapidement le couvert. Ils prirent leur repas en silence. Eliot était pensif et June refusait toujours de dîner avec la télévision allumée, parce qu'elle regardait suffisamment d'écrans dans la journée.

– J'ai trouvé un job, finit par dire Eliot. Tu sais, le type qui vend des meubles artisanaux ? Il m'a rappelé. C'est ponctuel, mais c'est bien payé.

– Tu y vas avec Fergus ?

– Maman…

Elle leva la main.

– OK, je n'ai rien dit.

De toute façon, elle préférait encore ça à son job précédent. Eliot avait tenu trois mois comme coursier à vélo, trois mois qui avaient littéralement empêché sa mère de dormir. Elle avait vu trop d'accidents de deux-roues sur les écrans de contrôle. Eliot l'embrassa sur le front et retourna dans sa chambre. Elle s'assit sur le canapé en allongeant les jambes, posa un casque sur ses oreilles et actionna la télécommande de la chaîne pour écouter la cantate BWV 4 de Bach dirigée par Sir John Eliot Gardiner. Elle repensa malgré elle au petit gamin courant sous la neige. Elle pourrait essayer de le suivre de caméra en caméra. C'était peut-être possible…

Eliot retourna à son ordinateur. Il joua un peu en ligne, se lassa, entreprit des recherches sur l'Afrique du Sud et sur Amsterdam. Il téléchargea une vignette de l'affiche de l'exposition Gauguin, l'imprima sur une feuille A4 et la punaisa au mur de sa chambre.

– Sam…

Après quoi il se replongea dans la lecture du *Léviathan* de Thomas Hobbes, en prenant consciencieusement des notes, une feuille et un crayon à la main.

Au premier étage de la maison de Mme Beaglet, dans son petit studio, Nour tentait de dormir. Elle avait pris Khan dans son lit et le serrait contre elle. La moindre lumière filtrant à travers les volets la tenait en éveil. Un étage plus bas, la porte du salon restait fermée, marquée d'un ruban adhésif de la police en interdisant l'accès. En dehors de cette pièce ravagée, rien n'avait été touché dans la maison, tout semblait presque comme avant. Nour finit par s'endormir, agitée de temps à autre par d'incontrôlables soubresauts. Cette sensation lui était hélas familière. C'était une visiteuse qui remontait à sa jeunesse, et qui s'appelait la peur.

21

Sam laissa la télévision allumée pendant qu'elle bouclait sa valise, capturant d'une oreille distraite les informations. L'offensive de neige diminuait, on allait vers un redoux aussi rapide que soudain, comme si la famille royale avait conclu un pacte avec les éléments pour permettre aux cérémonies de se dérouler sous un ciel plus serein.

Juste avant de refermer la porte de la chambre, Sam détacha la peluche de son sac à dos et la laissa sur la tablette près de la fenêtre. Elle déposa un rapide baiser sur la joue du petit gorille en murmurant :

– Merci, Jill. J'espère que tu vas bien et que tu es heureuse.

Elle descendit rejoindre ses compagnons de voyage, qui avaient tous revêtu leurs uniformes. Cathy la rassura à propos du vol. Les vents sur Amsterdam s'étaient calmés, et tout devrait se passer sans histoire.

Ils gagnèrent l'aéroport. Sam passa les contrôles pour aller en salle d'embarquement. Elle prit le temps d'acheter dans la galerie commerciale une nouvelle statuette de la reine, cette fois-ci pour Teo.

Cathy avait un peu sous-estimé la tempête, le vent soufflait encore par rafales, mais à part une petite frayeur audessus de la Manche, l'avion se posa pile à l'heure et libéra son flot de passagers. En s'engageant sur la passerelle, Sam embrassa Cathy avec émotion. L'une comme l'autre savaient qu'elles avaient peu de chances de se revoir, et probablement aucune raison de le vouloir.

Nils l'attendait avec Teo, à la sortie.

Sam leur fit de grands signes du plus loin qu'elle les vit. Fou de joie, Teo prit son élan et courut se jeter à son cou. À son tour, Nils l'embrassa en s'emparant de sa valise.

Durant le trajet en voiture, Sam raconta brièvement ses aventures londoniennes, tout en regardant à travers la vitre les dégâts causés par la tempête. Un paysage en gris et blanc, encore couvert de neige. Des congères bordaient la route, et l'on voyait, çà et là, des équipes de travaux publics occupées à couper les branches des arbres arrachés et rétablir des lignes électriques. Des véhicules de secours circulaient de loin en loin, leurs gyrophares allumés.

Ils gagnèrent Duivendrecht, s'engagèrent dans une rue bordée de maisons identiques.

– Il faudra qu'on te rachète un téléphone, dit Nils en se garant, mais je ne peux pas t'en offrir un aussi performant que celui qu'on t'a volé.

– Papa, ce n'est pas la peine.

– Bien sûr que si. Tu en auras besoin ici, et si ta mère apprend que je t'ai laissée sans moyen de la joindre, elle va m'envoyer un missile intercontinental au fond du jardin.

– On t'a vue à la télé ! s'exclama Teo. Tu marchais dans la rue avec un drôle de garçon. Il était habillé comme les bonshommes des champs pour faire peur aux oiseaux.

– Je sais, on me l'a déjà dit, mais ce n'était pas moi, répondit Sam en lui ébouriffant les cheveux.

Elle toussa pour reprendre sa voix et jeta un coup d'œil à Nils, dont les sourcils étaient encore soulevés d'étonnement.

– Pourtant, c'est fou ce que la fille te ressemblait ! remarqua son père.

Sam attrapa sa valise dans le coffre et se tourna vers son petit frère.

– Teo, tu as prévu quelque chose pour ce soir ?

Les yeux de Teo se mirent à pétiller.

– Tu sais bien, c'est mon anniversaire !

– Ça te dit, si on fait le gâteau ensemble ? J'ai une super recette au chocolat, avec une décoration secrète pour toi.

Teo lui sauta au cou.

– Tu crois que ta maman voudra bien nous laisser faire ? ajouta Sam, en adressant un clin d'œil à Karin, qui paraissait au même instant sur le seuil pour l'accueillir.

– Alors là, c'est quand tu veux, dit celle-ci en l'embrassant. Il m'épuise.

22

Nour montra ses papiers à l'accueil et entra avec Khan dans la salle d'attente. L'enfant se hissa sur une chaise et commença à battre des pieds, observant d'un œil intéressé les va-et-vient dans le poste de police. Le détective Stuart Nigel arriva peu après. Il leur serra la main successivement, et proposa à Nour de le suivre dans un bureau, où se trouvait déjà Emma Hardy.

– Madame Fezal, nous souhaitons vous poser quelques questions supplémentaires, ainsi qu'à Khan, ce ne sera pas long. Vous pouvez rester pendant l'entretien avec votre fils, mais vous ne devez pas intervenir. Ses réponses nous aideront sans doute beaucoup, et il ne doit pas être influencé.

Nour abaissa le menton pour donner son approbation.

Nigel enclencha le dictaphone en précisant la date et l'heure.

Hardy commença l'entretien. Khan se prit très vite au jeu, avec une vivacité qui les fit parfois rire. Hardy le mena progressivement jusqu'aux événements de la veille. Il raconta les colères de Mme Beaglet, de plus en plus fréquentes, ce qu'il appelait sa méchanceté, et la peur qu'elle lui inspirait. Sa fuite, la porte se refermant brutalement derrière lui.

– Tu te souviens du moment où c'est arrivé ? Avant manger ? Après ?

– Après.

– Et Mme Beaglet, qu'est-ce qu'elle disait ?

– Que j'avais pris son chat. C'est pas vrai ! Et après, elle était dans son fauteuil devant la télé. Et je suis parti.

Nigel intervint :

– C'est Mme Beaglet qui t'a fait peur ? Tu as vu quelqu'un d'autre ?

Khan secoua énergiquement la tête. Nigel remarqua qu'il agitait nerveusement ses pieds sous la chaise.

– Khan, tu as autre chose à nous dire ? Même si ça n'a aucun rapport ?

Le gamin jeta un regard implorant vers Nour, qui n'en comprit pas la raison.

– Tu veux bien venir avec moi quelques instants ? intervint Hardy. On va chercher une boisson, d'accord ?

Elle lui donna la main, et ils sortirent de la pièce.

Nour resta face à Nigel. Il reprit avec elle le déroulement des faits, puis il l'interrogea de nouveau sur Mme Beaglet.

– Pensez-vous que Mme Beaglet ait des ennemis ?

– Elle a très mauvais caractère, répondit Nour, mais je ne pense pas que ce soit suffisant pour lui imaginer des ennemis. Elle fait un peu peur, c'est vrai.

– Peur comment ?

Nour frémit. Nigel nota que ses paupières tressaillaient.

– Elle peut être odieuse, injuste.

– Dangereuse ?

– Je ne crois pas...

– Khan semble en avoir une peur bleue ?

– Il est encore petit. Elle le terrorise.

– Pas vous ?

– Non. J'ai vu bien pire.

– Les précédents locataires ne restaient jamais longtemps. Vous tenez presque un record de longévité. Vous savez pourquoi ?

– Je n'ai pas le choix. Mon loyer est légèrement réduit parce que je lui dois aussi une heure de ménage par jour, et elle est très exigeante. Et puis, je lui ai toujours rendu service.

– Même ces derniers temps ?

– Même ces derniers temps.

– Vous ne songez pas à partir ?

– C'est trop difficile, murmura Nour en regardant par terre. Mon travail ne me permet pas de payer quelqu'un pour garder Khan pendant mes absences.

– Vous êtes surprise de ce qui lui est arrivé ?

– Oui. Et triste. Personne n'a envie de maltraiter une vieille dame.

– Je vois, acquiesça Nigel, en ouvrant un dossier devant lui. Il en tira une photo, la fit pivoter pour la mettre dans le sens de lecture de Nour.

– Cet homme vous dit quelque chose ?

– C'est Jared Baagh, mon cousin, répondit Nour, blanche comme un linge.

– Vous avez déjà porté plainte contre lui pour, je cite, « menaces, insultes, coups et blessures ».

– Oui, il voulait me forcer à me marier avec un de ses amis.

– Il est violent ?

– C'est une dispute qui a mal tourné.

– Vous ne nous l'avez pas signalé pour cette enquête.

– Je n'y ai pas pensé, c'est de l'histoire ancienne. Nous ne nous parlons plus depuis qu'il est passé en jugement. Cela fait trois ans.

– Et son frère ?

– Pareil.

– Je vois ici que M. Baagh a fait des travaux d'intérêt général. Son dossier signale qu'il est très sportif. Il pratique un art martial indien requérant beaucoup de détente et de souplesse, le kalaki... (ici, Nigel s'arrêta pour épeler le mot, en butant sur les syllabes), le kalarippayat. Son frère également. Vous diriez que vous êtes venue vous établir avec votre fils dans ce quartier pour leur échapper ?

Nour réfléchit.

– Honnêtement, au début, oui. J'ai totalement rompu avec ma famille, je ne supportais plus qu'ils veuillent diriger ma vie. Et ils font comme si mon mari était mort.

– Vous pensez que le saccage du salon de Mme Beaglet pourrait être un avertissement qui vous est destiné ?

– Non. Mes cousins croient qu'ils ont des droits sur moi, mais ils ne s'en prendraient jamais à une autre personne, surtout une femme comme Mme Beaglet.

– Vous les défendez ?

– Non, monsieur Nigel, je vous dis ce que je crois.

Nigel se leva pour clore l'entretien.

– Monsieur Nigel, demanda Nour, comment va-t-elle ?

Il grimaça.

– Elle est dans le coma.

Nour, bouleversée, quitta la pièce. Khan l'attendait avec Emma Hardy en croquant une barre de Bounty près du distributeur automatique de boissons et de friandises. Nour chercha son porte-monnaie pour rembourser la dépense de la détective.

– Laissez, ça me fait plaisir, dit celle-ci en les reconduisant vers la sortie. Votre gamin est adorable. Et il a beaucoup d'imagination.

– Vous allez retrouver les coupables ? s'inquiéta Nour.

– Et comment ! Comptez sur nous !

Hardy retrouva Nigel en pleine réflexion, buvant un café à petite gorgée devant la photo de Jared posée sur le bureau au milieu d'une dizaine de documents étalés, une fiche de police, le compte rendu de son jugement et quelques entretiens imprimés.

– Tu connais la théorie du petit Fezal ? demanda Hardy, l'œil rieur et la voix enjouée, en s'adossant à la porte qu'elle referma derrière elle.

Il se tourna en levant le buste, le sourcil interrogateur.

– C'est la reine qui a fait le coup ! claironna-t-elle. C'est lui-même qui l'en a prié, et il en est tout peiné.

– La reine ?

– Elle s'est transformée en tigresse, parce que c'est ce que font les grandes souveraines après leur mort, et elle est venue directement chez Mme Beaglet pour la punir d'avoir terrorisé Khan et sa maman.

– Bigre ! Si c'est un coup d'Élisabeth, ça va être difficile de continuer l'enquête, ironisa Nigel.

– Stuart, on parle de la reine !

– Désolé, mais ça ne change rien. On ne peut pas poursuivre quelqu'un qui s'est soustrait aux investigations par arrêt définitif de son existence. Sans compter qu'on se retrouverait avec les Windsor sur le dos…

– Le pauvre chou, il en était tout retourné, il pensait qu'il était responsable et qu'on allait l'arrêter, dit Hardy. L'esprit de la reine transformé en tigre ! Il a fallu que je lui dise que c'était impossible… que la reine ne s'en prendrait jamais de cette façon à un de ses sujets. Il est un peu comme tous les enfants, il confond justice et châtiment. J'ai fini par le rassurer.

– Je te fais confiance ! Exactement ton style. Des fois, je me demande pourquoi tu ne vas pas enquêter sur des meurtres au pays des peluches…

– Ça a donné quoi, les questions sur les cousins ?

– Rien !

– Tu crois que Nour les protège ?

Au lieu de répondre, Nigel émit un bruit de bouche en haussant les épaules et sortit le dossier de Mme Beaglet. Il étudia surtout le plan et les photos, vérifia sur son portable un certain nombre de vues très rapprochées qu'il avait lui-même prises en macro.

Pendant ce temps, Hardy relisait les premiers témoignages à la recherche d'incohérences ou de demi-vérités.

Nigel se leva et commença à tourner en rond. C'était le signe, chez lui, d'une sorte de fermentation des idées. Il tenait quelque chose, un truc, comme il disait, quelque chose de moins précis qu'un indice, mais de plus conducteur. Une piste.

Il retourna aux photos, puis posa les deux mains sur le bureau de Hardy en l'interpellant par-dessus son ordinateur.

– Tu sais ce que je pense ? Ce n'est peut-être pas si idiot, la théorie du petit Khan.

Il ouvrit un tiroir, sortit les clés de la voiture de fonction en les faisant tinter.

– Viens, on y retourne.

23

En arrivant chez Mme Beaglet, ils trouvèrent Nour discutant avec un artisan occupé à changer la serrure de la porte d'entrée.

– Madame Fezal, nous n'en avons pas pour longtemps, expliqua Nigel sur le palier, avant de se diriger vers le salon. N'entrez pas, les dégâts sont très impressionnants.

Il replaça le fauteuil devant l'écran de télé, au centre de la pièce, compara la disposition des meubles avec le plan relevé par Hardy.

– Tout est parti de là, fit-il observer. Les destructions suivent des cercles de plus en plus larges autour de l'écran qui est resté intact. Elles forment une sorte de spirale, comme un cyclone dont la puissance augmenterait en s'élargissant. Ce n'est pas une simple mise en scène, ça ressemble plutôt à un rituel.

Hardy croisa les bras, bien campée sur ses jambes.

– J'essaie de suivre. Tu ne veux quand même pas dire que c'est une force libérée depuis l'écran qui a mis un pareil bazar ? Restons dans le rationnel, s'il te plaît !

– Ce que je veux dire, c'est que les mouvements et leur vitesse sont plus importants que la force employée. Ce sont des mouvements amples, circulaires, excessivement rapides, un peu comme des swings délivrés par un boxeur très mobile. Et on n'a pas utilisé de marteau, ni d'objet lourd ou contondant. Aucune marque d'enfoncement. C'est déchiré ou brisé. Mais surtout déchiqueté. Il faut une lame courbe pour obtenir ça, une lame courbe, tranchante et solide.

Il se dirigea vers le couvercle du piano, lui désigna les striures faites de profonds sillons parallèles.

Il souleva le rideau effrangé, en indiquant le sens des déchirures, à nouveau juxtaposées. Il se mit à quatre pattes pour inspecter le tapis, compara les photos prises sur son écran avec toutes les griffures marquées dans les objets en bois ou en tissu.

– On voit très bien qu'il y a plusieurs lames, rangées comme celles d'un peigne qui aurait quatre dents. Les types ont utilisé une sorte d'arme métallique, une dague à plusieurs griffes, et ils ont tourbillonné en frappant.

Il écarta les doigts, en les pliant à demi, les ongles vers l'avant.

– C'est une sorte de danse, tu vois ?

Il lança son bras en arc de cercle comme s'il donnait un coup de griffe, se mit à en donner un autre en tournant sur lui-même, puis un autre, de plus en plus rapide.

– Comme ça, tu vois ? Tu vois ?

Et à chaque fois, il imitait un chat brassant l'air devant lui, les griffes grandes ouvertes.

Il avançait par petits bonds, et fronçait les sourcils pour rendre ses mouvements plus convaincants.

Hardy ouvrit des yeux tout ronds, puis elle se cacha le front d'une main, le coude calé dans l'autre main, en essayant de se retenir, mais ce fut plus fort que sa volonté : elle se mit à rire, secouée comme un prunier, sans pouvoir s'arrêter.

Le plus drôle, c'était quand Nigel s'efforçait de sauter en l'air, parce qu'il donnait l'impression d'un petit bonhomme apprenant à jouer au basket. De temps en temps, Hardy arrivait à dire « Je vois », puis elle repartait dans les hoquets, tout son corps agité de tremblements, tandis que Nigel prenait peu à peu conscience du ridicule de la situation, avant de s'arrêter enfin, les mains aux hanches, penché en avant pour reprendre sa respiration.

– Cette fois, grogna Hardy, ne me dis pas que c'est ton nez qui t'a mis sur la piste.

Et son rire la reprit.

Nigel se redressa, furieux.

– Hardy, arrête ça tout de suite, c'est insupportable ! Des fois je me demande si tu as vraiment ta place dans la police.

Elle fit la moue et marcha vers la porte d'un pas dansant, en donnant des deux mains des coups de pattes d'ours qui ne manquaient pas d'élégance, bien que toujours secoués de hoquets.

Nigel balaya la pièce une dernière fois du regard.

Lui était très sérieux.

Ils remirent le ruban sur la porte.

Sur le palier, Nigel se tourna vers Nour, comme si une nouvelle idée lui traversait la tête.

– Madame Fezal, vous vous souvenez des circonstances dans lesquelles votre cousin Jared vous a battue ?

– Les circonstances ?

– Comment s'y est-il pris ?

Nour porta la main à sa joue.

– Il m'a donné deux fortes gifles, les doigts écartés. J'en ai gardé la marque pendant une semaine.

24

La première chose que vit Eliot en se réveillant, ce fut le portrait de la Tahitienne de Gauguin affiché au mur.

– Sam…

Il fonça dans la cuisine en caleçon, trouva sa mère sur le point de partir. La théière fumait sur la table, les toasts grillés attendaient près du pot de marmelade d'oranges.

– Je file, mon grand. Je vais encore rentrer tard. Et ça n'ira pas en s'arrangeant, dit-elle en montrant le journal. Mobilisation générale, code : London Bridge.

– Maman, tu connais Gauguin ?

– Le peintre ? Quelle question !

– Il y a une expo, on pourrait aller la voir ensemble ce week-end ?

June resta un court instant la main suspendue à la poignée de porte et la bouche grande ouverte.

– J'en serais la première ravie, mais tu es au courant qu'il va y avoir un tas de cérémonies pour la reine ? On a décrété un deuil officiel de douze jours. Les musées seront peut-être fermés. Je ne sais pas du tout comment ça se passera pour nous, samedi et dimanche compris, mais il faudra mettre les bouchées doubles pour assurer notre service. Et sinon… toi, tu as un programme pour aujourd'hui ?

– Continuer à chercher du boulot, affirma Eliot en mordant dans son toast avec le plus grand sérieux.

– Je vois…

Elle ferma la porte, encore interloquée.

– Gauguin ? souffla-t-elle, en s'adressant à l'escalier.

Eliot entendit décroître le claquement de ses talons puis le bourdonnement poussif de l'ascenseur.

Il resta un moment à réfléchir, le menton posé dans les mains. Il se doucha, s'habilla, s'empara du carnet dans lequel il avait l'habitude de noter ce qui lui passait par la tête. Il descendit chez le marchand de journaux, acheta le *Guardian* : « La reine n'est plus », le *Times* : « Dernier royaume », le *Daily Mirror* : « Adieu, Élisabeth », le *Sun* : « On ne dira plus jamais Lilibet ». Il s'installa au café tout proche, et passa deux heures à tâcher de formuler des questions à propos de la mort de la reine. Puis il prit le métro et descendit à Whitechapel. La maison de Maddie était facile à retrouver, le problème était d'y entrer.

Il fit le guet trois portes plus loin, faussement intéressé par son téléphone, attentif aux passants et aux résidents. Une femme entra chez Maddie. Elle en ressortit dix minutes plus tard.

Il l'interpella.

– Bonjour. Excusez-moi, vous connaissez Maddie ?

– Mme Irlington ? Pourquoi ?

Il montra son carnet.

– Je suis étudiant en sociologie. On mène une enquête sur la façon dont les personnes âgées perçoivent le décès de la reine, ce qu'il réveille dans leurs souvenirs… et je sais que Mme Irlington…

– Que voulez-vous exactement ?

– J'aimerais l'interviewer, c'est une amie commune qui me l'a recommandée. Elle m'a dit que c'était un témoin idéal. Mais elle a oublié de me laisser son téléphone, et je n'ose pas sonner à la porte sans être annoncé.

La femme l'inspecta des pieds à la tête, soupçonneuse. Elle était plus âgée que la mère d'Eliot, elle portait un manteau déstructuré en patchwork très chic, un sac tibétain et des bottes colorées. Elle avait de beaux cheveux blancs coupés au carré, qui sortaient d'un bonnet de laine posé en oblique, des boucles d'oreilles fantaisie, et elle pointait sur lui deux pupilles bleues qui le scannaient jusqu'à l'arrière du crâne.

– Je ne peux pas vous donner son numéro.

– Je comprends, vous ne me connaissez pas, c'est normal… Je vais me débrouiller autrement. C'est juste qu'on a très peu de temps pour collecter ces témoignages…

– Comment s'appelle votre amie ?

– Samantha. Elle… elle est d'origine sud-africaine. Mme Irlington… l'aime beaucoup.

– Restez ici.

La femme s'éloigna pour téléphoner. Cela dura bien deux ou trois minutes, au bout desquelles Eliot vit bouger le rideau, et le visage de Maddie apparaître un bref instant.

– Elle veut bien vous recevoir. Mais je vous accompagne. Gladys Bower-Gilmore, ajouta-t-elle en tendant la main. Je suis la fille de Maddie.

– Eliot, Eliot Tadzsky. Merci, merci beaucoup.

Elle ouvrit la porte avec sa clé et le précéda dans l'escalier, qu'on avait doté d'un siège coulissant pour handicapés.

Eliot pénétra dans un salon transformé en caverne de collectionneur. Deux mannequins de bois vêtus de robes anciennes, des lampes à abat-jour festonnés, des étagères chargées de tissus et de cartons à chapeau, des photos de tous formats, encadrées ou non, des objets en vannerie et des flacons de parfum, des dizaines de poupées anciennes, trois paniers remplis de coupons de tissus, et une magnifique cage en bois rouge d'origine asiatique. Il vit trois petites reines mécaniques, une en tailleur jaune, une autre en vert et la dernière en rose, qui le saluaient de différents endroits. Des espaces avaient été ménagés entre les meubles et les objets, dessinant un réseau de circulation à deux voies, l'une vers le couloir menant au fond de l'appartement, l'autre vers la cuisine. Au milieu de ce capharnaüm, Mme Irlington, calée dans son fauteuil roulant, les coudes posés sur une table couverte d'une nappe en cachemire, le regardait, toute souriante.

– Vous connaissez Samantha ?

Eliot toussa dans son poing.

– Hum, oui. Nous ne sommes pas, euh… très proches, je l'ai eue quelquefois au téléphone, alors… elle m'a parlé de vous… et donc… euh… enfin, elle m'a dit que vous êtes… euh… un témoin idéal pour mon enquête.

– Elle est adorable, n'est-ce pas ? Asseyez-vous donc, jeune homme. Je peux vous offrir à boire ? Un verre d'eau, un jus d'orange ?

– Euh, dit Eliot en s'asseyant sur une demi-fesse, non, merci.

– Une petite précaution, vous permettez ? demanda Gladys, en prenant avec son portable un cliché d'Eliot face à Maddie. Maman, j'y vais. Ça va aller ?

Maddie fit signe que oui. Elle semblait ravie d'avoir de la

compagnie, et le nom de Samantha opérait visiblement sur elle comme un sésame.

Eliot, le front plissé par la concentration, ouvrit son carnet et, décapuchonnant son stylo avec une attention toute professionnelle, il le posa devant lui, parallèlement au bord de la table. En sortant du café, il s'était félicité de la pertinence de ses questions (« Brillant, c'est brillant », pensait-il). Il avait passé beaucoup de temps à les formuler de manière aussi neutre et objective que possible, travail qui s'était avéré plus difficile que prévu. Une demi-heure pour écrire les deux premières questions, au terme d'une bonne cinquantaine de ratures. Mais une fois cet obstacle passé, il en avait déroulé toute une liste. Du travail de pro. Même sa mère serait tombée dans le panneau, et pourtant elle en connaissait un bout sur les questionnaires en tous genres, et aussi sur le style administratif. Maintenant, devant le visage de porcelaine de Maddie, si fin, si clairvoyant, et plutôt amusé, il commençait à perdre de son assurance.

Il se racla la gorge et se lança dans une explication préliminaire.

– Madame Irlington, c'est un entretien... euh... libre. Donc, vous pouvez vous abstenir de répondre à une question, ou à l'inverse développer un tas de commentaires, je veux dire à propos de la reine, de la famille royale et tout ça, c'est le but de l'entretien. L'intérêt, pour moi, c'est le ressenti des contemporains, vous voyez ? Donc, concentrez-vous sur votre feeling. Vos sensations. Sentez-vous libre, d'accord ? Exprimez-vous sans tabou. Moi, je ne suis pas là pour juger, je me contente de transcrire vos réponses, même si vous êtes plutôt favorable à la couronne d'Espagne, au bombardement de l'Irlande du Sud ou à l'indépendance de l'Écosse, vous voyez ?

– Je vois très bien. Poursuivez, jeune homme, j'ai hâte d'écouter vos questions.

– Première question. Par rapport à votre propre vie privée de personne… (il mima les guillemets en crochetant deux doigts de chaque côté de sa tête)… « âgée » – une vie qui vous est personnelle et que je respecte totalement au niveau de sa temporalité, vous avez tout à fait le droit d'être une vieille dame, précisa-t-il en se penchant avec un sourire complice, en ce qui concerne la très longue vie de la reine, diriez-vous que son décès arrive pour vous : 1. trop tôt ; 2. trop tard ; 3. pile-poil.

Maddie recula légèrement dans son fauteuil pendant qu'Eliot mordillait son stylo, prêt à noter la réponse.

– Vous n'êtes pas venu pour une enquête de sociologie, n'est-ce pas ?

– Euh… je ne suis qu'en première année…

– Sans doute pourquoi vous mentez si mal.

Eliot se tortilla sur sa chaise en fixant ses questions. Pour être aussi vite débusqué, il avait dû faire une erreur dans sa formulation, mais où ? Il hésitait à poser la suivante, penchait plutôt pour celle d'après, sur l'adéquation ou l'inadéquation entre la maigreur des pensions de retraite britanniques et les revenus faramineux de la reine. Maddie, de son côté, le laissa patauger un bon moment avant de reprendre :

– Comment connaissez-vous Samantha ?

– C'est, euh… une amie.

– Eh bien, vous allez me raconter pourquoi. Vous êtes venu jusque chez moi, vous me devez bien ça. Allez donc vous chercher un jus d'orange dans le frigo, c'est par là, dit-elle en désignant la cuisine, et rapportez-moi un petit verre et la bouteille de porto. Celle qui est dans le placard de droite.

Eliot s'exécuta, encore vexé d'avoir été démasqué, mais tellement heureux d'avoir établi aussi vite un pont avec Samantha. Il était sur la bonne voie. Tout ce dont il avait besoin, c'était une adresse.

Il ouvrit le frigo en exécutant un petit pas de danse, et revint en corrigeant son maintien.

Maddie se versa un doigt de porto en l'observant. Elle le trouvait à la fois audacieux, candide et maladroit. Il venait lui soutirer des renseignements sur Samantha, dont il était amoureux, cela ne faisait aucun doute, mais il s'y prenait si mal qu'il en était désarmant. Elle décida de le mettre d'abord sur le gril, en l'interrogeant sur sa famille, ses goûts et ses projets d'avenir.

Eliot se dandinait sur sa chaise, essayant de trouver les réponses qui le montreraient sous le jour le plus favorable. La vieille dame était d'une habileté diabolique, alors qu'elle n'avait même pas préparé de questionnaire. Ça lui venait tout seul, entre deux lapements de porto. Elle était, au minimum, troisième dan d'aïkido en interview. Il avait beau esquiver et botter en touche, elle revenait toujours sur le travail, la vocation, la passion, par des voies détournées. Elle voulait vraiment lui tirer ce qu'il avait dans le ventre. Et lui, il n'en savait rien.

Il la fit rire deux ou trois fois, sans le faire exprès, un rire d'ailleurs bon enfant, pas moqueur, plutôt ému.

Maddie n'avait pas passé un aussi bon moment depuis bien longtemps.

Eliot prenait parfois le large en laissant traîner ses yeux sur le décor autour d'eux, visiblement impressionné par la profusion d'informations qu'il offrait, si variées qu'elles en étaient inclassables. Il était difficile de reconstituer la vie de Maddie à partir de ce bric-à-brac, ou alors elle en avait eu plusieurs.

– J'étais costumière, Samantha ne vous l'a pas dit ? demanda Maddie en coupant court à sa rêverie. Levez-vous, allez voir les photos. Vous en mourez d'envie.

Il s'approcha des étagères. On y voyait Maddie plus jeune sur des plateaux de théâtre ou de cinéma. Elle posait, souriante, ou bien elle était en pleine activité, à faire des essayages, des épingles serrées entre les lèvres. Les époques se télescopaient. On la voyait en minijupe avec un bandeau dans les cheveux, au soleil d'un petit port de pêche méditerranéen ; en duffle-coat, écharpe et bonnet tricotés main, dans les Highlands ; en blouson de cuir, maquillée, les cheveux très courts, dans une cave de béton près d'un groupe de rock alternatif à Berlin ; en jean et pull mohair sur les quais de la Seine à Paris. Il reconnut plusieurs acteurs et actrices à ses côtés, certains très célèbres. Il attrapa un cliché dédicacé par Sean Connery.

– James Bond, carrément ! siffla-t-il, impressionné.

Il porta son attention sur une autre image, montrant Maddie affairée sur l'ourlet de la robe d'une lady affublée d'un immense chapeau de paille.

– Oh, attendez, c'est pas Lady Violet de *Downton Abbey* ?

– Maggie Smith, corrigea Maddie, en se resservant du porto.

– Oh, putain, ma mère l'adore. Oh, pardon !

– J'en ai entendu de pires, jeune homme. Mais si vous pouviez vous abstenir…

– Dingue, murmura Eliot, de plus en plus impressionné. Ça doit vous faire quelque chose, en fait, la mort de notre reine, non ? Je veux dire, vous avez vraiment tutoyé les gens de la haute.

Maddie poussa un soupir en roulant des yeux comme l'actrice dans son rôle de comtesse douairière.

– Nous allons avoir plus de dix jours pour nous y habituer, mon jeune ami. Je réserve mes larmes pour la fin des cérémonies.

Eliot tourna le buste à demi, impressionné par son imitation des mimiques et intonations de Maggie Smith.

– Vous l'imitez drôlement bien. Pareil que dans la série.

– J'ai travaillé sur les quatre premières saisons.

– Classe !

Il y avait aussi des accessoires, des affiches de films, des pages de script annotées, des autographes de réalisateurs. Eliot y reconnut le nom de Ken Loach. Sa mère l'emmenait voir tous ses films. Mais il lut aussi le nom de grands disparus comme Ken Russell ou Joseph Losey, à qui June vouait une admiration sans bornes, et là, ils étaient pris en photo, pour de vrai, en compagnie de Maddie.

– Vous étiez drôlement sexy, dit Eliot en s'arrêtant sur une photo prise trente ans plus tôt, alors qu'elle montait sur les marches du Palais des festivals de Cannes, dans une robe à bustier fendue. Pourtant, vous aviez déjà de la bouteille, non ? Vous êtes même pas refaite.

– Vous savez tourner un compliment, jeune homme, remarqua la vieille dame d'un œil malicieux.

– C'est normal. En plus, je le pense pour de bon. Je vous jure, vous étiez une vraie bombe !

– Néanmoins, vous devriez savoir aussi que la saveur d'un compliment se trouve passablement altérée dès lors qu'on l'utilise au passé.

– Moi, j'aurais pas été contre de vous le dire plus tôt, mais j'étais pas né au moment de la photo…

Maddie en but de travers sa gorgée de porto.

Il s'enhardit à explorer la pièce, allant d'un endroit à l'autre en sifflotant. Il déroula un ruban de couturière, l'enroula soigneusement pour le remettre en place, déplia puis replia un éventail.

– En tout cas, ça doit être chouette d'être costumière. Ma mère, elle est folle de cinéma. Elle aurait rêvé d'en faire. Elle est derrière la caméra, elle aussi…

– Vraiment ?

– Elle est dans la police, c'est pas pareil, y a plus de contraintes, vous voyez ? dit-il en soufflant du bout des lèvres sur un nuage de plumes d'autruche pour accompagner ses propos.

– Vous savez, c'est important, le costume, lui fit remarquer Maddie. On dit toujours que l'habit ne fait pas le moine, mais ça reste quand même grâce à leurs robes de bure qu'on les reconnaît, les moines. Un acteur joue bien mieux quand il a trouvé le bon costume.

– Ah bon ?

– Votre parka, par exemple, si j'avais dû la choisir pour un acteur, cela m'aurait demandé pas mal de recherches. C'est une pièce d'uniforme de l'armée anglaise, n'est-ce pas ?

– Oui, régiment royal d'infanterie blindée, dit Eliot en reposant une poupée vêtue d'une crinoline victorienne.

– Ah ? Comment peut-on le deviner ?

– À l'écusson, là, dit-il en tapant du doigt l'insigne cousu sur la manche. Celui-là est un vrai, mais ça s'achète dans les surplus militaires. Facile à trouver.

– En revanche, elle est usée, élimée, et ça, ce n'est pas si facile à obtenir. Le côté lustré du tissu, les frottements, les déchirures, la patine. Dans mon métier, on dit d'un vêtement comme celui-là qu'il est habité.

Eliot eut un léger sursaut de perplexité.

– Habité ? Vous voulez dire, genre, comme une coquille de bernard-l'ermite ?

– Presque. C'est une veste trop grande pour vous, c'est évident. Mais on voit, à votre façon de la porter, que vous vous moquez de ce détail. En revanche, on a l'impression que vous seriez prêt à la garder jusqu'à ce qu'elle tombe en lambeaux sur vos épaules. J'en déduis que votre rapport à ce vêtement est beaucoup plus affectif qu'utilitaire. Je me trompe ?

– C'est celle de mon père, bougonna Eliot.

– Il me semble que vous la portiez hier dans la journée ? Je crois bien vous avoir aperçu sous ma fenêtre. Vous ne voulez pas vous asseoir ?

C'est ainsi, de fil en aiguille, métaphore prisée entre toutes par Maddie, qu'elle apprit l'essentiel de la brève histoire d'amour entre Eliot et Samantha.

25

Sam fut réveillée par Teo qui sauta sur son lit en la couvrant de bisous sonores.

– Papa et maman sont réveillés. Tu viens déjeuner ?

– Mais il est quelle heure ? demanda Sam en se massant les cheveux. Hou là, 9 heures et demie ! J'ai dormi tout ce temps ?

Elle attrapa son petit frère sous les bras en lui chatouillant les côtes.

– Alors ça y est, tu es grand ? C'est ça, tu es grand ?

– Oui !

– Grand comment ? Tu as quel âge ? dit-elle en continuant, tandis qu'il se tordait sous les chatouilles.

– Quatre ans.

– Quatre ans, c'est pas possible !

– Arrête ! À moi, à mon tour !

Elle bondit sur le lit, l'oreiller à la main.

– Pas question. Plutôt mourir debout que mourir sous les chatouilles.

Teo s'empara du second oreiller, l'assomma de toutes ses petites forces; elle fit mine de s'écrouler, vaincue, puis le fit rouler pour l'embrasser.

– Allez, je me lève.

Karin et Nils étaient attablés. Elle leur fit une bise à chacun. Sam aimait déjà Karin, sans beaucoup la connaître. Sa présence avait quelque chose d'apaisant, elle enviait presque Teo quand il venait se blottir, roulé en boule, entre ses bras. Diane était plus pointue, elle évitait les épanchements. On pouvait presque dire qu'elle avait découvert la tendresse en rencontrant Richard. Finalement, ses parents s'étaient chacun trouvé leur conjoint idéal, ils avaient eu de la chance.

Elle regarda le jardin par la baie vitrée, en soufflant sur sa tasse de café au lait qu'elle tenait serrée dans la coupe de ses mains. La tempête de neige avait pris fin aussi vite qu'elle était arrivée. Alors qu'on lui prévoyait une durée de plusieurs jours, elle s'était retirée inexplicablement, laissant derrière elle des paysages hébétés, tout engourdis de froid. Une petite pluie grignotait la neige, qui tournait au gris sale et glissait des toits.

– C'est un peu râpé pour la journée luge et ski de fond, non? dit Sam, en plissant le front.

Teo arrêta de manger sa tartine, les oreilles aux aguets. Il était prêt à fondre en larmes. Sam lui avait promis de faire de la luge, et il attendait ce moment avec sa sœur depuis deux jours, presque une éternité.

– Oui, c'est dommage, on sera peut-être obligés d'emmener Teo à l'aquarium, remarqua Nils.

– Il paraît qu'il y a des requins et des phoques, ce n'est pas très intéressant, ajouta Sam, avec une négligence affectée, en regardant son petit frère en coin.

Teo se mit à tricoter des jambes sous la table. Ses yeux brillaient de plaisir.

Un peu plus tard, Sam, lavée, habillée, fit le tour du jardin. Le pommier en occupait un bon tiers, entouré de quelques buissons croulant sous des paquets de neige, et de jouets que Teo avait abandonnés çà et là. La neige disparaissait sous la bruine avec ce timide crépitement feutré qu'elle produit en fondant, une sorte de lamento à bas bruit sur l'injustice de sa brève existence. « À quoi bon tant de beauté, tant de blancheur, tant de candeur virginale, pensa Sam, s'il faut finir en boue et en mélasse de caniveau ? »

Elle ne put s'empêcher de penser à sa journée londonienne. Que devenait le petit Khan, dans la maison mutilée de Mme Beaglet ?

Puis elle revit Eliot. Elle avait une folle envie de s'engueuler de nouveau avec lui. De lui envoyer des coussins et des édredons à la figure. De basculer dans ses bras, et de finir à la renverse, les lèvres posées sur les siennes.

Karin l'appela pour qu'elle lui donne un coup de main, il fallait vite débarrasser. Teo avait déjà revêtu son manteau, prêt à partir. Il rayonnait comme un soleil.

À Londres, et dans tout le Royaume-Uni, la population s'apprêtait à vivre sa première journée sans la reine. Les médias mettaient au point leur stratégie. Il fallait distiller les informations pendant douze jours, jusqu'à la cérémonie des obsèques qui serait le point d'orgue de ce grand deuil. Mais il fallait aussi relater le passage au nouveau roi. Le prince Charles avait déjà reçu le baisemain de ses frères et sœur. La proclamation avait eu lieu depuis le balcon de Buckingham, et l'orchestre des Coldstream Guards avait joué « *God Save the Queen* » sur des tambours voilés de noir. Enfin, après une nouvelle proclamation sous la statue de Charles Ier à Trafalgar Square, quarante et un coups de canon tirés depuis Hyde Park avaient conclu l'annonce royale.

Pendant qu'Eliot faisait connaissance avec Maddie, Fergus, de son côté, se triturait les méninges pour imaginer comment il pourrait tirer parti de ces événements. Il se planta devant la télé, tomba directement sur un plateau de talk-show de Sky News animé par un présentateur compassé.

– Quoi qu'il en soit, cette date nous convoque et nous assigne. Une porte s'est fermée dans le mur du temps, et une autre s'ouvre. Je parle de mur, parce qu'il y a bien une période qui s'achève sous nos yeux et qui appartient à l'histoire. On pourra dire, désormais, « sous le règne d'Élisabeth II », comme les Romains disaient « sous le règne d'Auguste César, *imperator* ». Tout ce qui arrive bascule sous le règne de Charles, appelé à monter sur le trône.

» Ce n'est peut-être pas aussi fort que la chute du mur de Berlin, mais cela n'en reste pas moins une borne importante dans la vie des gens, une balise symbolique apposée sur le calendrier universel...

Après ce préambule, la caméra se déplaça pour cadrer les deux invités, un long septuagénaire aux cheveux ondulés, et une femme toute menue, dans un blazer de cuir ajusté, qui agitait ses mèches blondes comme si elle avait pris place sur un siège à ressort.

– J'ai avec moi, dit le présentateur en se tournant vers le premier, Sir Barry Oldawk, notre correspondant attitré auprès de la famille royale – je ne vous ferai pas l'injure de vous présenter à nos téléspectateurs –, et, à ma gauche, Cecilia Lajoliette, universitaire, journaliste à Radio-Canada et chroniqueuse au *Journal de Montréal*, spécialiste des relations de la Couronne avec le Commonwealth. Barry, vous connaissez très bien le nouveau roi, vous avez fait vos premières armes en le suivant dans ses déplacements à l'étranger. Selon vous, comment va-t-il s'y prendre pour imprimer sa marque ? Par petites touches ou avec des annonces fortes ? On sait qu'il s'impatientait des lourdeurs du protocole.

Les mains jointes en prière au bout de ses lèvres, Barry Oldawk se renfonça dans son fauteuil.

– En premier lieu, dit-il, je crois qu'il n'y a pas un, mais plusieurs princes Charles. De qui parle-t-on ? Du jeune playboy de la jet-set ? du prince éloigné du pouvoir, dans l'ombre de sa mère ? du dernier successeur d'une prestigieuse dynastie, lui-même comblé par deux héritiers royaux ? du rebelle bravant le scandale pour vivre son amour avec Camilla ? de l'époux divorcé mais sincèrement affecté par la disparition de Lady Diana ? Je crois d'abord qu'il se montrera extrêmement soucieux de la continuité de notre monarchie...

– Je vois, mais, en tant que nouveau roi...

– ... quitte à vivre le conflit intérieur du héros antique pris entre la charge de son devoir et l'expression légitime de sa singularité... un conflit sans solution et qui...

– Merci Barry, je me tourne cette fois-ci vers Cecilia Lajoliette. Je rappelle que vous êtes correspondante de Radio-Canada, que vous suivez depuis plusieurs années la politique de notre pays et les affaires de la Couronne. Pouvez-vous nous donner le point de vue d'un pays du Commonwealth ?

– Eh bien, je dirais que le prince Charles, en raison du retrait qui lui était imposé par son rang, jouissait d'une plus grande liberté que la reine, et que pour cette raison il s'est emparé de grandes questions contemporaines, comme l'écologie. Étant l'un des premiers à avoir abordé ce thème dans ses discours, on peut être sûrs qu'il s'impliquera davantage sur ce terrain et sera beaucoup plus proche du peuple. On a souvent opposé, pendant les obsèques de la princesse Diana, les larmes de la foule au silence glacial de la Couronne. Je ne crois pas qu'il commettra une pareille erreur.

– C'est sidérant, souffla Barry Oldawk. Vous vous arrogez le droit de décider à la place du roi…

– Par ailleurs, continua la journaliste canadienne sans relever l'objection, il est à peu près certain, malgré le Brexit, que son regard restera tourné vers l'Europe, et qu'il combattra la résurgence des nationalismes et de l'extrême droite.

– Donc, pour vous, un roi qui s'engage en politique ? précisa le commentateur.

Barry, étouffant d'indignation, intervint en basculant vers l'avant :

– Absurde ! Le roi est garant de l'indépendance et de la neutralité de la Couronne…

– Mais, vous avez dit vous-même, cher Barry, dit Cecilia avec un grand sourire, que le prince Charles se montrait sous des jours multiples. Or, la véritable personnalité d'un souverain se révèle une fois qu'il est parvenu sur le trône. Celle du prince Charles ne pourra que changer en endossant ces responsabilités considérables. On ne peut plus se contenter de porter la couronne comme un symbole posé sur une statue de cire et…

– Madame Lajoliette, je ne sais pas comment vous vous débrouillez au Canada, je me garderais bien, d'ailleurs, de mettre le nez dans vos affaires, mais sachez que notre vieille monarchie n'a aucune leçon, je dis bien aucune, à recevoir d'un pays de bûcherons et d'Esquimaux…

– Barry, Cecilia, excusez-moi de vous interrompre, nous avons en ligne Sir Edward Glenlivemore… Sir Edward, nous vous sommes infiniment reconnaissants d'accepter de participer à cette émission. Vous avez appartenu à la même équipe de polo que Sa Majesté…

– Mais ils vont où, là ? s'exclama Fergus en éteignant le poste. Avec tout le pognon qu'ils nous coûtent, ils viennent nous dire qu'on va rien changer ? Ça rime à quoi d'entretenir des armées de domestiques et des carrosses qui sortent une fois par an ? Et d'aller chialer sur une gosse de riche qui s'est pris une pile de pont parce que son chauffeur était bourré ?

– Fergus, cria sa mère de la cuisine, qu'est-ce qu'il y a, mon grand, pourquoi tu t'énerves ?

– Rien, rien, m'man. Bon, je sors ! À tout à l'heure.

– Pars pas sans rien, prends la poubelle…

Furieux, Fergus dévala l'escalier – l'ascenseur était en panne –, balança le sac-poubelle dans le conteneur qui débordait, salua trois potes en faction devant l'entrée et fonça chez Tom pour oublier sa colère.

Il marchait comme un dément, sans s'occuper des passants.

– C'est vraiment une clique de parasites, grondait-il entre les dents. Ils voient pas la réalité ! Rien que de changer la monnaie, les billets, les pièces, les timbres, tout ça, ça va nous coûter une blinde ! Et tous les insignes où y a le nom de la reine pour faire joli, ça aussi, va falloir les remplacer !… Et nous, les moins que rien, on continue à baver devant leurs ronds de jambe et leurs habits dorés. Les gens sont complètement à l'ouest. Même devant une figurine en plastique, il y en a qui s'inclinent. C'est pas « bonjour » qu'elle fait avec la main, c'est « vous pouvez aller vous brosser ».

Il jura en s'arrêtant tout net.

– Putain !

Il appela aussitôt Eliot. Celui-ci sortait tout juste de chez Maddie qui, fine mouche, s'était bien gardée de lui donner trop de renseignements sur Samantha. Et qui, par-dessus le marché, lui avait soutiré la promesse de revenir.

– Eliot, t'es où, là ?

– Whitechapel. Je vais prendre le métro.

– Tu l'as toujours, ta reine qui fait bonjour ?

– Elle est pas à moi, c'est celle de ma mère. Pourquoi ?

– Radine-toi chez Tom. J'ai une idée. Euh, t'as de quoi payer une bière ?

Eliot vérifia le fond de ses poches.

– Tout juste. Heureusement qu'on a le plan avec les meubles, sinon je tiendrai pas jusqu'à dimanche.

– T'inquiète pas, on a toute la semaine pour se faire du fric !

26

Emma Hardy se gara au pied d'une des barres de Tottenham. Nigel sortit de la voiture en s'étirant et vérifia une dernière fois l'adresse. Dalle de ciment, carrelages édentés, pelouse mitée jonchée de canettes, dealers à casquette rivés à leurs portables. Les deux détectives passèrent en revue les devantures alignées sous l'immeuble. Les grilles de métal relevées, de l'épaisseur d'un doigt, n'invitaient pas vraiment à s'attarder chez les commerçants. Des fissures en étoile constellaient la vitrine d'un magasin d'électronique et de téléphonie. Le local d'à côté, vidé de ses meubles, montrait, à travers les carreaux, du courrier glissé sous la porte qui s'éparpillait sur le linoléum usé.

– Pas franchement accueillant, constata Nigel.

Malgré tout, le pressing affichait des promotions, et trois ouvriers du service de la voirie faisaient la queue devant le kebab en buvant des sodas. Juste à côté, à l'abri d'une dizaine de cageots de fruits et de légumes, une porte s'ouvrait sur une caverne encombrée de boîtes de conserve empilées du sol au plafond. Planqué derrière sa caisse, un vieil épicier les observait du fond de son antre d'un œil soupçonneux. Hardy lui fit un petit signe et il se fendit d'un sourire craintif, avant de retourner à la pénombre.

– T'es sûre que c'est là ? demanda Nigel. Redonne-moi le numéro.

– Soixante-sept.

– Vu, dit Nigel, ça donne dans le passage entre le kebab et le pressing.

Ils s'engagèrent sous la tour, au milieu d'une dizaine de gamins lancés dans une partie de foot. Nigel intercepta le ballon, jongla avec pendant quatre ou cinq secondes, dribbla un petit adversaire, puis un autre, avant de l'envoyer entre deux tas de vêtements qui délimitaient les buts devant un mur. Le ballon claqua contre la paroi, une frappe répercutée sous la haute voûte.

– But ! cria-t-il, comme si personne n'avait entendu.

– Wow, je suis épatée, David Nigel Beckham ! J'ignorais ce talent.

Juste après se trouvait un gymnase en préfabriqué. Ils s'arrêtèrent devant la porte en verre armé, barrée d'un autocollant noir orné d'une face de tigre rugissant. En dessous, dans une typographie rouge inspirée de la forme des lettres en devanagari, on pouvait déchiffrer : « LES TIGRES DU PENJAB. BOXE. JIU-JITSU. SELF-DÉFENSE. KALARIPPAYAT. »

Nigel pointa le doigt sur le dernier mot. Hardy sonna au visiophone. Après le déclic de la gâche électrique, Nigel poussa la poignée.

Ils longèrent un couloir. Des relents de sueur, de chaussettes sales, de siphon de douche, d'eau de Javel et de liniment assaillirent leurs narines quand ils passèrent devant les vestiaires. Ils débouchèrent dans la salle éclairée par des verrières. Les athlètes qui s'entraînaient au maniement du sabre et du bâton s'arrêtèrent aussitôt en les toisant du regard. On pouvait encore déceler dans leurs gestes les attitudes martiales conférées par des positions d'attaquant ou de défenseur. Nigel et Hardy s'avancèrent un peu plus, sans faire aucun effort pour cacher ce qu'ils étaient. Ils auraient pu tout aussi bien se promener avec un gyrophare sur le front ; chaque fois qu'ils débarquaient quelque part, tout le monde les regardait. Sauf deux types, plus loin, qui continuaient à frapper méthodiquement des sacs en dansant autour. Ils alternaient les frappes lourdes, appuyées, avec des frappes rapides, très sèches, sur un tempo arythmique – paf, tacatacatac, paf, tacatac –, chaque coup accompagné d'une expiration brève et sonore. Nigel les jaugea un instant en connaisseur.

Un homme en T-shirt et pantalon de survêtement s'approcha. Sous son turban d'un bleu éclatant, son visage était vaguement inquiet. Nigel sortit sa carte.

– Bonjour, je suis le détective Stuart Nigel, et voici ma collègue Emma Hardy, de la police.

– Aman Singh. Je suis le président du club.

– Monsieur Singh, nous pouvons vous parler quelques instants ?

L'homme les précéda jusqu'au fond de la salle, derrière un ring, en faisant signe à un couple de lutteurs sur un tapis de continuer leur reprise. Il s'installa à un bureau. L'angle de la pièce était occupé par des étagères sculptées où s'alignaient des coupes. Derrière son dos, une grande affiche le montrait des années plus tôt, effectuant un splendide saut groupé dans une cour de terre battue. Brandissant un sabre dans la main droite et un bouclier rond dans la gauche, il bondissait par-dessus un adversaire fendu en position d'attaque aux jambes. À part un pagne ajusté et un turban, les deux adversaires étaient nus, exposés au tranchant métallique de leurs armes.

– Monsieur Singh, vous dirigez cette salle?

L'homme acquiesça : petit mouvement de tête, pas impertinent, mais ferme.

– M. Jared Baagh vient régulièrement s'entraîner ici, je crois, demanda Hardy.

– Oui. C'est mon assistant. Il lui est arrivé quelque chose?

– Nous voulons seulement lui parler.

– Il ne devrait pas tarder.

– Le kalarippayat, dit Hardy en montrant l'affiche.

L'homme fit une torsion du buste pour observer ce qu'elle désignait.

– Oui.

– Vous pouvez nous expliquer en quoi ça consiste?

– C'est un art martial du sud de l'Inde, fait pour la guerre sur tous les terrains. Il combine des techniques de lutte et de boxe à mains nues, et des techniques armées, avec un sabre, une lance ou un bâton.

– Il faut être souple, je crois?

– Être souple, et avoir une bonne détente. Pour vous donner une image, il faut être capable de s'accroupir au ras du sol, comme si on voulait se dissimuler dans les hautes herbes, et bondir en une fraction de seconde sur l'adversaire qui se dresse devant vous.

– Comme un tigre?

Aman Singh fit un large sourire, les paumes ouvertes pour approuver.

– Comme un tigre.

– Vous avez beaucoup d'adhérents qui s'entraînent avec des armes blanches?

– Non. On demande au moins six ans de pratique assidue avant de laisser un adhérent manier un sabre…

– Ils ont de vraies lames?

– Tout à fait. Mais nous n'avons jamais eu d'accident à déplorer, en dehors de quelques bobos insignifiants.

– Qui sont ? demanda Hardy.

– Des coquards, des bleus, des entorses pour la lutte et la boxe. Quelques estafilades sans gravité pour l'entraînement au sabre.

– Appétissant…

– Malheureusement inévitable quand on pratique un sport de combat…

– Il y a une différence avec l'escrime européenne ? demanda Hardy. Je n'y connais pas grand-chose.

– Beaucoup ! dit Aman Singh en se rengorgeant. D'abord, c'est bien plus complet, plus acrobatique. Et puis, nous ne nous affrontons pas en ligne, mais en cercle. Nous tournons, nous sautons, nous tourbillonnons. Cela demande des réflexes à trois cent soixante degrés.

Nigel opina.

– Les adhérents ont leurs propres armes ?

– Ça dépend. Pour les débutants, ils utilisent celles que nous gardons ici. Mais les habitués préfèrent avoir les leurs, on les commande directement à un forgeron en Inde. Vous savez, nous perpétuons un art très ancien, mis au point par des guerriers disparus. Toutes ces techniques n'ont aucune application dans la vie de tous les jours, mais elles nous donnent de bons réflexes et elles nous enseignent le courage.

– Il y a des armes plus spécifiques, je crois ? Des poignards avec une poignée perpendiculaire, comme une poignée de scie.

– Ça s'appelle un katar, dit Aman Singh en souriant. C'est plus une dague qu'un poignard. Très difficile à utiliser, mais on peut s'en servir pour parer un coup de sabre. C'est réservé aux pratiquants chevronnés, il faut avoir un bon coup d'œil, bien évaluer sa distance, et être excessivement rapide. Vous voulez en voir ?

– Volontiers, dit Nigel.

Aman Singh se dirigea vers une armoire indienne, peinte de couleurs vives et fermée à clé. Nigel l'observa de dos, il était mince, presque fluet, avec des épaules dessinées et nerveuses. Et il se déplaçait comme un fantôme, en effleurant à peine le sol. L'armoire s'ouvrit sur les brillances métalliques des rondaches, de petits boucliers circulaires, posées en tas au fond du meuble. Juste au-dessus, rangés par taille, des sabres s'alignaient comme à la parade, reflétant sur leurs lames courbes les lumières de la salle. Des étoffes de couleurs vives, soigneusement pliées, égayaient une étagère d'une touche moins martiale.

– Ce sont des turbans, expliqua Aman Singh. Bien serrés autour de la tête, ils deviennent aussi durs qu'un casque de cuir.

Il saisit sur la dernière planche plusieurs armes courtes, et les emporta pour les déposer sur le bureau. Poignards, katars, cercles de métal.

Nigel les inspecta un par un. Aman Singh sourit en lui retirant des mains une pièce pour lui montrer comment la prendre.

– On peut facilement se blesser, s'excusa-t-il.

– Et ceci, demanda Nigel en désignant du doigt une sorte de poignée prolongée de griffes de métal, c'est un bagh-nakha, je crois.

Aman Singh le considéra avec attention.

– Comment le savez-vous… ?

– Ça nous arrive d'utiliser Internet, dans la police, s'exclama Hardy. Vous avez beaucoup de gens qui s'entraînent avec ce truc ? C'est assez barbare, non ? Ça doit faire des blessures impressionnantes.

– Honnêtement, ce n'est pas très utile. Les mouvements sont trop limités, il faut donner des coups de patte, en arc de cercle. C'était plutôt une arme d'espion opérant de nuit, pour laisser des blessures qui font croire à l'agression d'un fauve.

Nigel prit une photo et mesura l'écartement des griffes. Puis il essaya l'objet, sous l'œil amusé de Hardy.

– Qui sait s'en servir ? demanda-t-il.

– Nous ne sommes que deux : moi, et Jared, mon assistant. Tenez, justement, il arrive. Il vient donner le cours aux débutants.

Nigel et Hardy tournèrent la tête en même temps. Jared Baagh s'avançait dans le gymnase, saluant au passage ses compagnons. Il était grand, taillé en trapèze, mais on voyait tout de suite le problème.

Sa jambe gauche était plâtrée, et il se déplaçait sur des béquilles.

– Il donne des cours dans cet état ? s'étonna Hardy.

– Jared a de l'expérience. Il va diriger l'échauffement, puis il les fera travailler deux par deux sur des enchaînements, en demandant à un ancien de leur montrer les mouvements.

– C'est un bon prof ?

– Très. Et il est apprécié des élèves. Il a bon esprit.

Jared fronça les sourcils dès qu'il les aperçut. Voyant que Nigel lui faisait signe, il rejoignit le trio près du bureau. Nigel laissa Aman Singh se charger des présentations. Il attaqua juste après.

– Monsieur Baagh, connaissez-vous une personne nommée Mme Beaglet ?

Jared réfléchit un court instant avant de répondre :

– Non.

– Vous n'avez aucune idée de qui il pourrait s'agir ?

Jared chercha un appui du côté de son compagnon d'armes, qui abaissa comiquement les lèvres en remuant la tête. Il donnait l'impression de bouder, et Hardy remarqua son trouble.

– Je devrais la connaître ? demanda Jared. Elle habite dans le quartier ? C'est une voisine ? Une commerçante ?

– C'est la logeuse de Mme Nour Fezal, expliqua Hardy. Ce nom vous dit quelque chose, n'est-ce pas ?

– Bien sûr, c'est ma cousine.

– Quand l'avez-vous rencontrée la dernière fois ?

– On ne se parle plus depuis trois ans. Je ne sais même pas où elle habite, c'est vous qui venez de m'apprendre le nom de sa propriétaire.

– Votre jambe, demanda Hardy, c'est quoi ?

– Une chute toute bête dans un escalier en aidant un copain à déménager. Fracture du péroné.

– Depuis quand ?

– Ça va faire deux semaines aujourd'hui.

– Dans quel établissement avez-vous été soigné ?

Hardy nota l'adresse de l'hôpital et le nom du chirurgien. Les deux détectives mirent fin à l'interrogatoire en laissant leurs cartes sur le bureau.

Ils regagnèrent leur voiture. Nigel faisait la tête des mauvais jours, lorsqu'une piste toute fraîche lui échappait. Hardy prit le volant d'autorité.

– Tu es trop énervé, je préfère conduire.

– Il se fout de ma gueule…

– D'après toi, il mentait ?

– Toi d'abord.

– Pour ce qui est de Mme Beaglet, difficile à dire. Pour la fracture, je vais vérifier dans l'après-midi auprès de l'hôpital qu'il nous a indiqué.

– Il a tout ce qu'il faut, pas vrai ? C'est un expert, il est jeune, grand, il a l'envergure et l'allonge, la force…

– Mais une jambe dans le plâtre…

– C'est un combattant, Hardy. Il peut très bien la déplâtrer le temps nécessaire, s'envoyer une bonne dose d'antidouleur avant d'aller faire le boulot, et se remettre un plâtre…

– Mais pourquoi ? Il a fait amende honorable, il a payé pour son agression, il s'occupe bien de sa famille, il a un job, les types de son club de sport l'adorent. Tu crois vraiment qu'il a du temps à perdre à aller menacer une cousine en ravageant le salon de sa logeuse ? Ça n'a aucun sens.

– Ou alors, c'est Nour Fezal qui l'a payé pour terroriser Mme Beaglet ? La pauvre femme est dans le coma ! Reconnais toi-même que les griffes d'acier, ça concorde…

– J'ai des doutes, murmura Hardy en actionnant son clignotant, la tête penchée pour voir si des voitures arrivaient sur sa gauche.

27

June était épuisée, elle avait passé la journée à scruter les flux ininterrompus de la ville sur les écrans. Elle repensa à la visite de Nigel et Hardy et, par acquit de conscience, revisionna les images de la veille aux abords de chez Mme Beaglet. Elle repartit du moment où le petit Khan s'échappait de la maison, puis elle remonta son parcours de caméra en caméra jusqu'à sa rencontre avec Samantha Hez sur le chemin du canal. Londres était tellement truffée de ces appareils que l'on pouvait réussir cet exploit. Bien sûr, la neige limitait la visibilité, mais les personnages se livraient à la banalité de leurs occupations sans jamais prendre conscience qu'on les filmait. Le théâtre muet de leurs existences se déployait sous les yeux mécaniques d'observateurs invisibles.

June se concentra sur la scène.

Khan et Samantha se parlaient. Elle vit le mouvement surpris de leurs têtes.

« Le petit a peur », se dit-elle. Elle avança un peu. Samantha fouillait au fond de son sac pour en retirer la figurine. Soudain, une ombre blanche derrière eux.

June se frotta les yeux, actionna le zoom. L'ombre avançait en ondulant, quasi invisible derrière eux.

– Qu'est-ce que c'est que ce truc ?

Elle fit plusieurs captures d'écran et les imprima. Mais la chose était trop évanescente pour impressionner le papier. On ne la discernait que dans le mouvement, et encore, ce pouvait être un jeu d'illusions dû à la neige tombant en oblique. June refit plusieurs fois tourner le même plan, mais tantôt elle voyait parfaitement cette forme glisser en se balançant sur ses appuis comme un fauve transparent, tantôt elle ne la distinguait plus.

Soudain, elle discerna parfaitement la forme rayée d'un tigre blanc. Elle revint en arrière, ne parvint pas cette fois à saisir le fauve derrière le pointillé mouvant de la neige.

Elle se frotta de nouveau les yeux, appela sa collègue qui venait d'arriver pour la remplacer.

– Ellen, excuse-moi. Tu as deux secondes ?

Sa jeune collègue se déplaça en faisant rouler son siège sans quitter du regard ses propres écrans.

June reprit la séquence au moment où Sam et Khan levaient la tête.

– Tu ne vois rien de bizarre ?

Ellen se concentra brièvement.

– Tu veux dire en dehors du gamin et de la fille ? Le petit est habillé n'importe comment, on dirait qu'on lui a collé un paquet de linge sur le dos.

– Et derrière eux ?

– Je ne vois rien de spécial.

June posa l'index sur la forme en la suivant dans son parcours.

– Et là ?

– Désolée, June, il n'y a rien.

– Tu es sûre ?

– À cent pour cent. C'est la fatigue, tu n'arrêtes pas de te frotter les yeux. On finit par voir des trucs. Je dois retourner à mon poste.

– OK, murmura June, en soupirant. Excuse-moi de t'avoir dérangée. À demain. Bonne veille.

June rentra chez elle et s'écroula sur le canapé sans prendre le temps d'enlever son manteau. Elle se massa les tempes, l'œil fixe, avec l'impression douloureuse d'avoir perdu toutes ses forces. Elle n'avait même pas envie d'écouter de la musique. Eliot arriva peu après.

– Maman, ça va ?

Il alla dans la cuisine chercher un verre d'eau.

June attrapa le verre sans le remercier.

– Qu'est-ce qu'il y a ?

– Il y a que je ne sais pas si je dois prendre rendez-vous chez l'ophtalmo ou aller consulter un psy.

Eliot prit l'information sur le ton de la plaisanterie.

– Je vote pour l'ophtalmo !

Mais June sentait monter des larmes, son menton se mit à trembler légèrement.

– Sauf qu'aujourd'hui j'ai vu un fantôme à l'écran.

– Maman, arrête, dit Eliot en s'asseyant à côté d'elle. Tu as besoin de te reposer. Tu es juste complètement crevée !

June sourit amèrement.

– Ça…

Il y avait entre eux cette gêne persistante depuis qu'Eliot avait abandonné ses études. Il avait des rêves d'écriture, il passait son temps à la bibliothèque ou bien il allait traîner avec ce bon à rien d'Irlandais. Tout ça ne rapportait pas d'argent. Eliot le savait et il se sentait coupable. Il regarda boire sa mère avec anxiété.

June posa le verre sur la table du salon et se redressa.

– Il faut que je passe un coup de fil, dit-elle, mue par une soudaine résolution.

Une demi-heure après, Emma Hardy sonnait à la porte.

– June Tadzsky, tu as une gueule à faire peur.

– Je sais. On y va ?

– OK, mais après, je te sors.

Hardy claqua deux bises sur les joues d'Eliot.

– Je t'enlève ta mère. Elle a besoin de se changer les idées.

Elles entrèrent dans le bâtiment de la CCTV. June conduisit Hardy au poste de surveillance, et prit un écran de contrôle en refaisant les manipulations précédentes. Ce n'était pas très légal, mais Ellen leur avait promis de n'en rien signaler.

– Assieds-toi là. Je vais te passer une séquence que j'ai trouvée en remontant le trajet du petit Khan, tu es prête ?

Quand elles arrivèrent au moment des échanges entre Sam et Khan, June s'obligea à ne rien trahir de son impatience.

– Attends, dit Hardy, reviens en arrière. Là, il y a une chose, non ?

– Tu la vois aussi ? demanda June en poussant un soupir de soulagement.

– Oui. Tu peux ralentir ?

– Si on ralentit, ça disparaît. Ça n'est visible que dans le flux des images, et encore, Ellen n'a rien remarqué.

– On dirait un animal, une sorte de gros chat… une panthère ? Un tigre ! Ça ressemble à un tigre. Il y en a justement un qui s'était échappé du zoo, non ?

– Non, le tigre n'en était pas sorti. On l'a finalement retrouvé près de sa cage, assommé par les produits d'anesthésie. Il n'aurait jamais pu venir jusque-là. Ça voudrait dire franchir les grilles d'un seul bond. Elles sont beaucoup trop hautes, surtout pour un animal affaibli par une opération. Et puis, Emma, regarde mieux. D'accord, il neige, mais on discerne parfaitement Samantha Hez et le petit Khan à travers les flocons. Cette forme qui passe à moins d'un mètre derrière eux, si c'était le tigre en question, il les aurait frôlés. On le verrait beaucoup mieux. C'est impossible.

– Tu as essayé de faire des captures d'écran ?

– Ça ne donne rien.

– Alors c'est un genre d'illusion d'optique...

– J'y ai pensé, Emma. Un agencement aléatoire qui donne une forme, ça existe. Les nuages d'oiseaux en vol, qui se regroupent puis se défont, créent parfois des figures. La neige, en tombant, dépose une trame mobile qui peut altérer la vision de notre environnement habituel. Elle occasionne du flou et de l'incertain. Mais de là à ce que ce soit aussi... évocateur ?

– OK, ma grande, on va dire que c'est une hallucination partagée. Ça te rassure ?

– Un peu.

Emma se leva et la tira par la manche.

– Allez, on va se boire un pot. Moi aussi, je suis vannée. Depuis qu'on est sur cette affaire, je n'arrive plus à dormir.

Elles se rendirent dans un pub à proximité. Malgré la fraîcheur de l'air, il débordait de monde sur les trottoirs. La plupart des gens buvaient dehors en battant la semelle. C'était encore le *happy hour*, et ils s'agglutinaient en petits groupes, le verre à la main. Çà et là, des éclats de rire et des exclamations perçaient les conversations, et comme de l'autre côté de la rue le calme régnait à cinquante mètres à la ronde, on avait l'impression d'un rassemblement de papillons de nuit autour des fenêtres à petits carreaux. Emma joua des coudes jusqu'au comptoir et revint avec deux pintes. On leur céda une place contre un rebord de fenêtre.

– Ça se passe bien avec Nigel ? demanda June.

– Tu le connais, il a ses lubies, mais on fait une bonne équipe. Il est un peu à cran parce qu'on piétine. Il avait trouvé un truc, tiens-toi bien, en rapport avec un tigre, justement. Une arme qui imite les griffes, à cause des marques qu'on a retrouvées sur les meubles. On a suivi cette piste jusqu'au cousin de Mme Fezal. Mais ça ne donne rien. Le type en question a une jambe dans le plâtre. En plus, je pense qu'il est clean, je ne le vois pas faire le coup.

– Ce n'est que le début de l'enquête, vous allez les retrouver, ces salopards.

– Honnêtement, June, je n'en sais rien. Mme Beaglet était en froid avec la plupart de ses voisins et, pour faire bonne mesure, on va être obligés de remonter la liste de ses anciens élèves…

– Ça fait beaucoup de monde…

– Trop ! C'est ça, le problème. Elle a beau irriter les gens, ça ne justifie pas un pareil déchaînement. Nigel a raison de le pointer : c'est complètement disproportionné. On est dans le yaourt. Pas d'empreintes, pas de mobile, pas de suspect… Et puis, je pense que c'est pareil pour vous, la hiérarchie nous met la pression pour aller vite, on nous fait bien comprendre qu'il va falloir se mobiliser à fond pour la surveillance des cérémonies dans les jours qui viennent. Tous les flics seront sur les dents. Déjà que Nigel n'est pas à prendre avec des pincettes…

– Bah, tu as l'habitude…

– Un peu moins, en ce moment. Nigel, tu sais, il cherche une femme…

– Hou là, bon courage ! Avec son fichu caractère…

– Ouais, il est un peu le champion du turnover. Sauf qu'il commence à se rendre compte que les occasions se font plus rares. Il dit que c'est le stress. Je pense plutôt que c'est la bedaine et son début de calvitie. Mais bon, je ne vais pas lui jeter la pierre, je ne vaux pas mieux que lui, parce que, de mon côté, c'est la traversée de la Vallée de la Mort, je ne vois personne à l'horizon !

– Pas mieux, dit June en essuyant la mousse sur ses lèvres. De toute façon, tant qu'Eliot restera dans mes pattes…

– Tu ne peux pas le secouer ?

– Je crois que la mort de son père l'a déjà bien assez secoué. Joseph est revenu d'Irak en morceaux, et ça va faire deux ans qu'il est parti pour de bon. Tom s'en est bien sorti, il tient ce petit bar qui fait resto de temps en temps, mais mon Eliot, il ne s'en est toujours pas remis…

– Il est encore gamin.

– Oui, c'est un rêveur. Il a la tête remplie d'histoires.

– Il a besoin de temps, tu ne crois pas ?

– Si, mais parfois je me demande si je vais tenir assez pour lui en donner… Et j'aimerais tellement qu'il tombe amoureux…

Les éclats de voix à côté d'elles débordaient largement sur leur petit périmètre. Il y avait tout un groupe qui se déchirait à propos du Brexit et sur l'avenir de la Couronne. Leur plus proche voisin brandit le doigt en se redressant, pour assener aussi fermement que le lui permettait l'élocution approximative due à ses précédentes consommations :

– Diana, ça, c'était une princesse !

Il se tourna vers Emma, qu'il avait un peu bousculée à l'occasion de ce grand mouvement déclamatoire.

– Mille excuses, ma chère, vous en êtes une aussi !

Emma pouffa de rire.

– Mais, ajouta-t-il en incluant d'un geste circulaire ses amis, je m'en voudrais de vous laisser à la marge du débat qui nous occupe. Nous devons sonder les âmes et les cœurs, et par-dessus tout, nous avons besoin de toutes les lumières, et les vôtres, je le vois à vos yeux, brillent encore davantage que les joyaux de la Couronne.

June faisait des mimiques désespérées pour sortir de ce traquenard, mais Emma, ravie de cet impromptu, se prit au jeu.

– Et quelle est la question ?

– Que pensez-vous du Brexit ?

June réussit seulement à laisser échapper un « C'est pas vrai ! » consterné. Elle considéra le bonhomme, une sorte de gentleman roux à moustaches retroussées, élégant jusque dans ses poses, mais légèrement éméché.

– Sérieusement ? demanda Emma.

– Sérieusement !

– Je pense qu'on a eu raison, dit Emma d'une voix ferme, mais on devrait aussi noyer l'Eurotunnel et repousser les îles Britanniques d'une quinzaine de degrés vers l'ouest.

Un tonnerre d'applaudissements salua cette proposition.

– Emma, il y a une table de libre à l'intérieur, on y va ?

À contrecœur, Emma suivit June dans la salle. Elles commandèrent une omelette et une carafe d'eau. June s'en voulait un peu d'avoir soustrait son amie à cet échange qu'Emma s'imaginait prometteur mais, d'une part, elle avait faim et, d'autre part, elle avait froid.

Du coup, Emma, qui n'avait plus trop la tête à leur conversation, jetait de temps à autre un regard angoissé par la fenêtre pour voir si le groupe était toujours là. June en conclut que leur soirée était finie.

Elle posa sa main sur celle d'Emma.

– Tu sais ce que je pense ?

– À propos du Brexit ?

– Non, de cette drôle de période. La mort de la reine. Tant qu'elle n'est pas ensevelie, nous restons dans un temps suspendu. Toutes ces histoires de rois, de dynastie, c'est loin de nous, ça se passe sur une autre planète. Mais ça pèse sur nos vies autant que les cycles de la Lune, parce que leur temps n'est pas le nôtre, c'est un temps qui vient de l'encre des parchemins et de la cire des sceaux, de tous ces rituels empesés. Un temps qui coule à côté du nôtre, plus lent, plus lourd, plus grave. Et il transporte des fantômes, des fantômes qui sortent à cette occasion.

Emma regarda June d'un air éperdu. Elle avait vraiment des visions. Et elle y croyait suffisamment pour la contaminer. Comment l'aider ?

À ce moment, le gentleman s'approcha de leur table et s'inclina en tendant sa carte à Emma.

– J'ai manqué à tous mes devoirs, je ne me suis pas présenté. Winston MacCalhoun. J'adore prendre le train, mais je déteste l'Eurostar, qui n'est rien d'autre qu'un infect suppositoire à touristes, et c'est pourquoi je me rends à votre avis : il faut saborder l'Eurotunnel. Je serais très honoré si vous pouviez me considérer comme enrôlé dans ce vaste projet de sabotage. Il me semble qu'une opération de cette envergure, pour ne pas s'ébruiter, requiert la plus grande discrétion, et comme il n'y a guère d'autre endroit pour en parler que l'intimité d'un bon restaurant, je me vois dans l'obligation de vous inviter à la date et à l'heure qui vous conviendront. J'espère que vous aurez la gentillesse de considérer ma proposition avec bienveillance et, par conséquent, de m'appeler à ce numéro.

Emma, subjuguée, le regarda tourner les talons puis le suivit des yeux jusqu'à sa sortie.

– Tu as vu comment il parle ?

– Ridicule ! Il est fêlé, non ?

– Tu crois que c'est le début d'une histoire ? murmura Emma en tournant la carte entre ses doigts.

– Ou le début des ennuis, suggéra June, en fronçant les sourcils.

– Je prends ! dit Emma.

28

– Et ça, c'est un requin ?

– Non, pas encore, Teo. On va en voir bientôt.

– Ça fait un peu peur…

Sam tenait Teo par la main. Nils et Karin les suivaient en savourant le plaisir tout simple de se tenir enlacés. Le piétinement des visiteurs et les exclamations des enfants résonnaient sous la voûte, qui ressemblait plus à celle d'une galerie de peinture dans un musée que d'un aquarium. Séparées par des arcades, les vitres découpaient des lumières dont les reflets tremblaient sur le sol.

– Regarde, Teo, les voilà, tes requins, dit Sam en s'arrêtant face à un grand rectangle bleu.

Devant eux passaient et repassaient les squales fuselés au museau de prédateur. Inlassables, ils allaient au bout de leur prison puis revenaient, en patrouillant sans but ni désir, piégés à perpétuité, l'œil froid et les dents aiguisées.

– C'est méchant ? demanda Teo.

– Je ne crois pas, non, lui répondit Sam, la gorge nouée.

Grise et tachetée de sombre, la livrée des requins lui évoquait le tissu camouflage de la parka d'Eliot. Mais cette ronde menaçante levait aussi d'autres souvenirs, des souvenirs qu'elle avait le plus grand mal à empêcher de remonter du fond de sa mémoire.

Teo colla ses mains à la vitre en appelant les poissons, il espérait le frisson délicieux de voir leurs mâchoires s'approcher au ras de ses petits doigts, mais les requins l'ignoraient, ils continuaient leur nage indifférente, sous ce ciel d'eau brouillée par des échappées de bulles. Pourquoi, d'ailleurs, auraient-ils dû prêter attention à des êtres difformes évoluant dans l'ombre au-delà de leur pauvre royaume ?

Nils et Karin arrivèrent à leur tour. Teo finit par se lasser des requins, il entraîna sa famille vers d'autres tableaux vivants. Sa bonne humeur éclatait à la moindre trouvaille, surtout quand il dénichait une forme palpitante dans un trou de rocher, ou un tressaillement de peau se confondant avec le sable. Il frappait la vitre pour obliger le poisson à se découvrir, s'émerveillait quand une raie se dégageait de son saupoudrage minéral pour s'envoler comme un oiseau dans les ténèbres bleues.

Il s'arrêta devant le bassin des poulpes. Une petite fille s'en approcha également.

– C'est quoi ? demanda-t-elle à Teo.

– C'est des pieuv' !

– Elles sont pas belles, elles ont des bras tout mous, renchérit la petite fille. Berk !

– On dirait des..., ajouta Teo, en prenant un temps de réflexion, puis il hurla presque : Une grosse tête avec des nouilles pleines de boutons !

La petite fille éclata de rire.

Les deux enfants se lancèrent alors dans une compétition

de commentaires et de moqueries, ce qui mit Teo, ravi, au comble du bonheur.

– Regarde, elles s'embrassent !

– Beurk, c'est dégoûtant.

– Berk berk berk, elles sont trop moches !

Nils les prit en photo sur son portable.

Sam se sentit soudain oppressée. Elle s'éloigna de quelques mètres pour cacher son trouble.

L'air commençait à lui manquer, elle dut s'asseoir par terre, dans l'ombre ménagée entre deux aquariums. Heureusement, ni son père, ni Karin, ni son petit frère n'avaient encore remarqué son absence. Elle s'obligea à maîtriser sa respiration, mais sa volonté n'y pouvait rien, les digues cédaient les unes après les autres, la panique la submergea, comprimant sa poitrine et martelant ses tempes. Elle dut recourir au spray de Ventoline qui ne quittait jamais son sac.

Karin la cherchait par-dessus son épaule et s'étonna de ne plus la voir à leur côté. Sam s'était remise debout, elle désigna de loin le voyant lumineux des toilettes, comme si elle était mue par un besoin pressant.

Karin lui sourit, indiqua par gestes qu'ils l'attendraient au même endroit, devant les poulpes.

Sam se précipita vers le lavabo, ouvrit le robinet à fond, s'aspergea le visage.

Elle se redressa devant le miroir, les mains en appui sur le rebord d'émail. Elle ne savait que trop bien pourquoi les réflexions des petits l'avaient à ce point bouleversée.

Deux ans plus tôt, Sam était arrivée aux États-Unis avec Diane, après avoir révisé son anglais pendant tout l'été. Elle aurait dû entrer en première au lycée Hélène-Boucher, près de la porte de Vincennes, mais elle s'était inscrite dans un lycée public de Milwaukee pour préparer un baccalauréat international. Elle n'arrivait pas tout à fait à croire qu'elle allait vivre en Amérique. Tout était si nouveau pour elle…

Vaste et lumineux, l'appartement de Richard, au dixième étage d'une tour, donnait sur le lac Michigan. Par grand vent, on y voyait des adeptes du kitesurf évoluer dans les vagues jusqu'au coucher du soleil.

Ses camarades faisaient plus de sport qu'à Paris. Sam s'était mise à l'athlétisme, elle allait courir avec d'autres filles le samedi matin le long de la rivière, en suivant l'Oak Leaf Trail. C'est à peu près comme ça qu'elle avait rencontré William. Il l'avait accrochée en arrivant à contresens, un casque audio sur les oreilles.

La semaine suivante, il courait à ses côtés.

Puis il vint la chercher à la sortie des cours. Il lui fit visiter la ville, la présenta à ses copains, l'emmena à un concert de Sheryl Crow.

– Il faut que tu connaisses la musique folk, c'est ça la vraie musique américaine.

Sam préférait d'autres sons et d'autres voix, Anna Calvi ou Rokia Traoré.

William se tordait le nez jusqu'à la faire rire.

C'était la première fois qu'elle se donnait à un garçon.

Lui la trouvait franchement mignonne, quoiqu'un peu exotique. Il s'était fixé un mois pour l'approcher (ce qu'il appelait, dans sa petite stratégie personnelle, la « phase ascendante », pendant laquelle il se montrait le plus charmant des garçons), un mois de plus pour la rendre amoureuse, si elle était assez naïve, un autre encore avant ce qu'il appelait « la bascule », le moment qu'il préférait, quand il faisait dégringoler ses conquêtes de leur petit nuage. Après, c'était la phase de transition, il les gardait encore un peu pour les avilir en usant de sa position de force, tout en commençant à se chercher d'autres proies.

William avait un besoin irrépressible de croire à sa toute-puissance pour exister. Il n'aimait rien tant que laisser derrière lui des amitiés trahies et des amours bafouées. Plus fort est l'envol, plus violente la chute. Cela demandait à la fois l'instinct d'un prédateur aguerri et le cynisme d'un parfait salaud.

Sam avait embelli pendant cet automne. Elle était même devenue si radieuse que William avait dû se faire violence pour lui décocher ses premières flèches. Elle ne les relevait pas vraiment, il était plus âgé, il avait eu d'autres expériences, elle trouvait normal de marcher dans son ombre.

– Elle a une jolie gueule mais elle est un peu ronde, disait-il devant sa bande, affalé dans un canapé, un bras passé autour de son épaule.

Sam riait avec eux, fière d'occuper le centre du cercle. Mais chaque fois qu'il la mettait en valeur, d'une façon ou d'une autre il fallait qu'il se débrouille pour la dégrader tout de suite après d'une remarque bien acide, et, quand elle le rabrouait, il surjouait l'étonnement en mettant ce « malentendu » sur le compte de son statut d'étrangère. Il l'appelait « ma petite Black », ou « ma jolie *Frenchie* », puis il l'embrassait. Et elle avait une telle soif de tendresse qu'il parvenait toujours à se faire pardonner sa cruauté.

Cependant, l'entreprise d'humiliation, une fois lancée, ne pouvait que croître et se répéter.

Sam finit par en ressentir les atteintes. Exaltation, déprime, elle devint irritable et susceptible, s'effondrait parfois sans raison apparente.

– Qu'est-ce que tu fais avec lui ? s'insurgeaient ses copines. Tu ne vois pas qu'il te mène en bateau ?

Elle tenta de résister en espaçant leurs rendez-vous mais, pour William, c'était trop tôt, la partie ne faisait que commencer. Il lui laissait toujours un peu d'air avant de resserrer son étreinte.

Les « pas de problème » ou les « tu es libre » se concluaient toujours par des « te fous pas de ma gueule ». Entre trois vacheries et deux baisers, elle arrivait encore à tomber dans ses bras. Puis il y avait eu cet horrible rendez-vous, pour « parler », où William s'était excusé d'arriver avec un copain, qui n'avait pas mis cinq minutes avant de la tripoter.

Sam s'en était sortie en lui balançant son sac en pleine figure.

Elle avait manqué les cours pendant une semaine, maux de tête et maux de ventre, l'œil rivé à l'alternance de messages de regrets et de menaces débités par son téléphone. Ni Diane ni Richard ne comprenaient vraiment ce qui lui arrivait.

Elle revint en cours, mais disparut de toutes les activités, déclinant les invitations et fuyant les sorties, sans émouvoir outre mesure ses camarades pour qui la déprime était une maladie sociale contagieuse devant se traiter par un surcroît d'isolement. Seule Jill, qui faisait partie de son groupe de footing, ne se résignait pas à la voir aussi abattue.

– On n'a qu'à partir courir plus tôt, Sam. Comme ça, il te fichera la paix.

Des rumeurs disaient que Jill préférait les filles, mais Sam s'aperçut très vite que l'amitié de Jill était désintéressée, que c'était une fille sincère dans ses attentions, juste quelqu'un de gentil et de solide qui l'aidait sans rien lui demander en retour.

Elles se comprenaient parfaitement, riaient ou s'indignaient aux mêmes moments. Jill l'accompagnait chez elle pour travailler, elle appréciait Diane et admirait le travail de Richard, dont elle avait lu un livre.

Et Jill aimait la voix d'Anna Calvi.

Sam ayant refusé de donner une fête pour son anniversaire, Richard et Diane l'emmenèrent dîner dans un restaurant sur le lac. Jill, le lendemain, tint absolument à lui faire un cadeau. Elles se promenaient au bord du lac, Jill le lui donna sans un mot. Sam déplia le paquet, qui contenait une boîte à l'intérieur de laquelle reposait une petite peluche toute noire, un gorille habillé d'un short aux couleurs du drapeau américain et d'une casquette de base-ball.

– Il est trop mignon ! s'exclama Sam.

– Il te plaît vraiment ?

– Je ne sais pas quoi dire ! répondit Sam en l'embrassant, sinon que tu es la plus cool des amies !

Elle attacha le petit gorille à la fermeture de son sac, tourna sur elle-même comme si elle se regardait dans une glace.

– Ça sera mon garde du corps !

Et c'est ce qui arriva. Quand elle avait un coup de blues, il suffisait à Sam de toucher la peluche en lui parlant pour y trouver du réconfort. Sa vie reprit un cours plus normal, elle accepta de nouveau de sortir avec les autres. Jill la persuada de l'accompagner à une soirée dans une maison de Newhall Street. Sam dansa beaucoup, but un peu, s'amusa énormément, se trouva enlacée contre Jill à tourner sur le parquet.

Elles s'embrassèrent deux ou trois jours plus tard, à l'abri des arbres, alors qu'elles se promenaient dans McKinley Park. Mais ce baiser fut si long, et si tendre, que Sam s'en trouva bouleversée.

Elle ne sut jamais, en revanche, qui avait pris la petite vidéo qui les montrait si intimement enlacées.

C'était un nouveau départ pour Sam. Elle ne cherchait plus à démêler ses sentiments, à faire la part de l'amour et de l'amitié qu'elle éprouvait pour Jill, cela lui tombait dessus comme un bonheur soudain, cette relation qui se faisait chaque jour plus charnelle, et qui lui emportait le corps et le cœur dans une passion d'autant plus délicieuse qu'il s'y mêlait un vague parfum d'interdit.

C'était aussi, croyait-elle, une belle revanche sur William, qui ne décolérait pas de la voir lui échapper. Mais les types comme lui ont toujours un arsenal de sournoiseries à leur disposition. D'abord, il s'entourait d'une petite cour qui le suivait partout, et dont il savait parfaitement orienter le jugement et flatter l'appétit de malveillance. Ensuite, il n'avait aucun scrupule sur les moyens à employer pour détruire sa victime, aucune autre limite que sa propre imagination.

Jusque-là, Sam n'avait pas eu trop affaire au racisme dans son école, mais, un jour, elle retrouva une banane dans son casier. Elle crut qu'il s'agissait d'un oubli, demanda autour d'elle, finit par la jeter. Deux jours plus tard, elle entendit des cris de singe en passant dans les couloirs. Puis il y eut d'autres bananes, des insultes glissées, des allusions salaces sur « le petit gorille qui la suivait au cul partout où elle allait ». Jill insistait pour qu'elle porte plainte auprès de l'administration, mais Sam avait surtout peur de faire des vagues. « Ce n'est rien, j'en ai vu d'autres », prétendait-elle. Il lui arrivait encore de répondre du tac au tac mais, la plupart du temps, elle préférait tourner les talons sans rien dire.

Jusqu'au moment où la vidéo de leur embrassade tourna sur les réseaux sociaux avec un titre : « Samantha, la guenon goudou ».

La propagation en fut immédiate et virale. En l'espace de deux ou trois jours, plus de la moitié de l'établissement l'avait vue.

Sam et Jill eurent l'impression d'être violées, traînées nues dans la foule, et ni l'une ni l'autre ne s'attendaient à une telle lâcheté. On avait sali leur intimité, dégradé leurs sentiments.

Diane et Richard portèrent plainte. La vidéo fut retirée, mais on ne retrouva jamais le propriétaire des premières images, et on ne sut pas remonter jusqu'au créateur du montage. C'était aussi un des atouts de William de connaître quelques geeks particulièrement à l'aise dans le brouillage des pistes informatiques.

Sam se débarrassa de son portable.

Malgré les suppliques angoissées de Jill, qui pensait qu'elle envenimait la situation, elle s'entêta à garder la peluche accrochée à son sac, refusant de plier sous les insultes et les commentaires.

– C'est ton cadeau, Jill. Si je l'enlève, ils auront gagné, et il n'y a aucune raison. Je n'ai pas à avoir honte d'être une fille de couleur, ni d'aimer une autre fille.

Mais le coût de cette détermination fut désastreux. Cet accessoire vestimentaire qui dansait sous son sac à chacun de ses pas, cette petite boule de fourrure noire au visage bourru et comique, affublée d'un short et d'une casquette, loin d'être l'étendard plein d'humour qu'elle revendiquait, devint l'image grotesque de la disgrâce qu'on lui infligeait.

Oscillant constamment entre rage et résignation, Sam commença à dépérir. Sa liaison avec Jill devint impossible. Diane prit rendez-vous pour elle chez un psychologue qui, malgré une dizaine de séances, ne parvint pas à la sortir de sa détresse.

Quelques semaines plus tard, Richard fit à son tour l'objet d'une campagne d'intimidation. Des articles distillés sur des forums spécialisés lui reprochaient d'enseigner une histoire orientée, de se servir, notamment, des conséquences de la guerre de Sécession pour accabler les politiques dites alternatives, telles que les politiques ségrégationnistes. On l'accusa de racisme anti-Blancs, de faire le lit des délinquants et des assassins.

C'est à cette époque qu'il reçut dans sa boîte aux lettres des menaces de mort assorties d'une balle de revolver au fond de l'enveloppe.

C'est aussi à ce moment qu'il prit la décision de répondre favorablement à une invitation de l'université de Johannesburg, en Afrique du Sud.

Sam entendit s'ouvrir la porte. Elle se retourna et vit Karin, inquiète de ne pas la voir ressortir.

Sam se réfugia dans ses bras.

– Tu pleures ?

– Ça va bien, Karin, ça va bien…

29

L'Angleterre prenait les habits du deuil, les marchands de costumes noirs faisaient fortune, on allait vers une pénurie de fleurs. L'économie, hébétée, tournait au ralenti, sauf certains secteurs qui profitaient de l'aubaine, comme l'hôtellerie. Les réservations de chambres d'hôtes explosaient, certains propriétaires n'hésitant pas à louer dans des conditions crapuleuses la chambre du petit ou le canapé du salon, voire un matelas pneumatique dans le garage. Les réseaux de poste et de télécommunication saturaient.

Les Affaires étrangères dressaient des listes de VIP sans cesse augmentées, corrigées, raturées, on attendait plus d'une centaine de chefs de gouvernement, plus d'un millier de diplomates, des personnalités de la politique et de la culture venant de tous les pays, des représentants des principales autorités religieuses de la planète, des célébrités en vogue, un afflux considérable de touristes venant se joindre à la population en deuil.

Des réunions de crise avaient lieu trois fois par jour au palais de Buckingham entre le cabinet du Premier Ministre et le chef du protocole de la Couronne. Parallèlement, on assistait à une intense activité diplomatique, on savait déjà que des rencontres confidentielles se programmaient à l'occasion des cérémonies, les Chinois, les Russes et les Américains se taillant la part belle dans ces discussions officieuses.

Les services secrets s'accordaient avec leurs homologues étrangers envoyés pour sécuriser leurs propres ambassades. Les systèmes d'écoute, de surveillance et de décryptage tournaient jour et nuit, bourdonnant de fausses nouvelles. La crainte majeure concernait évidemment un grand attentat, celui qu'on appelait le «*Big One*». Où ? Quand ? Comment ? On vérifiait plutôt deux fois qu'une les aéroports, les gares, les stations de métro à proximité de la City.

Toutes les unités de police étaient mobilisées, on stockait déjà les barrières qui contiendraient la foule à l'occasion des cortèges programmés dans Londres, on révisait les véhicules blindés antiémeute et tout l'arsenal de maintien de l'ordre. Les hôpitaux triplaient les capacités de leurs services d'urgence.

Les chœurs et les orchestres choisis pour les différentes cérémonies religieuses répétaient, les régiments de la Garde s'entraînaient sur des simulations de parcours, les journalistes corrigeaient leurs papiers.

Les cabinets de psychologues refusaient du monde, une sorte de dépression hallucinée se propageait chez les plus impressionnables de leurs patients, il y avait partout sur la Toile et dans la presse de caniveau des prophéties morbides, une sorte de fin des temps annoncée, plus pernicieuse que le réchauffement climatique, plus grave qu'une catastrophe atomique, le dérèglement complet des rouages invisibles de toute une communauté vivant sous le salut ganté de blanc d'une petite femme d'un mètre soixante-trois.

On se souvenait qu'elle avait promulgué plus de trois mille cinq cents lois votées au Parlement, qu'elle avait rencontré les plus grands chefs d'État, qu'elle avait eu près d'une quinzaine de Premiers Ministres avec lesquels elle s'était entretenue chaque semaine. Mais qu'elle avait aussi, grâce à la magie du téléviseur, pénétré dans chaque foyer, ponctuant de sa présence souveraine des millions d'événements vécus dans l'intimité familiale. Plus des trois quarts de la population avaient vécu sous son règne. Son image était indissociable des bus à double pont, des anciennes cabines téléphoniques et des chapeaux extravagants au Royal Ascot. Une mamie omniprésente, à la fois aussi proche qu'un napperon de dentelle et aussi lointaine que les astres du firmament.

Sa disparition avait la force de gravité d'un trou noir. Une certaine identité britannique, liée à cette figure souriante et impavide, tombait en entraînant dans sa chute des décennies d'habitudes et de certitudes.

Aucun chef de service, aucun responsable ne pouvait dormir, qu'il soit en charge de la surveillance du territoire, des réseaux de transport, de la sécurité des manifestations, du protocole ou de la diplomatie. Leurs nuits étaient hantées par la faute à ne pas commettre, l'oubli du détail conduisant à un désastre irrémédiable. Ils buvaient des litres de café ou avalaient des tonnes de tranquillisants.

Toute cette agitation tenait en quatre mots : la reine est morte.

À la CCTV, on avait prévenu June qu'elle devrait probablement travailler jusqu'à la fin des cérémonies sans prendre de jour de congé. La circulation était encore normale. L'afflux des touristes se faisait progressivement, on les voyait passer par petits groupes désœuvrés le long des grilles du palais, mais les bouquets de fleurs s'entassaient en telles quantités qu'un service de ramassage quotidien ne suffisait pas à en tarir l'arrivée.

June s'octroya un revisionnage complet du parcours du petit Khan. Elle cherchait toujours un indice, mais elle tomba de nouveau sur ce fantôme marchant à pas de félin le long du canal, silhouette luminescente s'évanouissant sous la neige. Ce « tigre » jouait avec elle à cache-cache, il disparaissait dans un nouveau visionnage, revenait dans le suivant. Elle arrêta le curseur et ferma l'écran.

« Je vais devenir folle », se dit-elle en portant une main à sa tempe où palpitait une artère.

Nigel et Hardy, de leur côté, furent convoqués par leur superviseur.

– Vous en êtes où de l'affaire Beaglet ?

Nigel toussa. Il ne voulait pas encore évoquer la piste des griffes de métal, un peu trop folklorique, et il n'avait aucune preuve impliquant son seul suspect.

– On n'avance pas.

– Je ne peux pas vous laisser trop longtemps là-dessus. C'est un cambriolage qui a mal tourné ?

– On n'en sait rien, intervint Hardy, il n'y a pas de témoin. C'est surtout un saccage systématique du salon de la victime. Ce qui est troublant, c'est qu'on lui ait laissé le temps de prévenir les secours. Ça ne cadre pas avec l'ampleur des dégâts.

– Et les analyses ?

– Trop tôt pour le dire. Rien au niveau des empreintes en tout cas.

– Je vous laisse la semaine, pas plus. Après, il faut espérer que Mme Beaglet se réveillera. Sans son témoignage, on ne peut même pas affirmer que son état est dû à l'agression. Ça ne tiendrait pas trois secondes devant un juge.

– Une semaine ? maugréa Nigel. Qu'est-ce qu'on peut faire en une semaine ?

– Je vais devoir reverser le plus gros de nos effectifs à la surveillance des cérémonies. Des affaires comme celle-là, il y en a dix par mois, la police ne peut pas tout faire.

– Monsieur, dit Nigel, la main sur la poignée de porte, vous me permettez une question ?

– Allez-y.

– Si Mme Beaglet meurt à la suite de son coma, est-ce que le procureur requalifiera l'affaire en homicide ?

– Évidemment…

– Et là, on nous mettra une pression maximum pour retrouver les coupables ?

– Exact.

– Si elle est vivante, on laisse tomber, demanda Hardy en dissimulant son émotion, mais si elle meurt, on met le paquet, c'est bien ça ?

Le superviseur soupira.

– En gros, oui. Les cambriolages ratés peuvent passer à la trappe, mais les meurtres impunis font désordre dans les statistiques. Vous avez parfaitement résumé la situation, détective Hardy. C'est d'ailleurs pour ça que vous êtes dans la police.

Nigel et Hardy retournèrent à leurs bureaux.

– Qu'est-ce qu'on fait ? demanda Nigel.

– Ça ne donne rien du côté des voisins. Du côté de Mme Fezal non plus, son cousin n'a pas pu faire le coup, il ne reste plus que les anciens élèves, ou alors un type de passage, un fou ou un hystérique ?

Hardy pianotait déjà sur les moteurs de recherche avec

différents mots-clés, *Rosalie Beaglet, élève, concours, préparation, prix*, en variant les années.

Nigel, de son côté, continuait ses recherches sur les arts martiaux indiens, car il était persuadé que son intuition était la bonne.

– J'ai trouvé la dernière élève de Mme Beaglet, finit par dire Hardy. Elle habite Garfield Road, dans South Wimbledon. Je passe un coup de fil pour voir si elle peut nous recevoir.

Cinq minutes plus tard, Hardy raccrocha en levant le pouce de la main gauche.

– C'est parti !

Nigel trouva une place juste devant la maison. Comme l'annonçait une plaque de cuivre près de la boîte aux lettres, Miss Travimore était elle-même professeure de piano. Elle les reçut sur le pas de la porte, vêtue d'un jean et d'une tunique blanche à motifs floraux. Elle devait avoir une trentaine d'années. Ils acceptèrent un thé, observant la pièce pendant qu'elle s'activait dans la cuisine. Un magnifique piano de concert, sur un tapis de laine, en occupait la plus grande partie.

Lorsque la jeune femme revint avec un plateau portant le service à thé, Hardy lui annonça avec le plus de tact possible l'agression de Mme Beaglet. La surprise horrifiée de son ancienne élève n'était pas feinte. Elle semblait sincèrement bouleversée. Nigel et Hardy lui accordèrent un répit avant de commencer leurs questions.

Il en ressortit que Mme Beaglet, en dépit de son caractère exécrable, était une excellente professionnelle, particulièrement pour les gens se préparant aux concours.

– C'est un peu comme un coach sportif, précisa Ashley Travimore. Elle a l'oreille absolue et elle maîtrise à la perfection le répertoire romantique. Mais surtout, elle vous apprend à gérer le stress. Ça n'a pas de prix. Cela passe par le mental, la respiration, l'attitude physique... Elle est atrocement exigeante, mais j'avoue que, sans elle, je n'y serais jamais parvenue...

– Vous avez joué dans beaucoup de concerts? demanda Hardy, très admirative.

La jeune femme détourna les yeux.

– Trois. C'est l'ironie du sort, alors que ma carrière commençait tout juste à décoller, il a fallu que je me fasse opérer du canal carpien. Mais j'adore enseigner la musique, je suis sans doute plus douée pour ça...

Nigel toussa pour revenir à leur sujet.

– Vous pensez que Mme Beaglet a des ennemis?

– Les gens sans caractère la détestent parce qu'elle a elle-même beaucoup d'autorité...

– Elle a un mari, un compagnon, un petit ami? demanda Hardy.

– Si c'est le cas, je ne l'ai jamais vu. Mme Beaglet restait très discrète sur sa vie privée.

– Des problèmes d'argent?

– Sûrement pas! Elle n'a jamais eu besoin de ses leçons pour vivre, elle possède un capital suffisant pour une petite centaine d'années.

– Sur Facebook, j'ai vu que vous êtes sa dernière élève...

– Elle était très fière de mon prix Windsor, le même que le sien, à près de trente ans d'écart. J'imagine qu'elle a voulu terminer là-dessus.

– Il y a donc à peu près un an, c'est ça?

– Oui.

– Pourtant sa plaque est toujours là, objecta Nigel. Ça ne correspond pas à son caractère tranché. Elle a eu d'autres sollicitations?

– Je crois qu'elle les a refusées. Il y avait notamment le père d'un jeune pianiste très brillant, un virtuose, qui insistait beaucoup. Rosalie l'admirait, je crois qu'elle n'a jamais montré un tel enthousiasme après une audition. J'en étais même jalouse ! Elle m'a répété plusieurs fois qu'elle n'avait rien à lui apprendre, pire, qu'elle craignait d'altérer sa sensibilité. Pour elle, c'est un génie. Je me souviens qu'elle a reconduit sèchement son père vers la sortie, parce qu'il insistait un peu trop.

– Il a gagné le concours ?

– Hélas, non ! Il ne s'est même pas inscrit !

– Et vous vous souvenez du nom de ce jeune homme ?

– C'est un jeune Indien. Shandar Singh.

Les deux détectives sortirent peu après, Nigel faisait presque des petits bonds tant il était excité, Hardy restait plus calme, égale à elle-même.

– Tu crois que c'est une coïncidence ? demanda-t-elle en s'installant au volant.

– Facile à vérifier. Si Shandar Singh est apparenté à Aman Singh, on a peut-être une connexion, ou un début de mobile.

Hardy digéra l'information en se concentrant sur la circulation. Elle avisa un panneau de signalisation, mit son clignotant.

– On est tout près de l'hôpital, on fait un saut ?

Nigel consulta sa montre, approuva d'un signe de tête.

Il ne leur fallut pas plus de dix minutes pour se garer dans le parking de l'hôpital St George. Ils gagnèrent le service des soins intensifs dans l'aile Grosvenor. L'infirmière en chef les reçut dès qu'ils montrèrent leurs cartes.

– Comment va-t-elle ? demanda Hardy.

– Son état est stable. C'est davantage une phase de catalepsie qu'un coma.

– C'est-à-dire ?

– Elle ne bouge pas, mais on pense qu'elle entend, et elle réagit parfois avec des mouvements des yeux. On pourrait croire qu'elle a été hypnotisée.

– Elle a eu des visiteurs ? demanda Nigel.

– Personne, sauf hier et aujourd'hui, une dame et son petit garçon, dit l'infirmière en consultant son registre : Mme Fezal. D'ailleurs, ils y sont encore, chambre 315.

Les deux détectives poussèrent la porte. Khan et Nour étaient là, assis chacun sur une chaise en plastique. Khan jouait sur sa console, et Nour lisait à voix basse les derniers reportages sur la famille royale à l'oreille de Mme Beaglet. Celle-ci reposait dans son lit, très pâle, les yeux cernés, une perfusion au bras gauche. Ses égratignures au bras droit dessinaient quatre parallèles de croûtes brunâtres, légèrement boursouflées. Nigel les prit en photo avec son téléphone pour les comparer plus tard avec les stries relevées dans l'appartement.

– J'ai la même, dit Hardy en montrant du doigt la petite reine posée par Khan sur la table de chevet, et qui agitait sa main comme un métronome.

Le gamin sourit.

– Mais elle est vert pistache et elle ne salue pas, ajouta Hardy avec une moue de dépit. J'oublie toujours de changer les piles.

Nour se leva et Nigel lui serra énergiquement la main.

– Madame Fezal, puis-je vous demander la raison de votre présence ici ?

– Je ne sais pas, souffla Nour. J'espère très fort que Mme Beaglet va se réveiller. Ça me fait trop de peine de la voir dans cet état.

Elle désigna d'un air navré les journaux.

– Elle qui adorait la reine…

– Je comprends, fit Nigel en l'invitant à la suivre dans le couloir. Vous connaissez ses élèves ?

– Non, je faisais le ménage avant ou après leur départ.

– Vous avez déjà entendu des prises de bec, des disputes un peu trop vigoureuses ?

– Mme Beaglet est facilement colérique, alors oui, j'ai déjà entendu des éclats de voix.

– Violents ?

– Je ne sais pas ce que vous appelez violent. Je pense que c'est sur Khan et sur moi qu'elle crie le plus fort.

– Vous connaissez un garçon qui s'appelle Shandar Singh ?

– Non, ça ne me dit rien.

Nigel soupira.

– Je vous remercie.

Resté dans la chambre, Khan faisait à Emma Hardy une démonstration sur sa console. Il leva le nez quand Nour entra de nouveau dans la chambre.

– On y va, mon Diamant.

Khan s'habilla en vitesse. Juste avant de sortir, il tira sur la manche de Hardy pour lui chuchoter à l'oreille :

– Vous n'allez pas me mettre en prison ?

Hardy lui frotta les cheveux en riant.

– Jamais de la vie !

30

Après qu'il eut été gardé dans la salle du trône de Buckingham, le corps de la reine, allongé dans un cercueil doublé de plomb, sortit du palais sur un affût d'artillerie tiré par six chevaux noirs, conduit par les hommes du régiment d'artillerie montée en grande tenue, escorté par deux régiments des Queen's Life Guards, pour être transféré à Westminster Hall. Toute la famille royale le suivait à pied, ainsi que l'ensemble du gouvernement et des députés des deux Chambres. Ce fut le premier grand cortège des cérémonies, et deux millions de personnes y assistèrent. On n'entendait, dans le grand silence qui enveloppait la ville, que le roulement des tambours drapés de noir accompagnant le battage des sabots, et des ordres brefs clamés de temps à autre d'une voix martiale par des officiers, une voix incroyablement sonore rebondissant contre les façades.

Big Ben retentit pour saluer l'arrivée du cercueil. Recouvert de l'étendard royal aux armes de l'Angleterre, de l'Irlande et de l'Écosse, il fut exposé sur un catafalque drapé de violet, pour y recevoir l'hommage des sujets. Sur le couvercle, posés sur un coussin de velours, les symboles du pouvoir : l'orbe, le sceptre et la couronne. Quatre gardes le veillaient, fusil pointé vers le sol, et il était convenu que cette veille, prévue pour durer jour et nuit, serait aussi assurée par des membres de la famille royale. La foule commença dès lors à visiter Élisabeth II pour un dernier adieu. Elle formait une file ininterrompue de gens de toutes conditions, graves, émus, souvent éplorés, qui longeaient le cercueil tête basse, avant de ressortir.

Les autels spontanés fleurissaient un peu partout, à Trafalgar Square, devant les grilles de Buckingham, à Hyde Park. Bouquets, dessins d'enfants, cartes manuscrites, photos, chandelles et loupiotes, on avait déjà dépassé la masse des témoignages déposés pendant les obsèques de Lady Diana et de Queen Mum. Il semble que le chagrin d'un peuple puisse se mesurer au poids, non de ses larmes (couleraient-elles en ruisseau qu'elles finiraient par former un fleuve), mais de toutes ces fleurs coupées, arrachées à la terre et déposées en gerbes, à même le sol. La disparition d'Élisabeth II pesait des tonnes de fleurs, des tonnes de chagrin.

Fergus et Eliot sortirent du métro à Knightsbridge, parce que Hyde Park Corner était fermé. Fergus ne voulait pas révéler ce que contenait le petit castelet qu'il s'était confectionné, une sorte de cadre en bois très léger, monté sur charnières, facile à transporter dans le métro.

– Ta mère n'a rien dit ?

– Elle ne s'en est même pas aperçue, répondit Eliot. Ça fait des années qu'elle est sur la même étagère.

– Tu l'as bien nettoyée au moins ?

– Elle est nickel. Comme neuve.

Entraînant Eliot dans Hyde Park, Fergus haussa le cou pour inspecter les alentours à la recherche d'un emplacement favorable. Il le trouva dans le virage d'une allée bordée de bouquets de fleurs, où les gens ralentissaient naturellement. Il déplia son castelet, révélant une photo, au format affiche, tendue entre les deux montants. On y voyait la façade du palais de Buckingham couvert de neige.

– Vas-y, passe la reine, dit Fergus. On va faire un test en vrai.

Il prit la statuette, la porta à la hauteur de sa poitrine et demanda à Eliot de se serrer contre lui, puis il déclencha l'appareil photo de son portable en le tenant à bout de bras pour un selfie.

Il se détacha d'Eliot et observa attentivement l'écran, écartant le pouce et l'index pour zoomer sur les détails.

– Eliot, reviens, y a un petit réglage à faire, on ne voit pas assez le palais. Ça doit prendre tout le cadre.

Il refit une prise.

– Et voilà ! Parfait ! Qu'est-ce que t'en dis ? Pour cinquante pence, on peut proposer aux gens de se prendre en photo avec la reine. Mais pas n'importe quand, hein ! Au jour J, quand il a neigé sur son palais.

– C'est ça, ton idée ? s'étrangla Eliot. Mais c'est... dégueulasse !

– Qu'est-ce que ça a de dégueulasse ?

– Mais tout, mon pote ! T'es un grand malade, Fergus ! Tu veux qu'on se fasse du fric sur le dos des morts, maintenant ?

Fergus lui fit signe de crier moins fort en surveillant les alentours.

– C'est du marketing, Eliot ! Les gens adorent la Couronne, tu crois qu'ils vont se gêner pour se prendre en photo ? Alors qu'ils vont en prendre des millions dans les prochains jours ?

Nous, on leur propose la seule image qu'ils ne peuvent pas faire, celle où ils sont avec la reine sous la neige.

– C'est dégueulasse, Fergus.

– Hé, je te signale que c'est eux qu'ont commencé, hein ? Les lords, les rois, les princes et les princesses, les « Votre Honneur », c'est les premiers qu'ont inventé le marketing. Leur drapeau avec plein de totems dessus, là, des tours, des lions, des ours, des cygnes...

– Ça s'appelle des armoiries !

– Si tu veux, quoique je vois pas trop le rapport avec les armoires.

Fergus chercha le fil de son idée, que la correction d'Eliot avait interrompu, puis revint à la charge.

– En tout cas, t'es d'accord qu'il y a toujours un slogan marqué dessus !...

– Une devise ! maugréa Eliot.

– Bon, une devise, un slogan, qu'est-ce que ça peut faire ? C'est pareil ! C'est une marque. Tu crois qu'ils ont plus d'honneur, plus de dignité, plus de tout ce que tu veux parce que c'est écrit en doré sur leur petit chapeau ? T'as déjà oublié qu'ils sont comme toi et moi, question divorce ou linge sale en famille ? Mais c'est pas parce que c'est marqué « bio » sur une étiquette qu'on est obligé d'y croire !

Dans son for intérieur, Eliot accorda ce point à Fergus, mais il restait réticent à l'idée d'utiliser l'image de la défunte reine pour gagner de l'argent.

– Ça ne marchera jamais, de toute façon, dit-il en haussant les épaules.

– Tu paries ?

Fergus déplaça son castelet et mit en marche le mécanisme de la figurine.

– Cinquante pence le selfie avec la reine, cinquante pence ! Gratuit pour les enfants.

Ce fut sans doute son coup de génie, car la plupart des enfants ne passaient pas à côté sans la montrer du doigt. Après quatre ou cinq ratés, il sut positionner les gens au bon endroit, et ils repartaient ravis, en contemplant leur autoportrait avec la reine sur fond de palais enneigé.

La plupart des gens passaient leur chemin en s'indignant.

– C'est une honte !

– Faire du fric avec le deuil des gens !

– Ignoble !

Mais quelques-uns écoutaient les conseils de Fergus pour bien se placer. Ils ne souriaient pas, ils se composaient un visage de circonstance, presque intimidé. Ils tenaient à bout de bras leur portable, ou bien ils avaient déjà ces perches inventées pour cet exercice narcissique du « Hého, je suis bien là, et en voici la preuve ».

Le 22 novembre 1963, le grand photographe Richard Avedon était descendu à Times Square photographier des passants dans la rue. Ces derniers posaient debout, face à l'appareil, tenant à la main la une du *New York Times* barré d'un énorme titre : « *President Shot Dead* ». Sans le savoir, ou peut-être en avaient-ils conscience, ils incarnaient pour la postérité le choc et la tristesse infligés par l'assassinat du président Kennedy.

Là, c'était différent, les gens payaient cinquante pence pour garder le souvenir dérisoire d'un simulacre de la reine à leur côté.

L'époque avait changé.

Eliot se prit au jeu malgré lui. Pendant que Fergus s'occupait de la partie commerciale de leur petite entreprise en ameutant discrètement la clientèle, lui en assurait le suivi technique. Il retendait régulièrement le fond pour éviter des plis sur l'image du palais, il vérifiait l'absence de reflets, n'hésitant pas à demander aux gens de refaire un cliché au besoin, il les aidait à positionner la reine, à bien se placer dans le cadre. Tous ces gestes finissaient par donner un vernis professionnel, une sorte de légitimité à leur drôle de commerce, entre l'art forain et les pompes funèbres. Cependant, Eliot secouait parfois la tête entre deux prises, lorsqu'un scrupule s'invitait dans ses pensées, toujours le même : « Qu'est-ce que tu fais, Eliot ? Qu'en penserait Sam ? »

Et il se prenait à rêver de la voir apparaître devant lui, aussi belle, grave et mystérieuse que sur le portrait de Gauguin. Le seul selfie dont il rêvait, c'était celui de leurs deux visages accolés, peu lui importait le décor autour d'eux.

En moins d'un après-midi, les deux garçons récoltèrent pas moins de soixante-dix livres. Une petite queue s'était formée devant leur stand, on y tenait des propos naïfs et décalés. Cela faisait une pause dans le déroulement pesant des cérémonies, avec des réflexions très *sweet and sour* d'humour britannique.

– En tout cas, elle est bien partie, elle avait toute sa tête, fit remarquer une des dernières personnes à se prêter à l'exercice.

– Ça vaut mieux quand on porte une couronne, lui répondit Fergus en empochant la monnaie.

Quand Eliot revint chez lui, à la nuit tombée, il était passablement éreinté. Il avait acheté des piles à la sortie du métro pour recharger la figurine, qu'il remit à sa place ordinaire.

June rentra peu après.

– Ça va, mon grand ?

– Impec, mam. On est allés au cortège de la reine avec Fergus. Impressionnant.

– Oui, soupira June. Vivement qu'on en finisse. On a eu

trois alertes attentat rien que dans l'après-midi. Les chefs sont sur les nerfs. Tu as mangé ?

– Je peux nous faire des pâtes vite fait, si ça te dit.

– Carrément. Je vais m'allonger un peu sur le canapé. Tu es un ange !

Dans sa maison de Whitechapel, Maddie Irlington repensait aux derniers jours. Aux trois jeunes qui braillaient sous ses fenêtres, puis à l'arrivée de ce drôle de garçon qui faisait partie du groupe et prétendait connaître la petite Samantha. Elle les imaginait très bien ensemble, sans trop savoir pourquoi. C'était peut-être dû à cette gaucherie, à cette maladresse qu'ils avaient en commun.

La dernière lettre de Samantha lui précisait qu'elle allait voir son petit frère à Amsterdam.

Maddie aimait le décousu de leur correspondance.

Elle s'installa à sa table avec le projet de lui décrire les cérémonies pour les obsèques de la reine, qu'elle suivait à la télé, en y joignant une brassée de souvenirs remontant à ses premiers costumes. Il serait toujours temps, après, de lui parler de ce drôle de garçon.

Sam lut deux histoires à Teo avant d'aller se coucher. Il lui réclamait sans cesse de revenir aux passages qu'il aimait relire avec elle. Assise en tailleur sur la couette, elle le tenait bien serré contre son ventre.

Il se jeta à son cou pendant qu'elle éteignait la lumière. Elle respira deux ou trois secondes l'odeur de son shampoing et murmura en fermant les yeux :

– Tu vas me manquer, petit frère.

Elle n'avait pas envie de repartir d'Amsterdam. Elle serait si loin d'Eliot, à Johannesburg !

Elle rejoignit Nils et Karin qui suivaient, devant un plateau télé, les cérémonies londoniennes. Malgré elle, Sam scrutait les plans de foule, à la recherche du garçon en parka grise…

Karin lui coupa un morceau de cake au saumon.

– Sam, demain on emmène les petits au parc. Ça te dit de nous accompagner ? On a une maman qui ne peut pas venir, et Teo serait hyper content, je crois.

– Et toi ? répondit Sam. Ça te ferait plaisir ?

Karin haussa les sourcils, ne sachant trop comment prendre la question. Puis elle fit à Sam un grand sourire, hocha la tête pour acquiescer et mordit à belles dents dans son cake.

– Je n'aurais jamais rêvé avoir un petit frère aussi mignon, dit Sam.

– Il a trop de chance de t'avoir comme grande sœur, Sam, il t'adore. C'est Sam par-ci et Sam par-là du matin au soir !

– Tu n'es pas jalouse, au moins ? s'inquiéta brusquement Nils, en quittant l'écran des yeux.

Karin se tourna vers Sam en fronçant le nez, et Sam pouffa de rire.

31

Cela faisait quatre jours que le cercueil de la reine recevait son flot de visiteurs à Westminster Hall, dans un froissement de pieds continuel, et une forme d'impatience commençait à gagner le pays. Les gens étaient venus, le plus souvent en famille, des endroits les plus reculés des îles Britanniques. Le soir, les bars et les restaurants ne désemplissaient pas, il suffisait de passer à proximité pour entendre s'en échapper des chansons écossaises ou irlandaises reprises à tue-tête. On ne pensait plus vraiment à la reine en tant que telle, ni comme personne, ni comme symbole, ni même comme abstraction, elle se confondait définitivement avec son icône, une sorte de catalyseur permettant de brasser les souvenirs dans un grand bain de nostalgie.

Nigel et Hardy avaient très vite retrouvé la trace de Shandar Singh. Le jeune pianiste vivait chez ses parents, et son père n'était autre qu'Aman Singh, le fondateur et président du club d'arts martiaux des Tigres du Penjab.

Hardy arriva un peu tard au bureau, ce matin-là. Nigel, qui achevait d'annoter un article pêché dans les grands fonds d'Internet, lui laissa à peine le temps d'avaler son café.

– Écoute ça : « Dans l'Empire moghol, l'empereur avait deux façons de rendre la justice. La première, "Lumière Divine", avait lieu à son divan, devant toute la cour, en présence des sages et des ministres. La sentence, prononcée à haute et intelligible voix, était aussitôt couchée par des scribes sur le papier. En cas de peine capitale, l'exécution du condamné se déroulait en public. La seconde, appelée "Ombre de la Montagne", était réservée aux ennemis intimes, et se tenait dans le secret d'un cabinet de la partie interdite du palais. »

– Et ? demanda Hardy en posant sur la table un deuxième gobelet de café.

– « Pour cette dernière, continua Nigel, le Grand Moghol disposait d'un corps d'espions entraînés à frapper de nuit. Ils s'introduisaient chez le condamné et l'assassinaient en le dépeçant avec des griffes de métal. On assure que certains d'entre eux se revêtaient d'une peau de tigre pour laisser flotter derrière eux l'âcre odeur du fauve et qu'ils déposaient, au milieu du front de la victime, un poil de sa moustache en guise de signature. »

– Et ? demanda Hardy.

– Et, poursuivit Nigel, il me semble bien qu'Aman Singh a laissé tomber une phrase à propos de ces espions, quand on regardait ces fameuses griffes parmi les dagues et les couteaux. Et il me semble bien qu'il nous a caché qu'il connaissait la victime quand on est venus interroger Jared à son club. Et il me semble bien aussi qu'il a de sérieuses raisons d'en vouloir à Mme Beaglet, si elle a refusé, comme nous l'a indiqué Miss Travimore, d'aider son fils à préparer un concours prestigieux. Et il me semble enfin que cela ne peut pas être Shandar Singh lui-même, parce qu'on voit mal comment un jeune pianiste talentueux irait prendre le risque de se bousiller les mains avec un sport aussi dangereux ; je te rappelle la liste des bobos occasionnés par cette pratique, qui vont de la luxation à la fracture. Et donc on va faire un petit tour chez les Singh pour tirer tout ça au clair.

Du bout des lèvres, Hardy fit un bruit de bouche pas convaincu.

– Et, conclut Nigel, excédé, tu me passes les clés de la voiture, j'en ai marre que tu conduises.

Nigel roulait plus nerveusement que Hardy, c'est pourquoi elle avait l'habitude de se cramponner à la ceinture dans les virages. Moins de dix minutes plus tard, il se garait en bas de l'immeuble où habitaient les Singh, dans le même quartier de Tottenham que le club. On avait du mal à concevoir qu'un jeune homme ait pu y apprendre sereinement le piano : on entendait distinctement les bruits domestiques des voisins, qu'ils viennent du dessus, du dessous, ou tout simplement de l'autre côté du palier.

Mme Singh leur ouvrit la porte en sari. Dans son dos, la télévision diffusait des commentaires.

Hardy présenta sa carte et Nigel s'engouffra à sa suite. L'appartement, qui embaumait le curry et le bois de santal, semblait avoir été transporté tel quel depuis l'Inde jusqu'au cœur de Londres. Le père et le fils regardaient ensemble la retransmission des cérémonies. Ils se levèrent en même temps. Nigel remarqua à leurs pieds une magnifique peau de tigre qui devait valoir une petite fortune. Comme Hardy lui indiquait qu'il valait mieux se déchausser, il le fit à contrecœur, et enleva aussi ses chaussettes pour que personne ne voie le petit trou qui couronnait son orteil droit.

– Monsieur Singh, demanda-t-il sans préambule, pourquoi nous avoir caché que vous connaissez Mme Beaglet ?

– Vous ne me l'avez pas demandé.

Hardy observa Shandar. Le jeune homme ignorait visiblement que Mme Beaglet avait été agressée.

– Où étiez-vous samedi dernier, dans l'après-midi ?

– Ici, chez moi, avec ma femme et mon fils, répondit Aman, surpris par cette question.

– Vous confirmez ? demanda Nigel en pivotant soudain, pour pointer sur Mme Singh une pupille aussi aimable qu'une bouche de canon.

La pauvre femme remua la tête.

– Vous confirmez ? insista-t-il d'une voix plus douce.

– Oui, monsieur. Nous passons tous nos week-ends en famille. D'ailleurs, ce jour-là, notre voisine est venue prendre le thé.

Nigel nota les nom et prénom de cette dernière.

– Ce sera facile à vérifier, remarqua-t-il, soulagé d'apprendre qu'elle habitait l'appartement d'en face sur le palier.

– Vous êtes Shandar, n'est-ce pas ? intervint à son tour Hardy, en consultant ses propres notes. Une ancienne élève de Mme Beaglet nous assure que vous êtes un interprète exceptionnel, un virtuose.

Le jeune homme baissa les yeux sur de longues mains, souples et nerveuses.

– La musique est toute ma vie.

– Vous jouez ici ? Je ne vois pas d'instrument ?

– Il est à côté, dit-il.

– On peut visiter ?

Shandar les conduisit dans une pièce entièrement capitonnée de liège pour l'isolation. Hardy remarqua le matelas posé au sol dans un coin, couvert d'une simple couette, un coffre en bois peint et une petite étagère à livres. Les CD, eux, occupaient tout un mur. Le piano, un clavier électronique équipé d'un casque, leur faisait face.

– Vous travaillez ici ?

– Je vais aussi trois fois par semaine répéter sur un vrai piano.

– Je peux vous demander votre âge ?

– Quinze ans.

Ils revinrent au salon.

– Shandar est d'une timidité maladive, expliqua son père. Nous étions prêts à faire de gros efforts pour qu'il puisse corriger ce défaut avec Mme Beaglet. On prétend que c'est la meilleure coach pour préparer un concours. Son refus nous a profondément déçus.

– Elle a découragé Shandar, souffla Mme Singh.

– Pour quelle raison ?

– Elle prétendait avoir peur de freiner son talent…

Hardy remonta les pages de son carnet jusqu'à l'entretien avec Miss Travimore.

– D'après un de nos témoins, vous vous êtes violemment disputé avec Mme Beaglet, dit-elle, en se tournant vers M. Singh.

– Nous avons eu une explication sérieuse, oui. Mais sans violence. Je me suis toujours interdit d'insulter les gens.

– Vous étiez en colère ?

– Surtout très malheureux.

– Vous avez tenté de la convaincre ? Vous y êtes retourné ?

– Non. Mme Beaglet m'a parfaitement fait comprendre que sa décision était irrévocable.

Nigel claqua la portière et démarra sur les chapeaux de roue.

– Pas la peine de t'énerver, fit remarquer Hardy. On s'est plantés, c'est tout.

– Sans blague! fit Nigel du ton le moins aimable à disposition dans son répertoire d'expressions.

– Même si c'était Aman Singh, remarqua Hardy, ce que je ne crois absolument pas, cela laisserait encore trop de questions en suspens. Comment aurait-il fait pour s'introduire dans une maison sans laisser la moindre trace dans la neige, et surtout comment en serait-il sorti alors que la porte et la fenêtre étaient fermées de l'intérieur? Cette piste est tout simplement une impasse.

– Il faudrait quand même creuser cette histoire d'odeur de fauve, grogna Nigel.

– Tu dis ça pour tes chaussettes? pouffa Hardy.

– Tu crois qu'on peut synthétiser l'odeur d'un félin? continua Nigel sans relever. Tigre, lion ou panthère, peu importe. C'était ça, l'odeur dans le salon de Mme Beaglet.

– Tu veux dire comme un parfum?

– C'est ça, un truc qu'on vaporise. Un genre de spray.

– Ça ne me dit rien. Où voudrais-tu trouver quelque chose comme ça? Au rayon farces et attrapes? On dérive complètement, tu ne crois pas? Et tu pourrais rouler un peu moins vite?

Mâchoires serrées, Nigel pila en faisant hurler les pneus.

– Prends le volant, ça vaut mieux.

32

Eliot et Fergus avaient dès le lendemain de leur premier essai amélioré leur procédé – c'était tout simple, et il suffisait d'y penser. Ils proposaient désormais, chronomètre en main, et pour seulement une livre, que les gens ne se contentent pas d'un selfie, mais puissent se prendre en vidéo pendant une minute de silence en compagnie du salut de la reine. Les résultats étaient beaucoup plus touchants. Certains avaient du mal à tenir toute une minute et finissaient en fou rire, mais la plupart se laissaient gagner par une gravité confinant à la tristesse. Ils restaient de marbre, figés au garde-à-vous, comme un garde en faction devant les grilles du palais. Quelques enfants, par un effet de mimétisme inconscient, imitaient le mouvement d'essuie-glace de la petite main gantée.

Eliot craignait que leur activité ne soit vaguement illicite et guettait de temps à autre les deux bouts de l'allée en s'attendant à y voir surgir des policiers.

– Bon, Eliot, t'arrêtes ? dit Fergus à voix basse. Tu fais flipper les clients. C'est marqué où, qu'on n'a pas le droit ? Nulle part ! Et tu sais pourquoi ? Parce qu'on vient de l'inventer !

Eliot lui accorda ce point. Il était un peu contaminé par la profession de sa mère, qui n'aimait pas qu'on traverse en dehors des clous.

Une sorte de dandy à moustaches, vêtu d'une veste de tweed et d'un kilt écossais, se présenta alors et proposa de payer aux deux garçons quarante livres par jour en plus de leurs gains s'ils acceptaient de laisser sa carte à tous les clients, en demandant à ces derniers de lui envoyer leurs vidéos.

Il insista pour que ce soit bien ces petits films d'une minute, et non les simples selfies. Il se prêta lui-même à l'exercice avec un très grand sérieux. Il posa solennellement, son téléphone tendu à bout de bras, la figurine brandie à la hauteur de sa poitrine. Il ressemblait à un prêtre égyptien par l'attitude et à un officier de l'armée des Indes par la moustache.

– Moi, je veux bien, dit Fergus en lorgnant sur les billets, mais on ne peut rien vous promettre. On peut pas savoir ce que les gens feront de tout ça.

– Jeune homme, je prends le risque. Vous n'avez rien à y perdre, il me semble ?

– OK pour moi. Et toi, Eliot ?

– Pareil, répondit Eliot d'une voix moins assurée.

En attendant, leurs gains grossissaient au-delà de toute espérance. Ils s'accordaient une pause à tour de rôle pour avaler un sandwich-Coca, et finissaient leur journée dans les ombres du crépuscule, en comptant les pièces et les billets sur un banc près de la rivière Serpentine, à chaque fois plus incrédules devant la somme obtenue.

Fergus jubilait.

Ils recomptèrent la dernière recette, qui venait d'exploser les précédentes.

– Eliot, je te l'avais pas dit? C'est pas mieux que de déménager des meubles dans un entrepôt pourri? On va se manger un morceau?

Eliot fit la grimace.

– Si ça ne t'ennuie pas, je préfère ne pas toucher à ma part. J'ai besoin d'économiser du fric pendant quelque temps.

– On passe quand même boire un coup chez Tom?

– OK, soupira Eliot.

Pendant tout le trajet en métro, Fergus tenta de convaincre Eliot de continuer l'opération après les cérémonies, mais Eliot, le front buté, le recala sèchement.

– C'est déjà trop pour moi. Si on continue, je ne me sentirai pas propre.

– T'es pas possible, Eliot. On remet quand même ça demain?

– Non! Demain, je vais suivre les obsèques pour de vrai. Je ne verrai ça qu'une fois dans ma vie, je pense. Il y a des gens qui ont fait des milliers de kilomètres pour y assister, faudrait être débile pour ne pas y aller quand on est sur place, non?

– OK, mon pote, mais tu deviens franchement lourd. Tu me laisses la petite reine?

Eliot s'éloigna, puis il revint sur ses pas en pointant l'objet du doigt.

– Pas de problème, mais tu la rapportes demain soir.

L'avion de Sam décolla d'Amsterdam. Elle avait encore à l'oreille les adieux du petit Teo lui faisant promettre de revenir bientôt lui lire des histoires. Elle était contente, aussi, de mieux connaître Karin, qui l'avait accueillie à bras ouverts. Elle se pencha au hublot, regardant s'éloigner le tapis tissé de lumières qui dessinait la forme de la ville et ses artères, les constellations de routes parcourues de points brillants.

Dire que ces abstractions scintillantes sont peuplées de nos milliers de vies minuscules...

Elle se demanda si elle reverrait un jour Eliot, le garçon si triste au sourire lumineux. Elle décida que oui, et elle s'endormit.

33

Plus de deux mille invités remplissaient les travées sous les hautes voûtes de la cathédrale de Westminster. À 9 heures, on entendit sonner le glas de Big Ben. Il en sortait un son grave et sombre, comme venu des profondeurs du sol, parce qu'on avait, pour en assourdir la sonorité, recouvert le lourd battant de bronze d'un cuir épais comme le pouce. À l'extérieur, la foule, arrivée depuis des heures, se massait le long du parcours en rangs compacts. Sur les places historiques, elle s'agglutinait autour d'écrans géants montrant le lent balancement de l'énorme cloche qui berçait Londres de ses élancements de douleur.

À 11 heures, le cercueil de la reine fut de nouveau déposé sur un affût de canon pour aller de Westminster Hall à la cathédrale, où il fit son entrée solennelle sur les épaules de huit soldats de la Garde, pendant que s'élevait un chœur de voix d'enfants. L'archevêque de Canterbury, primat de l'Église anglicane, secondé par tous les évêques et membres du haut clergé, entonna la messe des funérailles.

Le Royaume-Uni était à l'arrêt. La foule, à l'extérieur, débordait de toutes parts. Certains reprenaient en chœur les prières, mais la plupart se contentaient de bouger à peine, sans oser parler à voix haute. Des caméras fouillaient ces visages de spectateurs anonymes. Ce n'était pas la ferveur religieuse qui dominait, ce n'était pas non plus une affliction comme celle déployée pendant les funérailles de Lady Di, fauchée en pleine jeunesse, maltraitée puis encensée par les médias. On en avait fait une demi-star du show-biz, une héroïne de papier glacé, puis une rebelle à double rangée de perles. On avait finalement trouvé que c'était une jeune femme comme les autres, avec des problèmes de cœur et de famille, des troubles de l'alimentation, une souffrance existentielle. On voyait en elle la fille impossible, la sœur incomprise, l'amie à consoler, ou alors une petite Mère Courage.

La peine pour la reine dépassait ces contingences. Sans faire partie de la famille, elle était présente dans la vie de tous les jours. Son monogramme ornait quantité de services publics. Son effigie, imprimée sur les billets et frappée sur les pièces de monnaie à des millions d'exemplaires, dormait au fond des poches et passait de main en main. À la fois omniprésente et recluse dans ses résidences royales, elle avait accompagné l'ensemble des Britanniques sur plusieurs générations.

La communion se faisait moins par le chagrin que par une forme d'hébétude. Dominait l'impression d'assister au retournement de sablier de toute une époque et d'en voir s'écouler, sans espoir de retour, les ultimes grains de sable.

L'événement, retransmis sur toute la planète, était suivi par plus d'un milliard d'humains.

À la CCTV, June s'était vu attribuer le secteur de Hyde Park Corner à surveiller. Parmi tous les écrans allumés dans la salle, un seul était réglé sur un canal de la BBC, afin de capter l'ambiance et le son de la cérémonie religieuse. June s'efforçait, dans un brouillard de larmes, de rester concentrée sur son travail de surveillance, tout en piochant régulièrement dans son paquet de Kleenex entre deux reniflements. Elle n'imaginait pas le Royaume-Uni sans Élisabeth. Pour elle, c'était dix fois pire que le Brexit.

Dans sa maison de Whitechapel, Maddie était elle aussi rivée à l'écran. Émue, elle détaillait les costumes des participants à la cérémonie, depuis les uniformes d'apparat barrés de triples rangées de médailles jusqu'aux robes et chapeaux noirs ornés d'une discrète broche en argent.

Chacun pouvait, à sa guise, enfouir sa brassée de souvenirs sous l'étendard royal recouvrant la boîte obscure posée entre quatre chandeliers de bronze.

Sam était arrivée à Johannesburg trop tard pour suivre l'événement en direct. Mais elle regarda avec Diane et Richard sur une chaîne d'info un résumé de la journée. Un extrait de film en noir et blanc montrait une allocution de la princesse Élisabeth, en vacances avec ses parents au Cap, le jour de ses vingt et un ans. Gonflé de fierté, un journaliste faisait remarquer que ce discours avait bien été filmé en Afrique du Sud, et qu'il était l'un des tout premiers de la future souveraine, quelque chose comme ses premiers pas en monarchie.

Sam découvrit à cette occasion que la reine, un jour, avait été jeune, de trois ans seulement plus âgée qu'elle à ce moment, bien que déjà un peu guindée par la perspective du pouvoir.

Elle se revit elle-même débarquant à Londres sous la neige, fragile et si peu sûre d'elle. Elle chercha une nouvelle fois dans les plans sur la foule des spectateurs, vainement, la parka grise et tachetée d'Eliot. Il était forcément là, parmi ces millions de gens, et elle voulait rester dans son souvenir à lui, et que ce souvenir lui fasse un peu mal, pour qu'il ne l'oublie pas.

Nour avait décidé de suivre la retransmission à l'hôpital St George, dans la chambre de Mme Beaglet. Elle avait rêvé pendant la nuit de la vieille dame la suppliant de venir la voir et, si stupide que cela puisse paraître, elle se conformait à ce vœu. Khan semblait fasciné par le faste extraordinaire de ces obsèques royales. Il prêtait une oreille attentive aux noms des souverains et chefs d'État rendant à la reine un dernier hommage.

– C'était vraiment une grande reine, pas vrai, maman Nour ?

Nour approuva, tandis que Mme Beaglet, paupières closes, pâle sur son oreiller, semblait une princesse au bois dormant rattrapée par l'âge, incapable de se réveiller.

Big Ben sonna la fin de la messe de requiem. Un corbillard s'avança jusqu'à l'entrée de la cathédrale. Une dernière fois, la lourde boîte de chêne et de plomb fut portée sur des épaules vivantes pour être glissée à l'arrière du véhicule. Puis l'on vit une longue file de Bentley et de Rolls-Royce noires se garer l'une derrière l'autre. Chaque fois que l'une d'entre elles se présentait devant le porche, un valet de pied en ouvrait les portières. Par petits groupes, les membres de la famille royale s'installaient, puis le ballet recommençait avec la voiture suivante.

Le long cortège s'ébranla vers l'ouest. Des motards et des voitures de la police, gyrophares allumés, lui ouvraient la route, et des hélicoptères le survolèrent tout le long du parcours, sur une quarantaine de kilomètres, jusqu'à sa dernière demeure. Les caméras filmèrent l'entrée des voitures au château de Windsor, après quoi l'intimité de la famille fut respectée.

On lui laissa cette part du deuil qui se tient loin des regards.

Lorsque le cercueil fut descendu dans le caveau, le nouveau roi prit une poignée de terre rouge dans un bol en argent et la jeta sur son couvercle.

Le bruit mat de la terre rebondissant sur le bois n'était guère perceptible au-delà d'un rayon de quelques mètres ; pourtant, à ce moment précis, il se produisit un événement minuscule et répété des dizaines de milliers de fois.

Dans la salle à manger du pavillon de Catherine Styridelos, à L'Isle-Adam, la petite reine en plastique rapportée de Londres tomba soudain en panne.

Au même instant, dans le quartier de Whitechapel, les trois figurines en tailleur jaune, vert et rose, veillant de différents emplacements sur le salon de Maddie Irlington, cessèrent de saluer.

À la même seconde, le mécanisme de celle d'Emma Hardy fit un dernier balayage de la main.

Au troisième étage du bâtiment Grosvenor des soins intensifs, à l'hôpital St George, dans le bureau des infirmières de garde, la petite reine se figea.

À Amsterdam, celle du petit Teo en fit autant. Elle se figea aussi chez M. et Mme Singh, à Londres, dans le quartier de Tottenham, alors qu'elle se tenait auprès d'une statuette en bronze de Ganesh, le dieu éléphant, sous le toit d'un petit autel en bois peint.

Dans les boutiques de Camden, dans les points de vente aux abords des stations de métro, dans les galeries marchandes des aéroports, dans tous les bazars et commerces du Royaume-Uni, elle s'arrêta. De Hong Kong à Durban, de Sydney à Mexico, dans les petites îles ou au cœur des continents, le mouvement de sa petite main gantée stoppa net.

Qu'elle soit derrière une vitrine ou au fond d'un placard, posée sur un guéridon, une étagère ou un buffet, dans un salon ou une chambre d'enfant, à côté d'un ordinateur en *open space* ou d'un bouquet de fleurs sur un rebord de fenêtre, partout dans le monde, à l'instant ou une pauvre poignée de terre fut jetée sur un couvercle de bois verni protégeant le corps allongé de la défunte reine, son image en plastique cessa de saluer.

Une épidémie universelle d'arrêts cardiaques microscopiques.

En conséquence de quoi les ventes de piles bondirent dès le lendemain.

C'est aussi à ce moment précis que Mme Beaglet, dont le visage était jusque-là resté de marbre, commença à s'agiter de façon chaotique, puis se réveilla pour de bon et revint à elle.

– Qu'est-ce que je fais là ? chuchota-t-elle d'une voix sépulcrale.

Effrayé, Khan fit le tour du lit pour se réfugier dans les bras de Nour, qui se leva aussitôt pour alerter l'infirmière de garde.

– Vous êtes sûre ? demanda celle-ci, en entrant essoufflée dans la pièce.

Encore incrédule, elle souhaita le bonjour à la vieille dame, observa rapidement ses pupilles, lui saisit le pouls, contrôla ses moniteurs de surveillance électronique. Elle demanda à Nour d'emmener Khan un instant dans le couloir.

– Qu'est-ce que je fais là ? répéta Mme Beaglet.

– Bonjour, madame Beaglet. Vous avez eu un choc, vous ne vous souvenez pas ?

– Je veux rentrer chez moi.

– Pas si vite, dit l'infirmière d'un ton enjoué, tout en vérifiant d'un œil critique la perfusion et les électrodes de l'électrocardiogramme. On va vous garder un peu, vous ne tenez pas encore debout. Le médecin passera vous voir demain matin.

– J'ai soif.

L'infirmière redressa le lit en position semi-assise et l'aida à boire un peu d'eau, puis elle fit de nouveau entrer Nour et Khan dans la chambre.

– Regarde, maman Nour, elle ne marche plus, fit remarquer Khan, en désignant l'avatar de la reine qu'il avait installé sur la table de chevet.

La vieille dame les discernait à peine dans le contre-jour de la fenêtre. Voyant qu'elle cherchait ses lunettes à tâtons, Nour les déplia et les lui ajusta.

– Madame Fezal ? s'étonna Mme Beaglet. Vous n'êtes pas au travail ?

– C'est jour de congé, expliqua Nour. C'est à cause de…

Elle hésitait à prononcer le nom de la reine, par peur de provoquer un nouveau choc.

– C'est la reine, expliqua Khan. Elle est morte.

Mme Beaglet laissa partir sa tête en arrière et s'enfonça davantage dans le creux de l'oreiller.

– C'est vrai… je me souviens… la télé…

– Il ne faut pas la fatiguer, dit l'infirmière. Elle a besoin de repos.

Nour s'habilla, tendit son manteau à Khan et lui fit signe de préparer ses affaires.

– Au revoir, mademoiselle. Au revoir, madame Beaglet, reposez-vous, dit-elle de sa voix douce.

Puis, plus bas, en attrapant la main de Khan :

– C'est un miracle.

– Qu'est-ce qu'ils font là ? protesta Mme Beaglet après leur départ.

– Madame Beaglet, ce garçon et sa maman sont venus vous visiter tous les jours. Je pense que cette dame n'en aurait pas fait davantage si elle avait été votre propre fille.

Mme Beaglet sentit une larme couler le long de sa joue. Elle fit un geste de la main, et tourna son visage vers l'infirmière.

– Reposez-vous, lui dit celle-ci.

C'est un peu ce que fit tout le pays à une plus grande échelle. Dire adieu, et se reposer. Les gens étaient épuisés de ces jours suspendus. Les millions de tweets et de posts sur les réseaux sociaux, les dizaines de milliers d'articles et de reportages, d'hommages, d'anecdotes historiques, de commentaires sur les commentaires, les avaient littéralement vidés. L'émoi causé par la disparition de la reine avait atteint son paroxysme avec la parade du cercueil royal dans les rues de Londres et l'impressionnante cérémonie des obsèques. Le deuil officiel, en prenant fin, les laissait assommés, perdus dans ce demi-jour blême que se disputent le profane et le sacré, et chacun attendait le lendemain pour repartir enfin du bon pied.

C'est pourquoi personne ne vit, cette nuit-là, que tous les cygnes du royaume pleuraient aussi, à leur façon, la disparition de celle qui avait été leur reine.

34

Eliot se jeta presque en bas du lit quand il entendit la sonnette. Il courut ouvrir la porte en caleçon, en essayant de recoiffer de la main ses cheveux en pétard. Fergus entra, la figurine dans les mains. Eliot le reçut fraîchement.

– Tu devais la rapporter hier, heureusement que ma mère ne s'en est pas aperçue.

– De toute façon, elle marche plus. Ça doit être les piles. En attendant, j'ai fait un max de blé, hier. Tu n'imagines même pas. Et je te rapporte aussi ta part.

– Hier j'ai pas bossé, Fergus. Alors tu gardes ce fric pour toi.

– Pas question, mon pote. C'est grâce à toi, et à Élisabeth. Je la repose où, d'ailleurs ?

– Là, sur l'étagère. T'as déjeuné ?

– Je cracherais pas sur un petit café.

Eliot mit en route la machine et glissa deux tranches de pain de mie dans le toaster. Il sortit la confiture du frigo, posa trois bols et des couverts sur la table.

– Installe-toi, dit-il en regagnant sa chambre, je vais me chercher un sweat.

Il fit un détour par les toilettes et revint en finissant d'enfiler une manche. Fergus, déjà attablé devant son café au lait, désigna le troisième bol du bout de sa tartine.

– Ta mère est pas au boulot ?

– Elle est en récupération, elle dort encore. Heureusement que tu l'as pas réveillée, elle a fait une semaine de malade.

– Tu m'étonnes !

Fergus engouffra sa tartine et la mâchonna, le regard vague. Il avait le chic pour se donner des airs de ruminant quand une pensée lui trottait dans la tête.

– Je voulais te demander, c'est pour quoi faire, la thune que tu veux économiser ?

Eliot versa un peu de lait froid dans son café, étala sur son toast une cuillerée de marmelade.

– Un voyage.

– Waouh, tu quittes le pays ?

– Non, ça serait plutôt des vacances. Mais j'ai besoin d'économiser.

– Je vois. Tes vacances, ça n'aurait pas un rapport avec une fille appelée Sam, par hasard ?

– Lâche-moi, Fergus. J'ai même pas son adresse. Je vais bosser chez Tom tous les soirs. Il est d'accord.

– Bonne affaire pour ton frangin, il te paye à moitié du tarif !

– Ça ira, je trouverai aussi ailleurs. Je te dis ça, c'est juste qu'on pourra moins faire de trucs ensemble…

– C'est à cause de ta daronne, c'est ça ?

– Mais non, même si tu la mets un peu en rogne, tu sais très bien qu'elle t'a à la bonne.

– Si tu le dis…

Ils finirent en silence leur petit déjeuner. Eliot n'avait pas vraiment de plan établi, juste un vague espoir de retrouver Samantha, mais Fergus, quant à lui, voyait très bien qu'il ne figurait plus trop dans les plans de son copain.

– J'y vais, dit Fergus en se levant.

Il laissa sur la table quarante livres en pièces et en billets.

– Prends-les, c'est ta part. Eliot ?

Gêné de la situation, Eliot leva à peine la tête.

– Tu te souviens que je suis ton pote ? Alors, si t'as besoin d'un coup de main, même pour des vacances ou pour, je ne sais pas, moi, retrouver une copine, par exemple, tu peux compter sur moi. OK ?

Eliot se leva pour lui serrer la main à leur façon, les doigts crochetés en se donnant l'accolade.

June débarqua dans la cuisine dix minutes après son départ.

– T'as déjà déjeuné, mon grand ? Je t'ai entendu causer. C'était qui ?

– Fergus.

– Il aurait pu rester un peu, j'aurais fait des pancakes. Ça te dit toujours d'aller voir l'expo Gauguin ?

– Euh, pas ce matin, mam.

– C'est toi qui en avais envie…

– J'ai un rendez-vous.

– Ah, c'est pour ça que t'es bien peigné. Je la connais ?

– Maman…

Il endossa sa parka.

– Cet après-midi, alors ? insista June. Pour une fois qu'on peut faire une sortie ensemble.

– OK, mam. On dit 13 heures ? On déjeune et après on y va.

Il claqua la porte, appela l'ascenseur, composa le numéro de Maddie Irlington sur son portable. Il acheta des fleurs dans la petite boutique à l'entrée de la station de métro. C'était la première fois de sa vie qu'il s'apprêtait à offrir des fleurs à une autre personne que sa mère.

Nigel décrocha le combiné et fit un signe à Hardy, de l'autre côté du bureau.

– Ça vient de l'hôpital, dit-il en occultant le micro du combiné avec sa paume. Mme Beaglet s'est réveillée.

Hardy leva le pouce et termina de consulter ses mails pendant que Nigel concluait sa conversation.

– On y va, dit-il en enfilant son blouson.

Ils ne parlèrent pas beaucoup dans la voiture, mais tous deux espéraient de cette visite à l'hôpital un tournant décisif dans leur enquête. L'infirmière de garde, cependant, ne leur accorda qu'un petit quart d'heure pour, précisa-t-elle, ne pas fatiguer la patiente.

Mme Beaglet, adossée à un oreiller, les reçut comme si elle les accueillait au fond de son salon, en parlant d'une voix lointaine et peu audible. Hardy fit les présentations et mena l'entretien avec tact, en remontant aussi loin que possible vers le début de l'agression. Mais Mme Beaglet avait une mémoire confuse de ce qui s'était passé. Elle se souvenait parfaitement de s'être installée devant la télé, abasourdie par l'annonce de la mort de la reine, puis de son coup de fil, plus tard, pour appeler les secours.

– Entre ces deux moments, madame Beaglet, il s'est passé à peu près combien de temps ?

– Je ne sais pas.

– Qu'avez-vous vu ou entendu ?

– Beaucoup de bruit… (elle mit les mains à ses tempes dans un effort de concentration)… et du vent, aussi.

– Du vent ?

– Un souffle violent, accompagné de grondements sourds. Comme pendant un orage.

– Comment est-ce arrivé ? demanda encore Hardy en désignant les scarifications sur son avant-bras.

– Une bête dans le brouillard… une bête transparente, dit Mme Beaglet en les effleurant du bout des doigts.

Ses lèvres bougeaient à peine, elle fixait un point au-delà des deux détectives qui lui faisaient face.

Comme l'infirmière tapotait sa montre, Nigel insista pour une dernière question.

– Madame Beaglet, essayez de vous rappeler. Cette bête : quel genre, quelle taille ?

– Grande, sauvage. En colère.

– Elle était debout ? Comme un homme ? Un homme déguisé ?

– Je dirais… plutôt… un tigre ?

En sortant de la chambre, Hardy prit l'infirmière à part dans le couloir.

– Pensez-vous que Mme Beaglet ait des problèmes psychiatriques ?

– Je ne peux pas m'avancer. C'est une catalepsie et elle s'est réveillée d'un coup. Mais elle ne délire pas. Elle s'exprime parfaitement, elle est très correcte avec le personnel.

– L'équipe de nuit n'a rien remarqué ? Des cauchemars, des hallucinations ?

– À vrai dire, nous sommes plutôt étonnés. Elle a très bien dormi. Elle s'est réveillée fatiguée mais de bonne humeur. Elle a bon appétit, et elle arrive à plaisanter sur le menu du petit déjeuner. C'est presque un miracle, la vitesse à laquelle elle récupère. C'est une vieille dame délicieuse. Si tous les patients étaient comme elle…

– On ne s'en sort pas, dit Nigel en s'installant au volant. Si on n'a pas d'élément nouveau, ça ne va rien donner. Elle raconte n'importe quoi.

– On l'a peut-être droguée. Ce qu'elle raconte, le bruit, les rugissements, ça fait un peu crise hallucinatoire, non ?

– Je ne crois pas, ses examens l'indiqueraient. On nous l'aurait signalé. Tout ça est complètement incohérent. Tu me vois aller dire au chef que la victime s'est fait agresser par un fantôme ou un tigre ?

– Ou un tigre fantôme ? gloussa sa collègue en regardant glisser les façades. Honnêtement, je te le déconseille. Si on avance notre petit doigt sur le terrain du paranormal, tout le monde va nous prendre pour des illuminés.

– Exactement ! Je n'ai aucune envie d'écoper de dix ans de bizutage.

Avec une gourmandise un peu malicieuse, Maddie laissa Eliot danser d'un pied sur l'autre quelques secondes sur le pas de la porte. Le pauvre garçon était visiblement encombré avec son bouquet de fleurs ; il était traversé par toutes sortes de questions, si c'était trop, ou pas assez, ou trop tôt, ou simplement bizarre ; bref, non seulement c'était le premier bouquet qu'il offrait à quelqu'un en dehors de sa mère, mais c'était aussi la première fois qu'il se demandait comment s'en débarrasser au plus vite.

Maddie déplaça finalement son fauteuil pour soulager son embarras.

– Merci, c'est très gentil, Eliot, dit-elle en recevant les fleurs. Regardez dans la cuisine, il y a un pot en grès. Remplissez-le d'eau à moitié et rapportez-le-moi. Vous voulez boire quelque chose ?

– Non merci, madame, dit-il du fond de la cuisine. Je viens de prendre mon petit déjeuner.

– Appelez-moi Maddie. Je ne vous attendais pas si vite, mais je suis enchantée de votre visite.

Il revint en portant le pot de grès.

– Posez-le là. Et enlevez votre parka. Il y a un portemanteau près de l'entrée.

Eliot était content, parce que la magie du petit monde de Maddie Irlington opérait encore sur lui. Pendant que la vieille dame disposait les fleurs une à une, il explora de nouveau les étagères, curieux et admiratif.

– Vous êtes allé aux cérémonies ? demanda-t-elle en coupant une tige avec une paire de ciseaux.

– Oui, c'était chouette.

– Ah, chouette ? Vous n'étiez pas ému, alors ?

– Si, bien sûr, mais c'était pas vraiment quelqu'un de ma famille, vous comprenez... Et vous, vous avez regardé la télé ?

– Vu mon état, je ne risque pas de me mêler à la foule...

Elle gloussa puis s'arrêta un moment dans son geste, le bouquet à la main.

– En fait, vous avez raison, je m'attendais à être beaucoup plus triste. Un peu comme vous.

– Ils en font trop, vous ne trouvez pas ?

– Ou pas assez, allez savoir. Dans ce genre de cérémonies, tout est fait pour impressionner, les tambours, la lenteur, la pompe des cortèges. Mais soulever une véritable émotion, aller fouiller l'intimité de chacun et la hausser au niveau du deuil d'une nation tout entière, c'est au-delà des possibilités d'une mise en scène, si grandiose soit-elle.

» J'avais à peu près votre âge pendant les funérailles de Winston Churchill, et je me souviens que c'était beaucoup plus poignant. Vous savez, à cette époque, on était plus réservés. Les gens se fermaient comme des huîtres à la moindre émotion, ils ne montraient jamais leurs sentiments. Alors, quand on voyait trembler le menton de tous ces hommes endurcis par la guerre et rompus au malheur, engoncés dans leur pardessus, le chapeau à la main, quand on les voyait essuyer leurs paupières d'un revers de manche, je vous assure qu'il était difficile de retenir ses propres larmes. C'était un chagrin immense, incompréhensible. Mais il faut dire que Churchill est à part, il a été l'âme de toute la nation aux pires heures de notre histoire, sans doute notre plus grand homme d'État. Ah, et puis, vous qui aimez le cinéma, il y a eu ce plan fabuleux sur la fin du parcours... Asseyez-vous, Eliot, vous me donnez le tournis.

Eliot s'installa en face d'elle.

– Quand le cercueil a été déposé sur un petit bateau pour descendre la Tamise, ce qui est déjà en soi une forme d'hommage universel...

Eliot fronça les sourcils, perplexe. Maddie s'anima.

– Mais, jeune homme, c'est le dernier voyage, ne comprenez-vous pas ? Un corps confié à l'esquif qui l'emporte vers son dernier royaume. Chez les anciens Égyptiens, le mort était censé l'accomplir sur une barque... Et là, le bateau de Churchill passe devant les grues du port de Londres. Imaginez, c'était encore un port industriel, des cheminées, beaucoup de charbon, des entrepôts et des fabriques sombres, le tout dominé par ces imposantes structures métalliques alignées sur les quais... Eh bien, ces grues se sont inclinées l'une après l'autre devant la dépouille emportée sur les flots. Le fleuve, le petit bateau qui passe en crachant sa fumée noire, le cercueil sur le pont entouré de marins raides comme des statues, et ces grands dieux squelettiques qui courbent l'un après l'autre leur long buste devant lui !

Vous imaginez la puissance symbolique de cette image ? C'est comme ça qu'on fabrique un mythe, vous ne croyez pas ?

– Si, si, opina Eliot, qui voyait s'éloigner avec ledit bateau toutes les questions qui lui brûlaient les lèvres sur Sam.

– Je prendrais bien le thé, dit Maddie. Vous m'accompagnez ?

– De l'eau, ça ira.

Maddie eut finalement pitié de lui, elle lança elle-même le sujet quand il revint avec un plateau.

– Vous vous demandez peut-être comment je connais Samantha ?

Il déglutit de travers en avalant une gorgée d'eau.

– J'ai d'abord connu Diane, sa mère. Elle est venue chez nous pour des séjours linguistiques, elle devait avoir entre quinze et vingt ans. Ma fille Gladys, qui était plus âgée et bien délurée, l'a un peu entraînée à faire les quatre cents coups. Les sorties, les boîtes, elles avaient beaucoup de succès, la Noire et la Blanche, toutes les deux belles à croquer. Je ne suivais pas trop ça à l'époque, j'avais moi-même une vie sociale trépidante et bien remplie. Diane a gardé le contact, mais uniquement avec moi – je suppose qu'elle me prend un peu pour la tante anglaise éloignée. Des vœux pour le Nouvel An, un coup de fil de temps en temps. Elle est venue dans notre maison de campagne nous présenter Samantha, quand elle était toute petite. Mon mari l'adorait.

– Il est où, sur les photos ? demanda Eliot, pris d'une soudaine curiosité généalogique.

De la pointe du menton, il désignait une série de clichés encadrés sur une étagère.

– Sur la dernière, près de la fenêtre, celle qui est prise dans un jardin. Il n'était pas du tout du même milieu que moi, nous nous sommes rencontrés pendant un tournage près de chez lui, il était figurant. Je ne sais pas pourquoi je vous raconte ça…

– Samantha…

– Samantha a commencé à m'écrire quand elle a suivi sa mère et son beau-père aux États-Unis. Elle est actuellement en Afrique du Sud, mais ça, vous le savez. Elle m'écrit en français et je lui réponds en anglais. Nous nous racontons parfois des choses que nous n'avons dites à personne d'autre… Je ne sais pas si vous pouvez comprendre ça, jeune homme, parce que, pour vous, je suis évidemment une très, très vieille dame, mais je suis honorée de sa confiance…

– Moi aussi, à sa place, je le serais…

– Je ne peux pas vous laisser son adresse, si c'est ce que vous cherchez. L'expérience est le triste privilège des gens de mon âge. Je veux lui éviter des déconvenues douloureuses.

Eliot accusa le coup, tête basse. Que Sam soit trop bien pour lui, il s'en doutait lui-même…

– Je comprends.

– Non, vous ne comprenez pas, Eliot, reprit Maddie en adoucissant sa voix. Vous m'êtes très sympathique, et je comprends parfaitement que Sam vous ait trouvé charmant. Je souhaite juste vous connaître un peu mieux avant de vous confier un renseignement aussi délicat. D'ici là, ma porte vous est ouverte…

– Vieille conne ! gronda Eliot en sortant sur le trottoir.

Il était furieux et amer.

Habituée à ses passes de mauvaise humeur, June évita de lui poser des questions à son retour, mais elle ne céda pas sur sa promesse d'aller visiter l'exposition Gauguin.

Eliot tomba en arrêt devant le portrait original reproduit sur l'affiche.

Quelque chose dans l'attitude, le regard mélancolique, les longs cheveux noirs, les lèvres charnues, presque boudeuses, qu'on devinait capables d'un sourire à fendre le cœur le plus endurci.

June acheta le catalogue à la sortie.

– Tiens, dit-elle.

– Ce n'est pas mon anniversaire, s'étonna Eliot.

– Non, mais c'est la première fois que je te vois comme ça dans un musée.

35

Sam accusa le coup. Elle aurait pu courir se réfugier dans sa chambre en claquant la porte, ou se mettre à crier, ou encore éclater en sanglots, mais elle resta un bon moment debout, sans proférer un son, et ce silence n'en était que plus impressionnant. Diane se tenait pile en face d'elle, et Richard, légèrement sur le côté, tous deux assis sur le canapé.

– Pourquoi vous vous séparez ? demanda Sam d'une voix blanche. Pourquoi ça arrive chaque fois que je vais bien ? précisa-t-elle en fixant Diane.

– On ne se sépare pas.

– D'accord, vous ne vous séparez pas. J'ai mal compris. Toi tu rentres à Paris, et Richard retourne aux States, ce n'est pas une séparation, c'est juste que le couloir entre ma chambre et la salle de bains va s'allonger d'environ sept mille kilomètres, c'est ça ?

– Ça ne nous amuse pas plus que toi, plaida Richard. Diane ne veut plus vivre aux États-Unis, et c'est trop compliqué pour moi d'abandonner maintenant mon travail.

– On ne veut pas se séparer. On tient trop l'un à l'autre.

– C'est une question de trois ou quatre ans, précisa Richard. Je ne peux pas laisser tout ce que j'ai fait en friche, je voudrais quitter mon job en passant le relais. Partir sans regret.

– J'ai déjà commencé les démarches pour récupérer l'appartement. Richard viendra à Paris aussi souvent que possible.

– Formidable ! Et moi ? demanda Sam en s'asseyant dans le fauteuil. Moi, qu'est-ce que je deviens dans vos plans ? Je vais squatter la chambre de Teo à Amsterdam en réfugiée de crise parentale ? Je me fais un petit coup d'Erasmus, comme ça vous êtes débarrassés ?

– Ma chérie, je sais que c'est difficile, mais il faut que tu choisisses. Si tu veux continuer d'étudier en anglais, tu as la possibilité de vivre chez Richard et d'aller dans sa fac. Tu peux aussi venir avec moi à Paris. On peut t'aider à prendre la décision, mais on ne veut pas décider pour toi. Il ne faut pas le dire trop tard, à cause des inscriptions.

– Ça fait deux jours que je suis là, et tu me balances ça, là, direct !

– Je reconnais que ce n'est pas facile pour toi.

– Pas du tout, pas du tout, ironisa Sam. Au contraire, j'adore ce genre de surprise !

Diane se tourna vers Richard avant de lui répondre.

– C'est moi qui souhaite rentrer à Paris. Richard n'y est pour rien. Nous ne sommes pas fiers de t'imposer cette situation, mais ça ne t'aurait pas rendu service si on avait attendu trop de temps avant de te le dire.

– Super, merci pour tout !

Dire que l'ambiance générale dans les jours qui suivirent fut une pastorale semée de fleurs, bercée par le gazouillis des oiseaux, serait sans doute excessif. Sam ne parlait que par onomatopées, Richard était navré, Diane balançait entre l'exaspération et des tentatives d'approche diplomatique pour amadouer sa fille.

Cependant, il fallait « décider ».

Sam finit par écrire à Maddie, qui lui conseilla, sans ambages et par retour du courrier, de revenir vivre à Paris avec Diane.

De toute façon, ma chère Samantha, tu devras interrompre tes études en Afrique du Sud puisque les années scolaires ne concordent pas, et on ne peut pas dire que ton expérience aux États-Unis t'ait rendue très heureuse. Je sais que les conditions seraient différentes, qu'en passant à l'université tu changerais de milieu, mais je m'effraie un peu de ce que tu éprouveras en débarquant là-bas. Certains souvenirs sont si toxiques qu'ils empoisonnent la vie dès qu'un petit événement les réveille. Tu as mis beaucoup de temps à te remettre de cette histoire de harcèlement, même si cela aurait pu t'arriver n'importe où ailleurs, crois bien que j'en suis parfaitement consciente. Les salauds comme William n'ont pas de drapeau préféré. Bien avant la globalisation, la connerie était déjà universelle. Mais, très égoïstement, je me sentirais plus rassurée si je te savais à portée d'Eurotunnel.

Tu me dis que les discussions avec Diane sont électriques et que tu crains un tête-à-tête sans la présence apaisante de Richard. Ça n'a rien d'extraordinaire. À ton âge, les relations mère-fille virent assez souvent au vinaigre. J'ai eu mon lot de soupe à la grimace avec Gladys, rassure-toi, et je serais bien incapable de te dire maintenant pourquoi on se prenait de bec si souvent. Je sais que c'est difficile à entendre, mais si tu veux qu'elle te traite en adulte, agis davantage en adulte. Donne-lui un coup de main de temps en temps, montre-lui que tu t'accroches à tes études, négocie tes espaces de liberté. Diane est passée par là, j'en sais quelque chose. Quand elle venait en séjour linguistique, elle n'arrêtait pas de démolir ta grand-mère. À l'entendre, la pauvre femme était incapable de la comprendre, et c'était une peste doublée d'un tyran. Il me semble que tout est ensuite rentré dans l'ordre sans trop de casse. L'adolescence est un moment exaltant, mais difficile à vivre des deux côtés, tu ne crois pas?

Songe que si tu as besoin de te changer les idées, faire un saut jusqu'à Londres te ferait le plus grand bien. Paris est tout près. D'ailleurs, ne serait-il pas temps que tu remplisses cette promesse de venir me voir? Je peux t'aider pour ça, acheter un billet est encore dans mes moyens, et cela me ferait plaisir de te l'offrir. Je te laisse y réfléchir.

Ne t'inquiète pas pour Richard. D'après ce que tu me racontes, il est profondément amoureux de Diane, et réciproquement. Les couples comme le leur ont besoin de confrontations et d'aspérités. Il vous rejoindra dès qu'il le pourra, j'en mettrais ma main au feu (je te prie de mesurer ce risque à sa juste valeur : sachant que j'ai déjà perdu l'usage de mes jambes, tu imagines bien que je tiens beaucoup aux membres qui me restent, et que cette main me ferait profondément défaut en cas d'erreur de jugement de ma part).

J'espère que tu me raconteras en détail ton voyage à Amsterdam, tu avais l'air si impatiente de retrouver ton petit frère dans ta précédente lettre.

Je t'embrasse, ma chère Samantha.

Quoi que tu décides, ce sera bien,

Compte sur l'amitié de ta fidèle et toujours dévouée,

Maddie.

Sam reposa la lettre, soulagée. Elle n'était pas enchantée de vivre en tête-à-tête avec Diane, parce qu'elle avait parfois eu à souffrir du tempérament trop impulsif de sa mère. Mais elle n'avait aucune envie, non plus, de rouvrir les cicatrices encore fraîches de la blessure si cruelle qu'on lui avait infligée à Milwaukee.

Ce serait donc Paris, pour y suivre si possible des études dans une fac de sciences humaines, car Richard lui avait donné le goût de l'histoire et de la philosophie politique. Surtout, elle serait plus près de Londres, cette ville où vivait un garçon qui faisait si fort battre son cœur.

Dès qu'elle apprit sa décision, Diane la serra dans ses bras, émue aux larmes. Sam en fut la première étonnée, car elle avait fini par croire que sa mère ne la supportait plus. L'enthousiasme de Diane pour l'aider à préparer ses dossiers acheva de la persuader. Le courant passait à nouveau entre elles. C'était bon signe pour le futur.

Sam écrivit une longue lettre à Maddie pour lui en faire part, et lui raconter les facéties de Teo. Elle se décida aussi à lui parler d'Eliot, sans mentionner l'échec de leur visite avec Fergus.

Les derniers mois à Johannesburg passèrent à toute vitesse. Diane, qui courait à droite et à gauche pour donner ses cours de français, rassurée par la décision de Sam, avait retrouvé sa gaieté habituelle.

Richard mettait les bouchées doubles pour compléter ses recherches sur la période entre les négociations secrètes pour la libération de Nelson Mandela et la mise en place de la Commission Vérité et Réconciliation après les premières élections démocratiques en Afrique du Sud. L'apartheid, régime absurde et criminel, avait imposé à la majorité noire la tyrannie d'une minorité blanche. Des années d'humiliations, de combats et de pressions internationales avaient été nécessaires pour que des hommes acceptent de se rencontrer et d'imaginer un avenir à leur pays, Noirs et Blancs confondus, alors que la colère et la violence pouvaient encore le précipiter dans une sauvagerie sans nom.

Comme beaucoup d'acteurs politiques de ces années capitales étaient vivants, Richard multipliait les rencontres et les interviews. Malgré tout, pour la plupart d'entre eux, le désenchantement était palpable. La violence prenait d'autres formes, la corruption gangrenait les partis politiques, le cycle de la vengeance et du ressentiment ne demandait qu'à se réveiller…

Sam, quant à elle, expérimentait à sa façon les « délices » du métissage : de peau trop blanche pour les uns et trop noire pour les autres, elle était en butte, au quotidien, à la méfiance et à la distance. La nation « arc-en-ciel » rêvée par Mandela restait à bâtir.

Ils allèrent tous les trois passer un dernier week-end sur la plage de la baie de Sodwana. Richard prit le cliché, en actionnant le retardateur de son appareil photo. Sam se tenait entre ses deux parents enlacés et souriants, radieuse. Diane le lui fit remarquer en zoomant sur son visage :

– Que tu es belle, ma fille !

Sam inspira profondément. Les nuages couraient dans le ciel bleu, les vagues ourlaient le rivage de longs rouleaux blancs, et de grands oiseaux de mer planaient au-dessus de leurs têtes. Sam en suivit un des yeux, elle s'imagina qu'il l'emporterait très loin, à des milliers de kilomètres de là, et la déposerait, légère et joyeuse, à deux pas d'un garçon engoncé dans une parka de l'armée britannique étiquetée d'un nom polonais.

Elle murmura tout bas, comme un vœu :

– Eliot.

36

Une semaine après les obsèques de la reine, Emma Hardy retrouva June à la chorale. Elles chantaient toutes les deux au pupitre des altos, dans un ensemble vocal amateur. Hardy, encore préoccupée par les impasses de l'affaire Beaglet, proposa un café à son amie.

– June, j'aimerais revoir une dernière fois la vidéo du petit Khan sur le chemin du canal.

– Si tu n'as pas de demande officielle, ça va vraiment devenir compliqué pour moi. De toute façon, il n'y a rien, on a dû la repasser une dizaine de fois.

– Rien ?

– Rien.

– Mais cette forme, on l'a bien vue ? Une sorte de tigre, presque transparent.

– Je crois que c'est une illusion d'optique, peut-être due à la neige, ou à un défaut de caméra. En tout cas, j'ai moi-même voulu en avoir le cœur net, parce que je t'assure que ça commençait à m'inquiéter sérieusement pour ma santé mentale. Sauf que le truc s'est effacé tout seul.

– Effacé ?

– Complètement. Il a disparu en quelques jours, il n'y en a plus aucune trace. L'illusion d'optique est une explication rassurante, il y en a une autre qui l'est un peu moins.

Hardy retint son souffle. June allait-elle lui parler d'esprits animaux, de manifestations paranormales, de fantômes aux allures de félins ?

– Je suis allée voir un spécialiste de l'hypnose, continua June, je lui ai demandé si la fatigue et le surmenage pouvaient provoquer des hallucinations, et sa réponse est positive. Mieux, il m'a assuré que, dans certains contextes de tension particulière, on pouvait entraîner d'autres personnes dans ces phénomènes hallucinatoires.

– D'accord. D'après toi, ou plutôt d'après lui, on a tous rêvé ?

– Je ne vois pas d'autre explication.

– Le problème, c'est que les dégâts chez Mme Beaglet sont bien réels et sacrément documentés.

– Ça ne t'aurait pas beaucoup avancée si ce truc était resté sur la vidéo. Comment tu aurais fait pour le dire à ton chef ?

– Honnêtement, je ne sais pas, June. Je crois que je lui aurais montré.

– On n'est que deux à l'avoir vu. Ellen, ma jeune collègue, a une vue parfaite : 12/12 à chaque œil. Elle est complètement passée à côté, et pourtant j'avais le doigt dessus. En parlant d'autre chose, le gugusse qui te draguait à moitié, là… Winston Machintruc… le type qui était prêt à noyer l'Eurotunnel… on l'a rêvé ensemble ou on l'a vu en vrai ?

– J'ai rendez-vous avec lui, ma chère.

June poussa Emma du coude.

– Fais gaffe, il a l'air d'un vieux colonel de l'armée des

Indes. Il va te faire avaler des potions bizarres, genre whisky vingt ans d'âge, et t'attirer toute nue sous sa moustiquaire.

– J'y compte bien.

Mme Beaglet resta une semaine de plus à l'hôpital, visitée tous les jours par Nour et le petit Khan. Comme elle n'avait pas de famille, elle décida de louer une chambre d'hôtel au bord de la mer pour se reposer, et confia à la jeune femme de ménage le soin de recruter des artisans pour refaire son salon en son absence.

– Je n'ai pas le cœur de revenir dans une maison saccagée, lui dit-elle. Je vous fais confiance, je sais que ce sera parfait.

C'était l'un des grands changements advenus après son agression : le caractère de Mme Beaglet s'était considérablement adouci. Sa méchanceté l'avait désertée sans explication. Une sorte de gaieté juvénile s'était emparée de la vieille dame ; elle se montrait de nouveau capable de porter sa confiance sur une autre personne et, mieux encore, elle s'était prise d'affection pour le petit Khan, qui n'en demandait pas tant.

Nour voyait dans cette métamorphose un miracle inespéré. Elle en tirait d'ailleurs les bénéfices sans scrupules, car elle n'avait cessé de craindre, ces derniers temps, d'être obligée de trouver un autre logement. Khan restait quant à lui persuadé que c'était grâce à ses prières adressées à la petite reine que la transformation avait eu lieu.

– Ne dis jamais ça à quelqu'un d'autre, le supplia Nour. Jamais, mon Joyau ! On nous prendrait tous les deux pour des fous.

– Je sais, maman Nour, ne t'inquiète pas. C'est notre secret.

Nigel et Hardy durent classer l'enquête. Il leur était difficile d'encaisser cet échec dans leur carrière bien notée. Mais rien n'était sorti de chacune des pistes qu'ils avaient explorées. Ils avaient épluché la liste des anciens élèves, interrogé une vingtaine d'autres personnes, voisins, fournisseurs, soignants, jusqu'à la coiffeuse à domicile et à la manucure, le tout en pure perte. Nigel en était le plus meurtri, Hardy avait de toute évidence des préoccupations qui la distrayaient davantage, telles que d'aller rejoindre dans un restaurant au décor feutré un certain Winston, qui était aussi fou qu'il en avait l'air, pour le plus grand plaisir de la jeune femme.

Un matin, le téléphone sonna dans leur bureau.

– C'est le labo, dit Hardy. Tu prends ?

Nigel décrocha, écouta son interlocuteur en hochant la tête d'un air buté.

– Alors ? demanda Hardy.

– C'est le labo, souffla-t-il en raccrochant.

– Sans blague, il me semble te l'avoir précisé !

Nigel resta un moment interdit, un peu comme si une poutre tombée du septième étage avait élu le sommet de son crâne pour un atterrissage forcé.

– Et ? insista Hardy.

Il se pencha vers elle en chuchotant pour éviter d'être entendu par leurs collègues.

– Le truc bizarre qu'on a trouvé pendant les premières constatations…

– Quel truc ?

– La fibre, tu te rappelles ?

Hardy fit un effort, mais l'objet avait acquis dans sa mémoire un fort degré d'abstraction. Elle n'en voyait plus exactement l'épaisseur ni la couleur, elle ne se souvenait à peu près que de sa longueur. Elle acquiesça avec impatience.

– C'est un poil de moustache, murmura Nigel.

– Si long que ça ! s'étonna Hardy. Ils sont sûrs ?

– Un poil de moustache de tigre, précisa Nigel, complètement découragé.

Eliot avait rendez-vous au Victoria and Albert Museum avec Maddie. La vieille dame s'était fait déposer à l'entrée dans son fauteuil électrique, et elle l'attendait depuis dix bonnes minutes. Elle s'en voulait un peu d'utiliser l'avidité du garçon pour le moindre renseignement sur Samantha, mais avait-elle le choix ?

Elle l'aperçut enfin qui venait vers elle à petites foulées, manifestement très contrarié.

– Bonjour, Eliot. Vous êtes sûr que ça ne vous gêne pas de m'accompagner ?

– J'ai pas mal accompagné mon père à la fin de sa vie, vous savez, dit Eliot en reprenant son souffle. J'ai l'habitude de pousser un fauteuil.

– Je vois, répondit-elle en riant. On va considérer qu'il me reste encore un peu de temps à vivre, si ça ne vous dérange pas. Et comme vous pouvez le voir, celui-ci se conduit comme une voiture.

– Ça m'ennuie franchement d'aller voir des costumes. C'est plutôt pour les filles, vous ne croyez pas ? Si vous voulez, on va au muséum d'Histoire naturelle, c'est juste de l'autre côté de la rue. Il y a un mégasquelette de baleine suspendu dans la nef : hyper impressionnant. Et des reconstitutions de dinosaures plus vraies que nature.

– Mon cher Eliot, je ne suis pas allée à une exposition depuis une éternité, et je ne me déplace que lorsque le contenu en vaut vraiment la peine. Vous connaissez Stanley Kubrick ?

– Ça ne me dit rien.

– *Full Metal Jacket* ? *Shining*, avec Jack Nicholson ?

Eliot fit non de la tête.

– Ça ne fait rien, dit-elle en brandissant les tickets. On y va.

Eliot fulminait. Il n'arrivait pas à savoir si Maddie se méfiait de lui, ou si elle s'amusait à ses dépens. Qu'est-ce que ça pouvait lui coûter, de lui donner l'adresse de Sam ? Rien ! Il se laissa entraîner de mauvais gré dans la scénographie déployée autour de l'œuvre du cinéaste. Chaque film donnait lieu à un décor nouveau, plongé dans la pénombre, où se découvraient des niches plus sombres encore, dans lesquelles les costumes et les accessoires apparaissaient selon les éclairages. Des séquences projetées sur des écrans de tulle fendu séparaient les grandes périodes du cinéaste. On les traversait comme un mirage pour aller de film en film. Maddie s'exclama, émue :

– *2001 : L'Odyssée de l'espace* ! Mon tout premier stage. J'ai travaillé sur la première séquence, « L'aube de l'humanité ».

Elle montrait un homme-singe, un os à la main, campé dans un décor de désert pierreux, tandis qu'un extrait du film passait avec le *Ainsi parlait Zarathoustra* de Richard Strauss en fond sonore.

Eliot s'approcha pour mieux voir le costume et son masque en latex. Une tête rappelant celle d'un orang-outan, reproduite jusque dans les moindres rides, et de longs poils filandreux, noirs comme chez le chimpanzé.

– Wow, on dirait un vrai ! C'est dingue.

– Vous n'imaginez pas le nombre d'heures passées sur ces costumes pour leur donner l'aspect naturel d'un corps de singe. Kubrick vérifiait tout, il a fallu trouver de vrais acrobates, des acteurs capables d'imiter les singes et de bouger les bras de la même façon. On finissait par croire qu'ils les avaient effectivement plus longs ! Je n'étais pas beaucoup plus vieille que vous, Eliot, mais je m'en souviens comme si c'était hier. On travaillait jour et nuit avec une ferveur inimaginable. Ensuite il y a eu toutes les recherches sur les costumes d'astronautes. Vous n'avez pas vu ce film ?

– Non, ça me dit rien.

– Il faut absolument que je vous offre le DVD. C'est une des premières apparitions à l'écran d'une intelligence artificielle, l'ordinateur HAL 9000. Kubrick était en avance de plusieurs années sur tous les films de science-fiction.

Peu à peu, Eliot se laissait gagner par l'enthousiasme de Maddie. Elle passa assez vite sur les costumes et les accessoires d'*Orange mécanique*.

– La presse de l'époque s'est déchaînée, accusant Kubrick de faire l'apologie du crime gratuit. Il a retiré le film de l'affiche, on l'a menacé de mort, il a dû fuir avec toute sa famille en Irlande. Kubrick était le contraire d'une brute, mais il pensait qu'on ne peut pas aborder certains sujets sans mettre le spectateur mal à l'aise.

Elle s'arrêta ensuite longuement sur les costumes de *Barry Lyndon*, donnant au passage une petite leçon d'histoire à Eliot.

– Vous voyez, rien qu'à la forme de ce tricorne…

– Ce quoi ?

– Ce tricorne. Un chapeau, quand on rabat ses bords vers le centre, se plie en formant trois « cornes ». Mais la forme a évolué, je peux vous dire rien qu'en le regardant si c'est une mode de 1760 ou de 1780. Et c'est pareil pour les habits, les chaussures, les coiffures… Nos habits parlent de nous, de nos manies, de notre époque, Eliot. C'est une mine d'étonnement inépuisable, et une ressource extraordinaire pour donner corps à un personnage ! Vous regardez les filles, j'imagine ?

Eliot toussa.

– Pas toutes.

– Vous pourriez me décrire Samantha ?

– Elle est… trop belle. Elle a des cheveux noirs, bouclés, très longs. Elle…

– Ses habits ?

– Je ne sais pas, elle avait changé de vêtements quand je l'ai vue la dernière fois.

– Si vous deviez l'imaginer devant vous, elle porterait une robe ou un jean ? un manteau ou un blouson ? des bottines, des baskets ou des ballerines ?

– Je ne sais pas. Je n'y ai jamais pensé, avoua Eliot, penaud.

– Faites un effort.

– Plutôt un jean, je pense. Si elle était là, je l'aimerais telle qu'elle est, de toute façon.

– Et si vous deviez lui offrir, je ne sais pas, moi, un accessoire, ce serait quoi ? Une ceinture ? une écharpe ? un sac ? un bracelet ? des boucles d'oreilles ?

– Je ne sais pas, bafouilla Eliot.

Il commençait sérieusement à paniquer. Tout était compliqué avec Maddie. Elle le regardait, malicieuse, attendant une réponse qu'il était incapable de donner.

– Je crois que je ne lui donnerais rien. Je la prendrais par la main, je la regarderais, on irait se balader…

Eliot était devenu grave, presque triste. Il ne pensait pas à Sam, mais à son absence, au vide qu'elle avait laissé en partant, un vide auquel il ne s'habituait pas, et qui creusait ses côtes quand il se souvenait de sa jolie silhouette disparaissant dans un couloir de métro.

– Vous avez raison, Eliot. Je suis peut-être vieux jeu. Oh, regardez, c'est magnifique !

Elle désignait les dentelles d'une robe présentée sur un mannequin coiffé d'une perruque extravagante.

– C'était une des toilettes portées par Marisa Berenson, directement inspirée d'une peinture de Thomas Gainsborough. Quand le film est sorti, Milena, la styliste, a gagné l'oscar des meilleurs costumes à Hollywood. C'était une couturière incroyablement douée. Quelle merveille ! Tout en soie naturelle. Regardez le tombé du tissu, l'élégance de la coupe ! J'ai toujours un peu regretté de n'avoir travaillé que sur les costumes d'hommes dans ce film.

Eliot sourit malgré lui. C'était touchant de voir cette vieille dame s'émerveiller avec une telle candeur.

– Le vêtement, c'est un monde, Eliot ! Même chez les peuples qui vivent soi-disant nus, il y a ce goût d'orner le corps et la coiffure. Je vous embête ?

– Pas du tout, Maddie. C'est une chance de voir tout ça avec votre regard.

– Vous ne vous moquez pas ?

Elle avait perdu de son assurance, une légère fêlure s'entendait dans le timbre de sa voix, il en prit soudain conscience et s'étonna qu'elle puisse s'inquiéter de son avis.

– Je suis sérieux. Je le pense vraiment.

Elle lissait du bout des doigts le bord de son châle.

– J'ai eu plusieurs amoureux, et j'ai toujours gardé un souvenir d'eux. Vous savez, c'est agréable de recevoir de la personne qu'on aime quelque chose à porter sur soi… Pensez-y, pour Sam.

Eliot enfonça les mains dans les poches de sa parka.

– De toute façon, je ne sais même pas où elle habite.

– Moi, si. Venez, on va finir de visiter l'expo.

37

Dans les semaines qui suivirent, Eliot écrivit une bonne vingtaine de lettres et ratura une demi-douzaine d'enveloppes.

Ça ne convenait jamais. Sam était partie après leur dispute dans le métro, et c'est malheureusement lui qui avait eu le dernier mot. Comment s'adresser à elle ? Il essaya plusieurs formules : *Chère Samantha* ; *Hello, Sam* ; *Bonjour, Sam* ; *Sam*, ou, pour la plus simple et la plus radicale : *Salut !*

Une fois cet écueil franchi, par où commencer, sachant que lui proposer un rendez-vous alors qu'elle habitait à douze mille kilomètres ne rendait pas la chose aisée. Même en faisant la vaisselle tous les jours chez Tom, il lui faudrait des mois pour se payer le voyage et rester un peu, avec le gros risque de se prendre un râteau à l'arrivée. Ça donnait à réfléchir.

Tout ce papier raturé finissait à la poubelle, froissé ou déchiré, selon son humeur.

Il avait bien essayé d'imaginer lui envoyer un cadeau, quelque chose à porter, comme le suggérait Maddie. Mais quoi ? Un collier ? un bracelet ? des boucles d'oreilles ? un foulard ? C'était un vrai casse-tête, et probablement le meilleur moyen de se rendre totalement ridicule.

Maddie, elle, continuait d'entretenir sa correspondance régulière avec Sam. La jeune fille allait de mieux en mieux, la perspective de revenir à Paris la stimulait, elle avait trouvé la fac qui lui convenait et préparait ses études en empruntant quantité de livres à la bibliothèque. Maddie hésitait encore à lui parler d'Eliot, elle se contenta de lui dire qu'elle avait rencontré un jeune homme avec lequel elle allait voir des expositions, et qui avait la gentillesse de lui rendre quelques services de temps à autre. Cependant, comme Sam lui avait révélé de son côté les circonstances de leur rencontre, elle commençait à se dire que la jeune fille n'était pas indifférente à Eliot.

Sam écrivit aussi à Nour pour prendre de ses nouvelles ainsi que du petit Khan. Elle fut enchantée d'apprendre que Mme Beaglet les considérait désormais comme sa famille, et que leur vie en était grandement facilitée.

Au cours d'une escale en Afrique du Sud, Catherine Styridelos lui rendit visite, et Richard et Diane, à qui Sam avait raconté son « sauvetage » à l'aéroport, voulurent retenir l'hôtesse de l'air à dîner.

– Et ce garçon, murmura Cathy en aparté, au moment de prendre congé, celui dont tu m'as parlé à Londres ? Tu en es toujours amoureuse ?

Sam remua positivement la tête. Elles s'enlacèrent sur le pas de la porte, et Sam vit Cathy disparaître dans son taxi comme le dernier témoin de son histoire d'amour.

Le premier week-end de juillet, Stuart Nigel fut invité au mariage de sa collègue Emma Hardy avec un certain

Winston MacCalhoun. Comme June Tadzsky, la meilleure amie d'Emma, il était témoin de la mariée. La cérémonie eut lieu dans le petit village écossais de Luss, dans la Luss Parish Church, au bord du loch Lomond.

Winston portait un kilt et une veste cintrée à boutons d'argent ; Emma une robe longue et un grand châle en tartan. Ils sortirent de l'église sous une pluie de grains de riz, précédés par quatre joueurs de cornemuse. Tous les invités furent conviés à une promenade en barque. Ensuite, on se rendit au banquet dressé sous une tente, sur une grande pelouse descendant en pente douce jusqu'au lac. L'apéritif était servi sous des guirlandes multicolores qui couraient d'arbre en arbre. Winston y porta un toast mémorable en déclarant qu'il était tombé en amour devant la femme idéale, aussi belle et généreuse qu'un modèle de Rubens et plus mystérieuse encore que *La Joconde*.

Nigel et June étaient assis à la table d'honneur. La conversation faisait feu de tout bois. Passant avec brio d'un sujet à l'autre, Winston se mit à expliquer les arcanes d'une commission chargée de négocier de gros contrats avec des pays européens, commission dans laquelle il travaillait comme juriste.

– Un vrai sac de nœuds, croyez-moi, et nous ne sommes pas près d'en sortir ! Mais c'est un sport assez exaltant, puisqu'on invente les règles en même temps que l'adversaire, et je crois que nous, les Écossais, avons toujours eu un temps d'avance dans ce genre de petit jeu. Et vous ? demanda-t-il en se tournant soudain vers June. Je sais déjà que vous preniez un verre avec Emma lors de notre première rencontre, que vous êtes à la fois sa meilleure amie, son témoin de mariage, sa collègue dans la police, et que vous chantez comme une déesse. Tout cela est-il vraiment compatible ?

– Je dois rayer une des mentions, ou je peux toutes les garder ?

– Ma chère, surtout n'en ôtez aucune, et même ajoutez-en ! N'hésitez pas, donnez-moi des précisions, je m'en veux tellement de vous avoir négligée ce fameux soir. Si j'avais su que vous réunissiez toutes ces qualités, et toutes celles que j'ignore encore, je me serais jeté à vos pieds pour que vous intercédiez en ma faveur auprès de mon héroïne.

– Déjà, répondit June modestement, on ne fait pas le même métier. Emma et Stuart forment une excellente équipe d'enquêteurs, et moi, je ne suis qu'une fonctionnaire de base. Je me contente de surveiller les écrans de contrôle à la CCTV et de signaler les petites infractions.

– N'empêche que c'est toi qu'on vient voir quand on a besoin de remonter une piste avec les caméras, intervint Emma. Tu te dévalues tout le temps…

June éclata de rire.

– Au mieux, je signale un accident de cycliste ; au pire, une bagarre minable à la sortie d'un pub ! Ça n'a rien de passionnant.

– Je suis d'accord avec Emma. Vous vous sous-estimez, June. La vidéo est l'art qui nous renseigne le mieux sur notre société.

– Winston, ou vous êtes trop gentil ou vous avez trop bu. Je fais de la surveillance. C'est de l'espionnage sécuritaire, ce n'est pas de l'art !

– Quoique…, intervint Nigel. On y voit quand même parfois de drôles de choses…

– Ah, s'exclama Winston, je m'en doutais !

– Des fantômes, par exemple, dit Emma en prenant le ton d'une conspiratrice d'Halloween, les doigts projetés en avant comme des griffes. Des formes qui se déplacent sous la neige avec la souplesse dangereuse d'un grand félin, et qui disparaissent aussitôt sans laisser de trace.

Nigel hocha la tête. Il dessinait des cercles avec sa cuiller dans un reste de crème au fond de son assiette.

– C'est facile d'en rire maintenant, remarqua-t-il, mais quand on a affaire à ce genre de trucs...

– Mon cher Stuart, continua Winston, vous en avez trop dit, je brûle de connaître la suite.

Nigel entreprit alors de raconter l'affaire Beaglet depuis la découverte de la victime inanimée jusqu'à l'échec de leur enquête, en passant par la piste des Tigres du Penjab et leurs intuitions désastreuses débouchant sur des impasses. Sans omettre les fables du petit Khan, persuadé que le fauve était un avatar de l'âme de la défunte reine.

– Et donc, c'est un autre point commun avec June, dit Emma en posant sa main sur le poignet de son amie. Elle et moi, on a vu ce tigre fantôme sur un écran de la CCTV, *brrr*...

– Tu peux encore ajouter qu'on a retrouvé un poil de sa moustache sur la scène de l'agression ! fulmina Nigel. Certifié par le labo, en plus ! C'est bien l'enquête la plus fumeuse qu'on ait jamais menée !

À voir son air maussade, la table explosa de rire.

– Personnellement, je serais plutôt d'accord avec la théorie de ce jeune garçon, déclara Winston. Si vous m'accordez un moment, j'aimerais en faire la démonstration...

Il se leva en repoussant sa chaise. Il était grand, avec de superbes moustaches rousses retroussées en pointe, et une mèche de cheveux bouclés qui donnait à son front un air très aristocratique. Il portait avec une indéniable prestance son kilt au tartan vert et bleu. Malgré une journée bien remplie, barque, promenade, mondanités et courbettes, il était encore tiré à quatre épingles et sa veste semblait sortir de chez le tailleur. Emma, qui n'avait jamais caché ses penchants de midinette, en restait éblouie, totalement admirative.

Il se déplaça vers la guirlande d'ampoules multicolores suspendue sous la tente.

– Nous sommes d'accord, dit-il, que le temps peut être figuré sous la forme d'un vecteur, une simple ligne qu'il est possible de diviser en intervalles réguliers figurant, au choix, des secondes, des minutes, des heures, des jours, des semaines ou des siècles…

Il prit une serviette dans sa main droite.

– Supposons que ces petites boules lumineuses de toutes les couleurs représentent chacune un intervalle non pas d'une semaine, mais de douze jours, et que cette guirlande n'ait pas de fin : d'un côté, elle émerge de la nuit du passé, de l'autre, elle s'efface vers un avenir invisible…

Emma buvait ses paroles, bouche bée, le menton dans les mains et les coudes sur la table, malgré les petits coups que lui donnait June pour la rappeler à la réalité.

Winston dévissa une des ampoules avec sa serviette pour éviter de se brûler, et la déposa sur une chaise.

– En retirant cette ampoule, j'enlève cet intervalle de douze jours. Vous notez que l'intervalle en tant que tel reste sur la guirlande. Simplement, il est plongé dans l'obscurité. Nous sommes d'accord ?

La table opina plus ou moins vigoureusement selon la quantité de verres absorbés.

– … Je pose que cette douzaine de jours retirés, qui figure la période écoulée entre le décès de la reine et ses funérailles royales, appartient à un autre temps que le nôtre, au temps des rois et des reines de légende, qui avaient pour confidents des magiciens ou des fées. Un temps dans lequel se glissent à loisir des êtres sans poids ni densité que l'on nomme au choix esprits, spectres ou fantômes...

– Tu vois, murmura Emma à l'oreille de June, je t'avais prévenue qu'il est complètement allumé. Je l'adore...

– Pour faire apparaître ces derniers, continua Winston, il faut un vœu, une circonstance, un contact, un moyen.

Winston se déplaça avec l'ampoule éteinte brandie dans sa main comme une pièce à conviction.

– C'est le petit Khan qui s'en est chargé. Il s'est adressé directement à un esprit disposant de tous les attributs de la puissance, et singulièrement celui de rendre la justice...

» Voici son vœu : faire cesser la terreur que lui inspire Mme Beaglet, la logeuse acariâtre. La circonstance, nous la connaissons tous, c'est la mort de la reine. Le contact, c'est la figurine en plastique qu'il a en sa possession. Enfin, le moyen, c'est la prière qu'il lui adresse. Quoi de plus puissant que la ferveur naïve et convaincue du plus fragile des êtres humains, un petit enfant ?

» Voilà donc ce qui s'est passé, et ce que démontre l'enquête brillante que vous avez menée, mon cher Stuart, en compagnie d'Emma et de June.

» Pourquoi diable voulez-vous en regretter les conclusions ? Pour ma part, je les trouve parfaitement achevées ! Sollicitée par le petit Khan et profitant de cette période de deuil royal propice aux esprits, une âme très ancienne s'est réveillée. Cette âme, ce n'est pas celle de la reine en personne, mais celle de la royauté elle-même, qui remonte bien avant la dynastie des Windsor. Profitant du court laps de temps de l'interrègne où la passation des pouvoirs n'a pas encore eu lieu, elle s'est glissée dans l'enveloppe charnelle d'un tigre évadé du zoo. Nous savons tous que le tigre est l'animal aristocratique par excellence, redouté pour sa puissance sans rivale, et qu'il reste une figure emblématique du vieil empire des Indes.

» Un tigre sait bondir et nager. Il dispose de réserves de force et d'agilité phénoménales. Il peut franchir une grille et plonger dans un canal. Un spectre, lui, agit sans laisser de trace ni d'empreinte. Voici comment j'explique le paradoxe de la destruction du salon de Mme Beaglet dans une discrétion absolue. D'ailleurs, cet esprit-tigre que vous avez deviné sur les caméras de surveillance était une tigresse, une tigresse blanche…

» Une tigresse qui s'est introduite chez Mme Beaglet pour rendre justice, lui causer une sainte frousse, et la ramener à des sentiments plus humains…

Nigel se fit la réflexion que le breuvage pur malt vieilli en tonneau avait d'étranges effets secondaires sur le raisonnement des natifs qui en consommaient. Emma, quant à elle, était subjuguée, emportée par la démonstration. Elle se leva en applaudissant Winston à tout rompre, puis elle se jeta dans ses bras avec une telle vigueur qu'il laissa échapper la petite ampoule de couleur.

Après quoi, entendant les premières mesures de « *Santa Maria* » de Gotan Project, Winston s'inclina devant elle et l'entraîna vers la piste de danse.

Nigel, qui continuait à remuer son fond d'assiette, sentit brusquement la main de June se poser sur son bras.

– Je ne sais pas danser, s'excusa-t-il.

– Moi non plus, mais j'ai très envie de bouger… Tu ne veux pas faire un petit effort ?

Ils rejoignirent les danseurs. Nigel, concentré pour ne pas se mélanger les pieds, se dandinait avec la souplesse d'un manchot de terre Adélie. June se tourna un moment vers

Emma chavirée dans les bras de Winston. C'était la première fois qu'elle voyait un homme en kilt danser le tango. Le costume et la prestance de son attitude réalisaient une sorte de télescopage argentino-écossais. Elle savait qu'il était sincèrement épris de son amie, mais elle n'arrivait pas à décider s'il était complètement givré ou simplement enivré de ses propres paroles.

– Tu crois qu'il pense vraiment ce qu'il dit? demanda-t-elle à Nigel.

– Je n'en sais rien. Il avait l'air sérieux...

– À la fois, j'ai envie d'y croire parce que j'ai vu cette forme mouvante capturée par une caméra, mais, dès que je me raisonne, quand je repense à la pression qu'on nous mettait et à la fatigue accumulée, je sais bien que c'était juste une hallucination.

– Tu ne veux pas qu'on parle d'autre chose? proposa Nigel avec un sourire gêné. Cette enquête était pourrie dès le départ, de toute façon!

Après la danse, Emma prit le bras de Winston en resserrant le châle sur ses épaules. Ils s'éloignèrent un peu des convives, en marchant sur la pelouse dans la fraîcheur de la nuit. La musique leur parvenait par bribes, assourdie sous les feuillages.

– Winston, j'ai adoré ta démonstration, je l'ai trouvée brillante, spirituelle, magnifique! Ce serait tellement génial si ça pouvait être vrai...

Winston s'arrêta tout d'un coup.

– Mais, ma divine, il n'y a pas d'autre génie ici que celle que je tiens dans mes bras. Je n'ai fait que formuler d'une autre façon la découverte formidable que vous avez faite, toi et tes charmants collègues.

Et comme elle le regardait en fronçant les sourcils, il désigna l'eau noire du lac où se reflétaient les lumières de la rive.

– La moitié des fantômes de la planète vivent ici, en Écosse ; ils y hantent leurs châteaux favoris et y tiennent leur congrès annuel. Ce sont les visiteurs familiers de nos nuits d'insomnie, et ils sont absolument libres de prendre l'apparence qui leur convient le mieux. Demande autour de toi, tout le monde te le dira. Je ne vois vraiment pas pourquoi la reine se priverait d'en convoquer un sous la forme d'une tigresse blanche : n'oublions pas que la glorieuse Couronne britannique a longuement régné sur les Indes. Tout ceci me semble on ne peut plus naturel.

38

June prolongea le week-end du mariage par un séjour en Écosse.

Elle fit de la randonnée autour du loch Lomond, visita Glasgow, passa quelques nuitées dans les Highlands. Elle déjeunait dehors, la plupart du temps d'une salade ou d'un sandwich, s'offrait des soirées de rêverie en terrasse, le portable remisé au fond du sac. Seule et paisible.

Des mois passés à scruter des écrans brouillés de lumières spectrales lui avaient fait oublier les beautés de la nature. Les horizons lointains, l'ombre des nuages glissant au flanc des montagnes, le vent qui soulève les cheveux, et surtout ce bain de lumière changeant qui donnait à chaque arbre, chaque brin d'herbe une présence immédiate, vibrante, elle ne s'en lassait jamais, c'était une bénédiction pour son regard fatigué.

Elle revint à Londres au moment précis où Eliot prenait l'Eurostar pour Paris. Malgré toutes ses tentatives, il n'avait réussi à envoyer aucune lettre en Afrique du Sud, et les rares fois où il avait demandé conseil à Maddie, elle avait botté en touche, refusant de lui venir en aide.

– L'amour est un brouillon, Eliot, je ne comprends pas pourquoi vous tenez tant à le mettre au net. Faites-vous davantage confiance, ce n'est pas à une vieille dame comme moi de vous montrer le chemin…

Quand elle lui eut signalé le changement d'adresse de Sam, revenue en France avec Diane, il ne voulut pas laisser échapper cette chance de la revoir. Il avait assez d'argent pour le voyage, et même de quoi dormir à l'auberge de jeunesse.

Diane et Samantha habitaient rue Piat, au-dessus du parc de Belleville. Eliot trouva facilement l'immeuble mais, en arrivant devant la porte, il s'aperçut qu'elle était protégée par un digicode. En se traitant intérieurement de tous les noms pour avoir négligé cette éventualité, il se mit à faire les cent pas, guettant d'un œil de plus en plus inquiet les deux bouts de la rue, allant parfois jusqu'à l'entrée du parc qui s'ouvrait sur une perspective des toits de Paris.

Il vit sortir un homme assez âgé qui lui refusa l'entrée. Il se consola en se disant que c'était une heure creuse, que les gens finiraient par rentrer, et qu'on lui ouvrirait la porte. Il s'acheta un sandwich et s'installa sur les marches du belvédère, contemplant les pelouses en gradins investies par les familles du quartier. Comme on était au début de l'été, il y avait beaucoup d'enfants, dont la plupart jouaient au ballon. Les plus petits s'amusaient en piaillant sur des couvertures étalées, couvés par leurs mamans au milieu de poussettes de toutes tailles. Quelques solitaires lisaient assis contre des troncs d'arbres, et des groupes prenaient çà et là des bains de soleil en écoutant de la musique à moitié dévêtus.

Eliot tendait le cou dès qu'une jeune fille apparaissait. Il en vit une enlacée passionnément à un garçon. Elle était de dos, ses cheveux noirs tombaient en cascades serrées. Il manqua presque d'en lâcher son jambon-fromage. Au bout d'interminables secondes qui le mirent au supplice, la fille se tourna de profil. Ce n'était pas Sam.

Il retourna vers l'immeuble, attendit devant encore un bon quart d'heure. Cette fois, ce fut un garçon en short, vêtu d'un T-shirt trop grand pour sa taille et portant un skateboard à la main, qui pianotait sur le digicode. Il laissa entrer Eliot sans lui poser de question mais, passée l'entrée carrelée à l'ancienne, une porte vitrée bloquait de nouveau le passage. Il y avait sur le côté une liste de noms, rangés par étages, et des boutons d'interphone. Eliot repéra Diane et Samantha Hez. Il frappa aux carreaux pour rappeler le garçon qui lui ouvrit une deuxième fois. Il sortit de l'ascenseur au quatrième et se planta devant la poignée en laiton de la porte de droite. Le bouton de sonnette l'hypnotisait comme si toute sa vie future dépendait du timbre qu'il allait déclencher. Il posa le doigt dessus, sans parvenir à appuyer.

– J'aurais dû prévenir…

Il fouilla dans son sac, griffonna un mot en hâte sur un bout de papier, respira un grand coup…

Il dégringola les marches quatre à quatre, franchit la première porte, la seconde, plissant les yeux à la lumière du soleil.

Il traversa la rue, entra dans le parc et s'assit sur la pelouse, tourné vers le panorama urbain.

Adossé à son sac, les coudes au sol, il se força à observer les badauds en puisant à petites gorgées dans sa réserve d'eau, une demi-bouteille de Vittel achetée à prix d'or dans un distributeur à la gare du Nord. Deux filles en short l'abordèrent, des Irlandaises ; il bavarda dix minutes avec elles avant de les saluer pour les faire partir, en se demandant pourquoi il y avait écrit « Je parle anglais » sur sa figure.

Sam et Diane arrivèrent en fin d'après-midi, toutes les deux portant des sacs remplis à la supérette du coin. Une voisine alpagua Diane près de l'ascenseur pour l'embrouiller à propos d'un vague problème de copropriété.

– Je monte à pied, lui dit Samantha. On se retrouve tout à l'heure.

Comme elle grimpait rapidement, ce n'est qu'en arrivant à leur étage qu'elle releva la tête.

Venue de la fenêtre du palier, une flaque de lumière tombait sur le parquet, éclairant un objet de couleur vive posé sur le paillasson. Sam pensa tout d'abord que c'était un super-héros oublié par le petit voisin d'en face, car il en possédait une collection impressionnante. En se penchant pour la saisir, elle vit que la figurine portait un tailleur et un chapeau mauves, et qu'elle agitait sa petite main gantée de blanc. Elle poussa un cri de surprise et se mit à inspecter les alentours, s'imaginant déjà voir le petit Khan débouler pour se jeter dans ses bras. Récemment, elle avait proposé à Nour de venir passer un week-end à Paris. Elle ne pensait pas que la jeune maman lui en ferait si vite la surprise.

Elle appela :

– Nour ? Khan ?

Sa voix résonnait bizarrement dans la cage d'escalier. Personne. Aucune réponse.

Elle se laissa aller contre la porte, jusqu'à s'asseoir sur le paillasson, soudain rattrapée par les souvenirs de cette drôle de journée londonienne sous la neige, dans les quartiers de Whitechapel et de Camden. La petite reine entre les mains, elle essayait de contenir le flot d'émotions qui la submergeait, ne sachant si elle était la victime d'une farce cruelle ou la destinataire d'une coïncidence inexplicable.

La porte de l'ascenseur s'ouvrit. Sam se leva comme un automate.

– Quelle emmerdeuse, grinça Diane en poussant les sacs dans l'entrée. Il y a des gens qui n'ont que ça à faire, je te jure ! Figure-toi qu'elle m'a tenu la jambe pendant un quart d'heure pour des histoires de pots de fleurs aux fenêtres ! J'ai cru que je n'arriverais pas à m'en décoller !

Elle s'activait déjà dans la cuisine, vidant les sacs, distribuant leur contenu dans les placards et le frigo.

– Et tu sais quoi ? Elle voulait que je signe une pétition ! Carrément ! Je me suis fait un plaisir de refuser ! Ce n'est quand même pas la fin du monde si quelques gouttes tombent sur son balcon parce que le voisin du dessus arrose ses fleurs !

Elle remarqua soudain la statuette en plastique dans les mains de sa fille.

– C'est moche, ce truc ! D'où ça sort ?

Sam la regarda sans répondre.

– Ça ne va pas ? Qu'est-ce qui t'arrive ?

– Rien, c'était sur le palier. Devant notre porte.

– Ça doit être au petit d'en face, dit Diane en lui prenant l'objet. Ça m'étonne un peu, il est plutôt branché mangas que reine d'Angleterre.

Tout en parlant, elle cherchait l'interrupteur pour arrêter le mécanisme. Elle finit par retourner la petite reine la tête en bas.

– Tiens ! s'écria-t-elle. Tu as vu ? Il y a un papier coincé sous le socle.

– Donne ! dit Samantha, la voix soudain altérée.

– Ah ? Et qui te dit que c'est pour toi ?

– Maman, donne-moi ça, s'il te plaît.

Sam s'empara du papier, le déplia et le lut d'un trait.

Sam, j'attends pour toi. Je suis en bas d'escalier dans la parc. Eliot.

Elle se rua sur la porte, dévala l'escalier, bouscula la voisine plantée en faction avec sa pétition devant le jeune couple du troisième, courut sur le trottoir, traversa la rue, longea la grille du belvédère, s'arrêta pour un premier tour d'horizon en reprenant son souffle, descendit une volée de marches, se retrouva dans la foule au milieu de la pelouse. Elle répétait « Eliot », pour elle-même, comme un mantra. Instinctivement, elle cherchait le camouflage gris de sa parka, mais on était en juillet, personne n'aurait l'idée de porter un vêtement aussi chaud en plein été. Elle le vit enfin, à moitié allongé sur un petit sac à dos, rêveur devant l'horizon.

Elle cria : « Eliot ! », s'élança dans la pente, puis une deuxième fois, de toutes ses forces :

– Eliot !

Il ne fit qu'un bond pour se relever, et à peine était-il debout qu'il sentit les lèvres de Sam se coller aux siennes et ses bras s'accrocher à sa nuque. Ils s'embrassèrent longuement, paupières closes, puis Sam se détacha, l'œil rieur, ivre de bonheur et de légèreté. Eliot posa ses mains sur ses joues et murmura, comme s'il n'en revenait pas :

– Sam !

Épilogue

Huit mois après les funérailles de la reine, la Tate Modern proposa aux artistes et créateurs de participer à un événement commémorant la fin de son règne. Les propositions furent si nombreuses que la commission chargée de piloter l'événement fut obligée de bloquer les inscriptions avant la date prévue.

L'inauguration, un an jour pour jour après la date fatidique de sa disparition, attira une foule considérable.

Une des œuvres les plus remarquables était une installation de trente vidéos verticales, d'un format identique à celui d'un smartphone agrandi vingt fois. Disposées en cercle et collées les unes aux autres, elles constituaient un écran continu de plusieurs dizaines de mètres.

C'étaient trente autoportraits avec la même figurine de la reine. L'artiste avait fait en sorte que le salut de la main gantée soit calé au dixième de seconde près sur toutes les vidéos, de sorte que ces soixante petites mains gantées s'agitaient en cadence comme des métronomes pendant soixante secondes. Chaque figurine était tenue par un Londonien, derrière lequel on apercevait la façade enneigée du palais de Buckingham. Progressivement, des flocons tombaient au premier plan jusqu'à flouter l'écran, effaçant les personnages, cependant qu'une nouvelle série d'autoportraits apparaissaient sous les précédents, de plus en plus nets, puis s'évanouissant à leur tour, dans un cycle sans fin accompagné d'une musique de Steve Reich.

Il y avait des hommes et des femmes en costume de bureau, des gamines en bonnet Pokémon japonais, des touristes drapés dans une écharpe aux couleurs de l'Union Jack, des gens de tous âges et de toutes conditions, des sérieux et des tristes, des timides et des bravaches. Défilaient ainsi, en compagnie de la petite reine, ces anonymes qui avaient vécu de toutes les façons possibles sa disparition.

Et, d'écran en écran, presque invisible, une silhouette transparente de tigre blanc, majestueux, royal, traversait l'ensemble de la composition de sa démarche dansante.

L'artiste, en veste de smoking et en kilt, était juriste de profession, amateur passionné de vidéo, assez fantasque dans les explications qu'il délivrait sur son installation. Son épouse, Emma, rayonnante, l'accompagnait, mais elle se tenait un peu à l'écart, par discrétion, au milieu d'un petit cercle de connaissances et d'amis : Stuart Nigel et June Tadzsky, ses collègues, Nour Fezal et son fils Khan, une certaine Mme Beaglet, les deux jeunes hommes qui avaient contribué à l'œuvre, Eliot Tadzsky et son copain Fergus, Maddie Irlington, costumière de théâtre et de cinéma, et sa fille Gladys. Il y avait aussi la petite amie d'Eliot, Samantha Hez, ses parents Diane et Richard, qui avaient fait le déplacement à Londres, et tous ceux qui avaient confié leur selfie à Winston MacCalhoun.

Ce dernier avait intitulé son œuvre, tout simplement : *La Reine sous la neige.*

L'auteur

FRANÇOIS PLACE, né en 1957, a étudié à l'école Estienne à Paris avant de travailler comme illustrateur, d'abord pour la publicité puis pour l'édition jeunesse. Il est l'auteur-illustrateur de nombreux albums (*Les Derniers Géants, L'Atlas des géographes d'Orbae, La Fille des batailles, Le Marquis de la Baleine*...), qui lui ont valu de prestigieuses récompenses (Ragazzi Award de la foire internationale de Bologne, prix Sorcières, prix Baobab du salon de Montreuil...). En tant qu'illustrateur, il collabore aussi avec des écrivains avec lesquels s'instaure une véritable complicité, comme Michael Morpurgo (*Cheval de guerre, Le Royaume de Kensuke, Le Don de Lorenzo*), Erik L'Homme (*Contes d'un royaume perdu*) ou encore Timothée de Fombelle (*Tobie Lolness*). François Place est également l'auteur de romans (*La Douane volante, Angel l'Indien blanc*), d'un récit intime (*La 2CV, la nuit*) et de la série *Lou Pilouface.* Avec *La Reine sous la neige,* il signe un roman contemporain où réalisme et onirisme entourent la figure d'Élisabeth II.

Du même auteur

CHEZ GALLIMARD JEUNESSE

Angel, l'Indien blanc
Roman, Folio Junior, 2019 ; Casterman, 2014

Lou Pilouface
Romans illustrés (dix titres), Folio Cadet Premiers romans, 2014-2019

Le Marquis de la Baleine
Album, 2018

Le Sourire de la montagne
Album, 2013

La Douane volante
Roman, 2010

Le Prince bégayant
Album, 2006

Le Vieux Fou de dessin
Roman, 2001

CHEZ D'AUTRES ÉDITEURS

La 2CV, la nuit
Récit, Éditions du Sonneur, 2017

L'Atlas des géographes d'Orbae
Coffret de deux albums, Casterman-Gallimard Jeunesse, 2015

Le Secret d'Orbae
Album, Casterman, 2011

La Fille des batailles
Album, Casterman, 2007

Le Roi des Trois Orients
Album, Rue du monde, 2006

Grand Ours
Album, Casterman, 2005

Barbababor
Histoire en chansons, Thierry Magnier, 2003

Les Derniers Géants
Album, Casterman, 1992

Découvrez les autres romans de François Place

LA DOUANE VOLANTE

(Pôle fiction)

Bretagne, 1914. La guerre menace. Une nuit, la charrette de la mort s'arrête devant la maison de Gwen le Tousseux, jeune orphelin. C'est l'Ankou qui vient le chercher, pour l'emmener dans un pays étrange, effrayant mais fascinant. Gwen parviendra-t-il à retrouver sa terre natale ? Ou son destin sera-t-il à jamais lié à Jorn, le redoutable officier de la toute-puissante douane volante ?

Une fresque magnifique, entre roman fantastique et récit initiatique.

Grand Prix de l'Imaginaire 2011

ANGEL, L'INDIEN BLANC
(Folio Junior)

Amérique du Sud, XVIIIe siècle. Angel, né d'une Française et d'un Indien, a survécu aux brutalités de l'esclavage. Lorsque le *Neptune*, un navire qui fait route vers les terres glacées du grand Sud, jette l'ancre dans la baie de Buenos Aires, Angel n'hésite pas : il s'échappe et embarque clandestinement…

Un merveilleux récit d'aventures dans des contrées mystérieuses où se confondent réel et surnaturel.

canal

170.
220.
280.
240. "La Reine des neiges"

Le papier de cet ouvrage est composé de fibres naturelles, renouvelables, recyclables, et fabriquées à partir de bois provenant de forêts gérées durablement.

Mise en pages : Françoise Pham

Loi n° 49-956 du 16 juillet 1949
sur les publications destinées à la jeunesse
ISBN : 978-2-07-513224-4
Numéro d'édition : 355685
Dépôt légal : septembre 2019
Imprimé en Italie par Grafica Veneta